KB052294

내 몸을 임대합니다

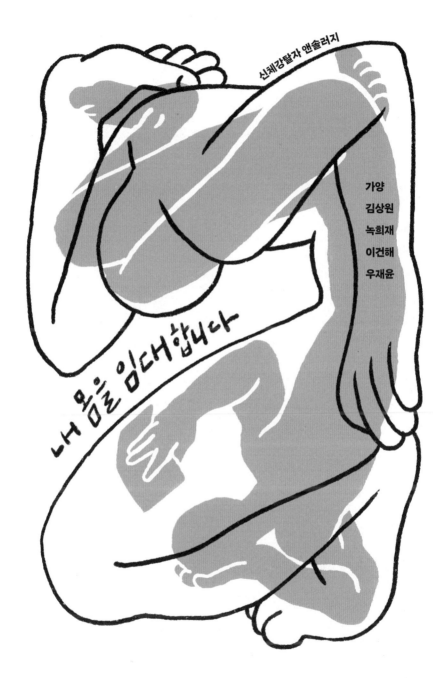

신체강탈자 앤솔러지

가양
김상원
녹희재
이건해
우재윤

내 몸을 임대합니다

황금가지

차례

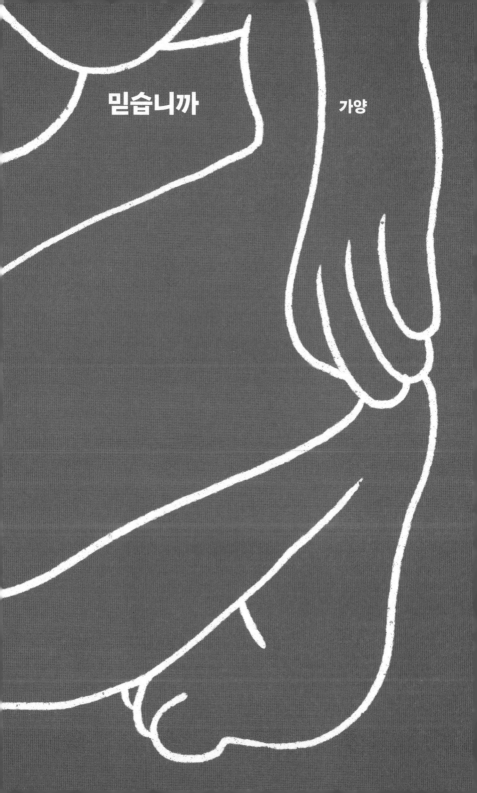

믿습니까

가얗

1

또다. 인간은 언제나 같은 실수를 반복한다지만, 굳이 이렇게 규모 큰 문제를 다시 일으킬 필요가 있을까 싶었다. 또 통제를 잃어버린 로켓 잔해가 지구로 추락하리라는 소식이 들려왔다. 몇 년 전과 기시감이 느껴지는 소식이었는데, 심지어 이번에는 대기권을 뚫고 추락하는 과정에서도 타지 않고 온전할 부품이 있다는 소식에 다들 욕을 해댔다. 그러니까 현대사회의 급변하는 기술 뭐 그런 얘기였다. 신소재들이 극한 환경에서도 버틸 수 있도록 내구성이 강화하는 쪽으로 발전하는 건 기후변화에 따라 미쳐 날뛰는 환경을 생각하면 당연한 일이었으니까. 그 와중에 우주 항공 기술은 제자리걸음이냐, 왜 또 이런 문제가 생기느냐는 의문이 있을 수도 있겠다. 간단히 말하면 확률의 문제였다. 물론 그 기술도 발전을 했다. 심지어 눈부신 발전이었다. 우주개척에 이름을 올린 나라가 그사이 얼마나 늘었는지 나열할 수도 없었다. 기술은 분명히 발전을 했는데,

문제는 십중팔구가 문제없이 안전하다고 해도 남은 일과 이의 가능성은 늘 존재한다는 사실이었다. 심지어 문제가 되는 부품은 지상에서 로켓의 발사체를 제어하는데 사용되는 부품이었고, 그간 문제없이 사용되었다. 지난 몇 년간 통제 불능의 상태로 추락하는 로켓 잔해는 없었다. 한 마디로 이번에는 운이 없었다.

정말인지 기시감이 들었다. 처음 발표된 추락 예상 지점은 북위 41도와 남위 41도 사이였다. 물론 바다에 떨어지면 다행이겠지만, 그렇지 않으면 상상도 하기 싫은 결과가 나타날 것이었다. 일부 언론에서는 제3차 세계대전 운운했다. 육지에 로켓의 잔해가 떨어지면 반드시 국가 갈등을 초래할 것이라는 논조였는데, 꼭 이번에야말로 로켓의 잔해가 세계주요도시에 떨어졌으면 하는 바람이 있는 것처럼 읽혔다. 말하면 이것도 또다. 언제고 전쟁을 못 일으켜 안달인 것처럼 구는 사람들은 있으니까.

"미친 거 아냐?"

사무실 각자의 자리에서 저마다의 휴대폰이 진동했다. 가장 먼저 반응이 나온 건 성 차장의 자리였다. 상반기 인사이동으로 막 과장을 단 혁호가 성 차장의 반응에 슬그머니 휴대폰을 확인했다.

[국민안전처]5월 16일 경 '창정—27B호' 잔해 한반도 추락 예상. 실시간으로 현황 중계 예정이오니, 속보와 각 지 자체 안내 등을 참조하시어 대비하시길 바랍니다.

"헐? 이게 뭐예요?"

"아니, 통제를 못 할 거면 쏘지를 말……."

"학교에서 애들 귀가시킨대요! 아니 근데, 애들만 집에 가 있으면 뭐해. 진짜 이게 뭐예요."

여기저기서 웅성거리는 소리들이 들려왔다. 로켓의 잔해가 티끌만 한 것일 리가 없는데, 사람들은 영화 속 지구멸망을 하루 앞둔 상황처럼 굴었다. 전혀 실감하지 못하는 모양새였다는 얘기다. 혁호는 파티션 너머로 김 부장의 안색을 살폈다. 관련 기사라도 섭렵하는 것처럼 모니터를 한참이나 쳐다보던 김 부장이 울리는 내선전화를 받더니 자리에서 일어섰다.

"본부장님 회의 들어갑니다. 급한 결재 있으면 이 팀장님 대결로 처리하세요."

한 시간마다 나오는 속보는 이내 삼십 분 간격으로 바뀌었고, 종국에는 모든 프로그램이 중지된 채 특보만 중계되었다. 기획조정 부서에서 내내 TV를 틀어놓은 바람에 현재 상황이 실시간 중계되었다. 초반에는 중국의 어딘가로 예상되었던 지점이 점점 남동쪽으로 낮아지고 있었다. 개성이었다가, 서울이 되었을 때는 또다시 사람들의 휴대폰에 불이 났다. 모두 귀가해야 하는 거 아니냐는 질문이 산발적으로 튀어나왔다가 이내 잦아들었다. 귀가한다고 해도 달라지는 건 없을 것이기 때문이었다. 더군다나 지금 당장 머리 위에 있는 게 아니어서 실감도 나지 않았다.

나라 전체가 공황상태에 빠진 것처럼 어수선했지만, 모두는 결국 정시에 퇴근했다. 학교는 학생들을 귀가 조처했기 때문에, 어린 자녀를 가진 부모들만이 일부 조퇴를 했을 뿐이었다. 혁호는 포함이 안 되는 일이었다. '이러다 지구가 멸망해도 나는 한 부의 보고서를 결재 올리게 생겼네.' 농담처럼 중얼거리면 옆자리의 신 대리가 그렇다며 웃었다. 그러는 신 대리는 심지어 야근을 할 예정이라고도 했다.

"고생해."

"네 들어가십쇼."

추락 예상지점이 구체화되기 시작한 건 퇴근 도중이었다. 서울에서, 조금 더 남쪽으로 내려가 대전, 세종, 충북 일부. 그러자 그러게 서울에 잘 모여 있던 걸 왜 행정수도 이전을 한다고 했냐는 의견이 슬그머니 나왔다. 국회의사당이 행정수도로 이전할 일은 없을 것이라는 주장이었다. 로켓 잔해가 서울에 떨어질지도 모른다고 했을 땐 진작 국회도 이전했어야 했다는 주장은 안 한 걸 생각하면 수가 뻔히 보였다. 여기나 저기나 위험해지면 먼 곳으로 대피했을 거면서 막상 자기 머리 위로 떨어질 확률이 줄어드니까 이참에 이전 반대 측에 힘을 싣는 데 쓸 모양이었다.

혁호는 그런저런 소식들을 보면서 귀가했다. 하루가 고되었다. 나라의 존망이 걸렸던 소식과는 다르게 세상은 너무나도 그대로였다. 부쩍 길어진 해와 잔잔한 한강. 노란 꽃가루만이 여기저기 쌓여 있는.

서원은 어이가 없다고 했다. 가뜩이나 고향의 환경에 대해 예민하게 구는 서원이었는데, 그곳에는 아직 서원의 친정집이 남아 있었기 때문이었다. 소파에 앉아 있던 서원이 TV를 끄더니 리모컨을 거의 던지듯이 소파 한구석으로 내려놓았다. 혁호는 가방을 화장실 문을 열어놓고 손을 씻으며 리모컨이 소파 구석에 처박히는 소리를 들었다. 서원이 왜 저렇게 예민하게 구는지 알만도 했다.

이전부터 서원의 고향에 있는 쓰레기 소각장에서 태우는 쓰레기의 상당 부분이 윗동네의 쓰레기를 대신 소각해주는 것이라는 환경 관련 기사가 인터넷의 소규모 언론사를 통해 소소하게 몇 번이고 났었다. 이상하게 주민들의 폐 질환 관련 발병률이 다른 곳보다 높다고 했다. 물론 그 기사에 관심을 기울이는 사람은 별로 없었다. 지방 소도시가 으레 그렇듯이, 동네에 사는 주민들의 평균연령이 높은 탓이었다. 정작 그 동네에 사는 어른들이야 공중파 TV 뉴스에 나오는 게 아닌 뉴스는 접할 방도가 묘연했고, 그 동네에 살지 않거나 아는 사람이 없는 사람들은 신경 쓸 필요가 없었기 때문이었다. 결국 그 근처에 가족을 둔 젊은 사람들이나 어쩌다 기사를 보고 우리나라의 수도권 집중화 현상에 우려를 표했을 뿐이다.

입술을 잘근잘근 씹어대며 서원은 이게 다 부정을 타서 그렇다고 주장했다. 얼마 전에 외지인이 음주운전을 하고 동네에 들어와서 당산나무를 박아 넘어뜨렸다고 했다. 장모님과 한참이나 통화하더니, 통화를 끊고 혁호에게도 이야기했었다. 당산나무라니 대체 언제 얘기인지. 주위에 돌담을 쌓아두고, 빛바랜 오색 천을 새끼줄로 가지에 걸어두었던 아름드리나무를 기억해 낸 혁호가 어이가 없어 서원을 쳐다보았다. 성격 같아서는 비논리적인 사고로 괜한 걱정을 하는 서원에게 한 마디 해주고 싶었지만, 어찌 되었건 임신

중인 서원에게 굳이 그런 말을 할 필요는 없어서 간신히 목 끝까지
올라온 한 마디를 참은 터였다.

굳이 소리 내어 이야기하지 않았음에도 불구하고, 시선을 느낀
듯이 혁호의 얼굴을 쳐다본 서원이 눈을 내리깔았다.

"자기 얘기 아니라 이거지?"

"내가 뭔 말 했냐? 나 아무 말도 안 했는데 왜 또 그래."

"소리만 안 냈지, 표정으로 말했잖아 지금."

서원이 말했다.

"넌 가끔 그렇게 날 쓸데없이 예민하고 비논리적인 사람인 줄 알
더라."

그게 사실이니까. 혁호는 또 올라오려는 말을 삼켰다.

"아무튼, 장모님은?"

"자긴 꼭 그래. 본인 말하기 싫으면 말 돌리더라."

"내가 또 언제! ……하, 됐고. 아니 지금 그게 중요해? 장모님
은?"

"이제 와서 그게 궁금하긴 해?"

거기에 대해서는 혁호도 할 말이 없는 게 사실이었다. 우습게도,
추락 예상지점이 변경된 것을 알자마자 처음 든 감정은 '안도'였다.
사실 다들 그랬을 것이다. 당초 서울로 예상되었던 추락 예상지점
이 점점 남쪽으로 내려간다는 소식을 전하는 전문가들과 프로그램
진행자들 모두가 그런 표정으로 말을 했다.

— 다행히도 서울을 빗겨 조금 더 남쪽으로…….

'이역만리 타국도 아닌데 저렇게 말을 해야 해? 아니, 타국에 떨

어져도 다행이라고 하면 안 되는 거 아닌가.' 소식을 보던 김 주임이 하얗게 질린 얼굴로 중얼거리더니 급하게 휴대폰을 들고 복도로 나갔다. 주위를 둘러보면 군데군데 이미 비어있는 자리들이 눈에 들어왔다. 대부분 어린 자녀가 있거나, 예상되는 추락 지점과 연이 닿아 있는 사람들이었다. '김 주임은?', '잠깐 자리 비웠습니다.', '김 주임 고향이 그쪽이랬지?', '네.', '어휴, 심란해.' 도무지 일이 손에 잡히지 않을 것 같이 여기저기서 웅성거리는 소리가 들렸다. 혁호는 반려당한 보고서를 열었다. 처갓집과 장모님에 대한 생각을 아주 잠깐 떠올리긴 했지만, 뭐 큰일이야 나겠냐고 금세 머릿속 저편으로 생각을 미뤄두면서.

— 방금 전 관련 속보를 전하며 사용하였던 다행이라는 표현에 사과드립니다. 현재 시점 예상으로는 당초 예상보다 피해규모가 현저히 줄어들 것으로⋯⋯ 지금 현재 예상지점은 세종특별자치시 부근으로, 대전이나 충북 서북부가 유력⋯⋯, 서해로 추락할 가능성도 배제할 수 없어⋯⋯. 인근에 대피령이⋯⋯.

혁호의 표정에서 난감함을 읽어냈는지 격양된 표정으로 혁호를 쳐다보던 서원이 심호흡을 했다.

"나 엄마한테 갈 거야."

"뭐?"

"우리 엄마한테 간다고."

"홀몸도 아니면서 지금 이 상황에서 어딜 가! 장모님을 모셔왔으면 모셔왔지. 그리고 나도 장모님 걱정했어. 그래. 좀 늦은 건 인정해. 근데 회사 일이 바쁜 걸 어떻게 하냐? 내가 나 혼자 잘 먹고 잘

살자고 일해?"

"어."

"뭐?"

"자기 혼자 잘 먹고 잘 살자고 일하는 거 맞잖아. 나는 자기에 포
함된 거고. 애도 그렇고. 자기 부인, 자기 애!"

"한서원, 너 선 넘는다?"

"그러니까 우리 엄마까진 신경도 안 쓴 거잖아. 아냐?"

언성을 높이는 순간에도 막 나오기 시작한 배에 손을 얹어 놓은
서원이 그랬다. 무슨 말을 그렇게 하냐고 소리를 지르려다 말고 혁
호는 연거푸 한숨만 쉬었다. 그래, 임신한 여자가 이런 상황에 어떻
게 침착하겠어. 장모님 걱정도, 그래 되겠지. 스스로를 설득시키던
혁호가 이제는 눈물까지 줄줄 흘리며 자신을 노려보는 서원을 보
곤 마른세수를 했다.

"가긴 어딜 가. 여기 있어. 너 지금 괜히 움직이면 위험한 거 알잖
아. 그러면 장모님은 마음 편하시겠니?"

서원이 소파에 주저앉았다. 입술을 깨물고 눈물이 줄줄 흐르는
눈을 깜빡이지도 못한 채 넋 나간 듯이 앉아서 멍하니 허공을 노려
봤다. 시발. 혁호는 입 밖으로 나오려던 욕을 참았다. 자신의 잘못
도 아닌데 싸움이 일어나는 지금 상황이 너무나도 열 받는데 이걸
어디다 풀어낼 수도 없어서.

알고 보니 장모님은 속보가 뜨자마자 고향집으로 내달려간 혁호
의 형님, 즉 서원의 오빠가 와서 모셔갔다고 했다. 예상 추락 지점
도 불명확한 시점이었지만, 일이 어떻게 될지 모르는 시점에 가족

끼리 같이 있기라도 해야 한다고 생각했다면서.

"서원이 많이 놀랐지?"

혁호에게 전화를 건 주성이 대뜸 물었다. 혁호는 쓰게 웃으면서, '네. 많이 놀랐는지 울다가 이제 겨우 좀 진정했네요.' 대답했다. 하기야 형님이 가만있을 리 없는데. 혁호는 속으로만 생각했다. 괜히 덤터기를 쓴 것 같은 찝찝함이 올라왔지만, 예상 추락 지점이 구체화되기 시작했을 때 안도한 것도 사실이라 굳이 입 밖으로 꺼내지는 않았다. 게다가 그런 내밀한 마음을 꺼낼만한 상대도 아니었다.

당장이라도 고속버스터미널로 갈 것 같이 흥분해있던 서원은 안방으로 들어가 문을 닫았다. 방문을 잠그지 않은 건 알고 있었지만, 서원의 마음이 좀 풀릴 때까지 거실에 있기로 한 혁호가 물끄러미 안방 문을 바라보았다.

2

태풍이나 지진 현장을 생중계하는 것처럼 로켓 잔해 추락도 그랬다. 저 근방에 살던 많은 사람들을 어떻게 대피시켰을까, 혁호는 궁금했지만 구체적으로 찾아보고 싶지는 않았다. 때로는 알고 싶지 않은 것도 있는 법이었다. 이를테면 알게 되면 괜히 찝찝해질 것 같은 일들이라거나. 안방 문을 닫았던 서원은 추락 예상 시간이 가까워지자 파리한 얼굴을 하고 거실로 나왔다. 혁호는 누워있던 몸을 일으켜 서원이 앉을 자리를 만들어줬다. 이미 혁호가 작은 소리로 켜두었던 TV에서는 특보가 계속되고 있었다. 인공위성이 찍었다는 장면과 예상 추락 지점을 비추는 장면. 전 세계 전문가들의 예측, 대형 스크린 앞에 모여든 사람들이 번갈아 화면을 채웠다.

혁호에게도 낯설지는 않은 풍경이 보였다. 서원에게는 더없이 익숙할 풍경일터였다. 미리 찍어둔 마을 영상에는 마을 입구, 밑동이 깨끗하게 잘린 당산나무가 있던 터가 선명했다. 혁호는 소파 위를 더듬어 떨고 있는 서원의 손을 잡았다. 이어 근방의 다른 지역으로 화면이 넘어갔다. 추락 예상지점의 윤곽이 드러나면서 이미 마을 주민들은 모두 대피를 시켰다고 했다. 텅 비어버린 도로를 채웠던 취재 차량들도 떠난 자리를 드론이 떠다니며 마을을 촬영하고 있었다. 마을의 삼면을 산이 두르고, 트인 마을 입구 앞쪽으로 아직도 졸졸 흘러가는 작은 개울이 있는 전형적인 시골 마을이었다.

"어?"

놀라운 일은 그때부터 일어났다. 별똥별 같아 보이는, 혹은 비행운 같아 보이는 가느다란 선이 부지불식간에 하늘에 나타났다. 혁호는 서원의 손을 잡고 있던 손에 힘을 주었다. 촬영용 카메라로 송출된 화면에 중계진이 잠시 할 말을 잃었다.

— 방금 화면에 나타난 저게 뭔가요. 저게 혹시 그 잔해인가요? 저렇게 멀리 있는, 아니 가까워지긴 하는데요. 저게…….

한 지점에서 멈춘 흰 선이 점점 선명해졌다. 혁호는 저도 모르게 벌어지는 입을 다물 수 없었다. TV 화면의 빛이 혁호와 서원의 동공 위에서 파랗게 보였다. 전 세계가 촉각을 곤두세우고 있는 사건인 만큼, 아마 모두가 이 장면을 지켜보고 있을 것이었다.

합성인가 의심을 할 정도로 미확인비행물체는 갑자기 나타났다.

상황을 분석하던 전문가들이 말을 잃었다.

─ 저게, 그러니까, 저게…….

─ 와 미친!

생중계를 잊고 절로 비속어가 나올 정도로 비현실적인 장면이었다. 미확인비행물체로부터 커다란 소리가 흘러나왔다. 소리라기보다는 진동처럼 느껴질 정도로 웅웅 울리던 소리가, 점점 또렷해지더니 이내 기계음 같은 한국어로 변화했다.

─ 우리가 막는다.

비행물체에서 빔 같은 것이 쏘아져 막을 생성했다. 마법 영화에서나 봤을 것 같은 반투명한 막이었다. 비행물체에서 외계인으로 짐작되는 무언가가 쏘아져 나왔다. 얼핏 날개 같은 것을 본 것 같은데, 완전히 모습을 드러낸 외계인은 사람과 같은 외형이었다. 일반 사람보다 아주 조금 더 잘생긴 그는 가지런한 치아를 드러내며 웃었다. 혁호와 서원은 할 말을 잃고 멍하니 화면을 바라보고 있었다. 아마 이 중계를 보고 있던 모두가 같은 반응이리라.

미확인비행물체와 외계인이 아직 대기권에도 진입하지 않은 로켓 잔해를 막아내는 장면이 전 세계에 생중계되었다. 빠르게 추락하던 로켓 잔해의 속도가 느려지는 장면이 인공위성에 포착되었다. 상공으로 쏘아진 막이 하늘거리며 거대하게 하늘을 덮었다.

막에 감싸여 천천히 지상으로 착륙하는 로켓 잔해와 그 옆을 지키고 선 그. 비현실적이기 짝이 없는 광경이었다.

본래는 당산나무를 위해 도로 가운데를 비워두었던 공터에 로켓 잔해가 놓였다. 그는 자신의 비행선으로 돌아가는 대신 천천히 로켓 잔해 옆에 섰다. 그의 손짓에 로켓 잔해를 감쌌던 막이 녹아 사라졌다.

이게, 과학적으로, 말이 되는, 일인가? 혁호는 어느새 벌어진 입을 다물지도 못하고 화면을 보고 있었다. 그는 카메라를 찾아 인사했다. 눈인사였다.

"그럼 저 사람, 외계인은 그러니까 저거는 이제 나사에 잡혀가?"

서원이 작은 목소리로 물었다. 혁호와 잡고 있지 않은 손을 배 위에 올린 채였다.

"못 잡아갈 것 같지 않아? 나사는 로켓 잔해 추락을 못 막았는데, 저 외계인은 막았잖아."

나사는 로켓 잔해 추락을 못 막았는데, 저건 막았잖아. 도무지 현실감 없는 사건에 혁호가 여전히 화면에 눈을 고정한 채 말했다. 온몸에 소름이 돋았다. 때로 지나치게 현실감 없는 광경은 공포를 불러오기 마련이다. 혁호가 천천히 고개를 돌려 서원을 쳐다봤다. 얼빠진 얼굴을 지나, 부르기 시작한 배와 그 위에 얹어진 손.

그의 말을 가장 먼저 전한 건 지방방송 채널이었다. 그는 취재진이 가져갔을 간이의자에 앉아 선한 표정으로 말했다. 힘을 주어 말하는 것 같지도 않은데 또렷하고 울림이 큰 목소리였다. 누구냐는 말에 그는 대답 대신 웃었다. 다만 멸망을 막기 위해 왔다고만 말했다. 현장에 있던 취재진이 탄식했다. 혁호의 짐작대로 그는 어디로도 가지 않았다. 다만 마을에 머무르겠다고 했다. 누구도 그 사실에 의문을 표할 수 없었다. 서원의 물음대로 나사나 다른 기관에서 그에게 접촉했을 수도 있었을 것이다. 그러나 그는 움직이지 않겠다고 공개적으로 선언했고 자신의 말을 지켰다. 쥐도 새도 모르게 사라지지 않은 것으로 보아서, 아마 그는 지구의 누구에게도 지지 않을 힘을 가졌음이 분명해 보였다.

비행물체는 아득히 높은 곳에 떠 있었다. 더듬이와 다리가 없는 풍뎅이 따위의 몸체를 닮은 형태였다. 타원형의 몸에 날개가 살짝 들린 형태. 줌을 당겨 촬영한 비행물체를 분석하는 내용이 며칠이고 온갖 매체를 통해 쏟아져 나왔다.

*그분*께서 가로되, 멸망을 막기 위해서 왔다 하시매 그대 구원받으라.

3

그대 구원받으라.

그는 이미 종교였다. 믿기 힘든 활약을 본 사람들은 그에게 열광했다. **그**가 교주였고, 신이었고 전부였다. **그**가 스스로 신을 자칭한 적 없음에도 그랬다. 혁호로 말할 것 같으면 그런 반응이 조금 과열된 측면이 있다고 생각하는 축이었다. 놀라운 일은 맞았으나, 신까지는 아니었다. 그냥 외계인. 딱 그 정도에서 멈추는 게 맞았다. 그러나 당장 혁호의 주위에도 **그**를 믿기 시작한 사람들이 있는 마당에 굳이 그 말을 입 밖으로 내지는 않았다. 어찌 되었든 종교는 자신에게 피해를 주지 않는 이상에야 함부로 입을 대고 싶은 주제는 아니었다.

"과장님."

"어."

"그때 왜, 처가댁이 그 동네라고 하시지 않으셨습니까?"

"……어? 어. 그랬지."

점심시간이었다. 담배도 안 피우면서 어쩐 일로 자신을 따라온 신 대리기에 용건이 있으리라 짐작은 했다. 혁호가 신 대리를 쳐다봤다.

"어, 사실 저 이번 주에 세례받으러 가기로 했거든요."

"세례를 받는다고? 신 대리 다니던 교회 있지 않아?"

"네. **그분**께서 지상에 강림하셨잖아요."

담배를 꺼내다 말고 혁호가 신 대리를 쳐다봤다. 언제나 온순하던 눈동자에 서린 신념 같은 게 느껴졌다. 하긴, 그런 말을 들은 것도 같다. **그**가 그렇게 추앙받는다고. 구세주의 강림이나, 미륵불의 도래나 뭐 그렇게 여겨진다고 했다. 원래 종교가 없던 혁호로서는 알 수 없는 세계지만 뭐 그런가 보다 했다.

그는 처음에 비행선을 정박한 곳에 머물렀다. 타고 온 미확인 비행물체를 상공에 고정시켜 놓은 채, **그**는 마을에서 제공한 마을회관을 사용하고 있다는 얘기를 들은 것 같다. 당장 다음날부터 마을 가는 길이 막히기 시작했고 각계각층의 사람들이 다양한 용도로 **그**를 찾았다고. 당연히 짐작할 수 있는 일이었지만.

"그 동네 입구 도로가 좁아서. 자차 끌고 가기엔 불편한데, 또 대중교통도 많이 다니진 않거든."

아직 혁호의 장모님은 마을로 돌아가시지 못했다고 들었다. 사람이 너무 붐비는 터라서 그냥 아들 집에 머물러 계시다고. 서원은 이왕 그렇게 된 마당에 잠깐이라도 어머니를 모셔왔으면 하는 눈치였지만, 정작 장모님이 사위 불편하다고 거절하셨다고 했다. 혁호는 모든 얘기를 듣고 나서야 저는 괜찮다고 한마디 거들었지만, 어찌 되었건 어머님이 서울로 오는 일은 없었다. 시국이 뒤숭숭해서 움직이기 애매하다는 이유였다.

신 대리는 혁호에게 **그**가 있는 마을에 대해 묻다가 이내 할 말이 떨어졌는지 입을 다물었다. 그제야 혁호는 담배에 불을 붙였다.

"과장님."

"어, 왜. 잘 다녀오고."

"……전도는 아닌데, 과장님도 구원받으셔야 하지 않겠습니까."

전도가 아닌 건 아니지만, 이게 신 대리 나름의 선의라는 것은 알아서 혁호는 그저 담배를 한 모금 빨아들였다.

"그래. 근데 아직은 생각이 없어서. 궁금하면 신 대리한테 물어볼게. 나 이것만 피우고 갈 테니까 먼저 들어가도 돼."

혁호가 말하자 신 대리가 가볍게 눈인사하며 돌아섰다. 돌아선 신 대리의 와이셔츠 등판이 잔주름 없이 판판했다. 회사원들이 담배를 피울만한 공간이란 거기서 거기라서, 이제는 익숙해진 얼굴들을 보며 혁호가 눈인사만 했다. 집에서는 담배를 피울 수가 없다. 실은 서원이야 혁호가 밖에서 담배를 피우는 것까지도 못마땅한 모양이었지만. 신발장 위에 놓인 라이터를 볼 때마다 늘 한소리 하고 싶은 얼굴로 애써 말을 참는 표정이 느껴졌다.

솔직히 힘들었다. 요새 서원은 굉장히 예민했고, 감정적이었고, 아무튼 그랬다. 임신했다고 유세 떠나 싶었지만, 뭐 요즘 같은 세상에 그 유세 떠는 데 말을 보탰다가는 좋은 소리 못 듣겠지 싶어 참았다.

우리가 세상의 멸망을 막고, 세상은 우리의 멸망을 막으리니.

그가 한다는 말은 사실 별것 없었다. 뭐 구체적인 예언도 없었다. 그저 반복되는 메시지. 우리가 세상의 멸망을 막고, 세상은 우리의 멸망을 막는다. 구원하고, 구원받으라. 혁호는 근래 너무나도 많이 들어 이제는 제게도 익숙해진 말을 떠올렸다. 신실한 신 대리의 확신에 가득 찬 표정. 떠오르는 장면들 끝에는 **그**의 앞에서 일렁이던 반투명한 막 같은 것이 떠올랐다. 모두가 그야말로 이적이라고 했다.

논리적이고 이성적이라고 자부하는, 그리하여 눈에 보이지 않는 것은 믿지 않는 혁호도 분명히 봤던 장면이었다. 조작 아닐까 하는 의문조차 허락되지 않을 정도로 명징했다. 오히려 믿지 않고 의심하는 것이 비이성적일 정도로. 그러나 그게 사실이라고 하여 외계인이 신이 될 근거가 되는가. 담배 냄새가 가득한 공간에서 혁호는 생각했다.

회식을 하는 이유는 만들기 나름이었다. 요 근래 다들 고생했고, 동료 간 친목 도모를 통한 능률 향상과 뭐 그런 이유들이 나열되었다. 올 상반기 이상하게 회식이 줄어 배정된 팀 비가 남아 있다는 것이 회계적인 이유였고, 김 부장님 댁에 들어가기 싫으시냐는 사원들의 속닥거림이 숨겨진 진실인 것마냥 따라붙었다. 혁호는 적당히 김 부장의 기분을 맞춰주며 술잔을 들었다. 사실 오랜만의 회식이 그다지 나쁘지만은 않았다.

"주님이 따로 있어? 이게 주님이지! 김 주임은 왜, 아. 술을 못 마셔? 그럼 할 수 없지. 괜찮아, 괜찮아. 억지로 마시지 마. 나 막 억지로 술 권하고 그런 꼰대는 아니야."

김 부장이 허허 웃었다. 김 주임이 거절도 않고 넙죽 음료수 잔을 들었다. 술을 못 마시는 것치고는 나름의 건배사까지 준비해 와서 야무지게 외치는 모습에 다들 고개를 끄덕였다. 괜히 공채가 아니라니까.

1차는 중국집, 2차는 맥주에 감자 튀김이었다. 중국집에서 마신 고량주는 목 넘김이 깔끔하고 향이 좋았지만 도수가 확실히 높기는 했다. 젊은 여직원들은 1차 끝에 인사하고 사라졌고, 2차가 끝나자 확실히 남은 인원이 별로 없었다. 3차 가야 하지 않겠냐고 묻는 김 부장을 보며 혁호가 신 대리에게 눈짓했다. 남은 인원 중에선 신 대리가 가장 어렸고, 유일한 미혼이었다.

"신 대리, 3차 가야지?"

옆 팀 이 과장이 넌지시 신 대리를 재촉했다. 신 대리가 대답 없이 고개를 숙였다.

"신 대리, 원래 안 가잖아?"

2차부터 합류한 옆 부서 최 차장이 신 대리를 향해 턱짓하며 말했다. 혁호는 한숨을 쉬며 자신의 폰을 꺼냈다. 신 대리는 여러모로 열심인 후배였다. 신실하고, 성실하고, 곧았다. 대체로 장점이 많은 후배였으나 이럴 때 깔끔한 척 떠는 건 좀 별로였다. 사람 사는 곳 다 서로서로 친해지자고 그런 거 아닌가. 어떻게 사람이 바르게만 살아.

"제가 찾을 테니, 이동하시죠?"

"신 대리 참 요즘 보기 드문 청년이네. 그래 뭐 싫다면 어쩔 수 없지. 들어가 봐."

"……먼저 들어가 보겠습니다."

혁호는 일행과 반대 방향으로 돌아설 신 대리와 잠시 눈이 마주쳤다. '신 대리 미안한데 나 오늘 먼저 들어갈게. 와이프가 갑자기 망고 먹고 싶다네.', '예? 당연히 먼저 들어가 보셔야죠. 어차피 근무시간 안 남으셔서 야근도 못 올리시지 않습니까.' 그제였나, 야근 도중에 먼저 들어가는 게 미안해 나눴던 말이 떠올랐다. 신 대리의 눈에서 일종의 힐난 같은 게 느껴졌다. 혁호가 기다리고 있던 상사들에게 업소의 위치를 말했다.

먼저 들어가 보겠다고 다시 외친 신 대리가 허리를 깊게 숙여 인사하고 가는 이들의 뒷모습을 보며 서 있었다. 신 대리를 쳐다보며 멈춰 선 혁호의 어깨에 이 과장이 어깨동무를 했다.

"제수씨가 몇 주 차랬지. 우리 박 과장 꽤 오래 못했겠는데. 뭐, 가끔 박 과장도 풀어주기도 해야지. 사람이 말이야. 그치?"

이 과장이 뭐라고 중얼거렸다. 혁호는 대충 고개를 끄덕이며 이 과장의 말에 장단을 맞췄다.

4

짐이 가득 채워진 24인치 캐리어가 거실 한쪽에 열린 채로 나와 있었다. 새벽에 귀가한 혁호는 차오르는 요의에 화장실을 갔다가 그걸 보았다. 눈을 끔뻑이며 캐리어를 보고 있으면, 안방 문을 열고 나오던 서원이 혁호를 보고 한숨을 쉬었다.

"꼴이 말이 아니네."

"어, 어제 부장님 기분이 좋으시더라고."

"나 엄마한테 잠깐 갔다 오려고."

서원은 집밥이 먹고 싶다고 했다.

"마침 엄마도 이제 슬슬 집에 간다고 했고. 어차피 몸 무거워지면 멀리 움직이기 힘든데 며칠만 엄마랑 같이 있다 올게. 엄마가 여긴 안 온다고 하니까 뭐 별 수 있어?"

서원이 대수롭지 않게 설명했다. 샐쭉한 표정으로 들고나온 속옷을 마저 캐리어에 던져 넣으면, 혁호가 얼른 캐리어 앞에 앉아 꽉 찬 캐리어를 힘으로 눌러 닫았다.

"미리 말하지."

"어제 엄마랑 통화하고 생각나서 말하려고 했는데, 자기가 회식하고 늦은 걸 어떻게 해?"

"알았어. 나 좀 씻고. 술 좀 깬 다음에 데려다줄게."

"응."

모처럼 기분 좋아 보이는 얼굴로 서원이 대답했다. 잠긴 캐리어를 현관 쪽으로 세워놓자, 서원은 작게 흥얼거리기까지 했다. 혁호가 피식 웃었다.

출발할 때까지 마냥 좋았던 기분은 서원의 친정에 가까워질수록 복잡해졌다. 마을을 차지한 **그**의 존재 때문에 가는 길이 엄청나게 붐빈 탓이었다. '진짜 신이라면, 교통체증부터 해결해야 하는 거 아닌가.' 혁호가 우스갯소리처럼 말했다. 지친 기색이 완연한 얼굴로 서원이 커피에 꽂힌 빨대를 혁호의 입가에 대줬다.

"진짜 이 길에 이렇게 차 많은 거 처음 봐. 명절날도 안 이랬잖아."

"진짜 대단하긴 하네."

"그렇지."

"하긴 신 대리도 오늘 거기 간다더라고."

모르긴 몰라도, 이 길 어딘가에 있을지도 몰랐다.

"신 대리님, 아 기한 씨?"

"어."

"아니 기한 씨, 그 다니는 교회 있지 않았어?"

"맞아."

"근데 완전히 개종한 것 같더라고. 아니, 본인이 믿던 존재라고 믿는 거니까 개종은 아닌가. 아무튼 그래. 나한테 길 물어보던데."

혁호가 대수롭지 않게 대꾸했다. 아이스 아메리카노를 크게 한 모금 마시고 빨대를 놓으면, 컵 받침에 아메리카노를 내려놓은 서원이 제 몫의 생수를 들었다.

"마주칠 수도 있겠네? 엄청 신기할 것 같아."

"그러게. 자기, 배는 안 고파? 화장실은?"

"아직 괜찮아."

서원이 블루투스로 연결해 틀어놓은 노래가 나오기 시작했다. 노래를 따라 흥얼거리던 서원이 도로를 가득 채운 차가 거의 움직이지 못하는 바깥 풍경을 바라봤다. 혁호는 한쪽 볼에 바람을 넣어 부풀렸다가, 핸들 위를 습관처럼 토독토독 손가락으로 두드렸다.

'구원하고, 구원받으라.'

가까워지고 있기 때문일까. 구원을 얘기하는 현수막이 부쩍 늘어났다. '**그분** 계시는 곳, 15km' 이정표 밑에 임시로 걸린 표지판들. 읍내 전체가 **그**를 위해 존재하는 것처럼. 교통체증 때문일까. 이명 같은 것이 느껴짐과 동시에 머리가 아파왔다. 혁호는 저도 모르게 침을 꿀꺽 삼켰다.

추락한 로켓 잔해는 이미 수거되었는지, 그을린 자국이 있는 당산나무의 밑동만이 남아 있었다. 언젠가 오색기가 걸려 있던 자리에 말뚝과 판자로 급하게 만든 것 같은 표지판들이 설치된 모습이 보였다. 혁호는 차 문을 열어 서원이 내리는 것을 도왔다. 트렁크에서 캐리어를 끌고 나오자 묘하게 낯선 느낌이 드는 익숙한 풍경이 보였다. 변한 것이라고는 사라진 당산나무, 새로 생긴 표지판, 어느 때보다 많이 주차된 차들. 마주치는 낯선 이들의 얼굴 위로 번진 들뜬 표정 같은 것들. 누군가는 울고 있었고, 누군가는 웃고 있었다. 혁호는 잠자코 그들을 지나쳐 처가의 대문을 밀었다. 평소에는 대문 밑에 나무 받침을 받쳐두어 활짝 열려 있던 문이, 지금은 약간의 틈을 둔 채로 닫혀 있었다. 아무래도 낯선 사람이 너무 많아졌기 때문이리라.

"장모님, 저희 왔어요."

"엄마! 우리 왔어!"

모래 마당에서 캐리어가 제 맘대로 끌렸다. 현관문이 열리고, 장모님보다 먼저 혁호와 서원을 마주한 것은 제법 낯선 얼굴이었다. 그러니까 지나치게 예쁘고 선한 인상의. 여자가 묵례했다.

"이 집 따님과 사위 분이세요?"

"네. 근데, 누구세요?"

"저희는 **그분**의 사도입니다. 동네가 시끄러워진 터라 양해를 구하려고 찾아왔어요."

"서원이 왔니? 박 서방 고생했네."

여자는 계단을 오른 서원에게 악수를 권했지만, 서원이 여자의 옆으로 뛰어나온 어머니의 품에 안기는 바람에 눈인사로 악수를 대신했다. 여전히 웃는 낯의 여자가 이번에는 혁호에게 손을 내밀었다. 부드럽고 하얀 손이었다. 따뜻한 손이기도 했다. 찰나의 순간 손바닥 중앙이 찌릿하다고 생각했다. *멸망. 구원.*

신실한 사람들은 특유의 눈빛이나 분위기 같은 게 있을지도 모르겠다. 악수를 끝내고 손을 놓는 순간 혁호가 생각했다. 여자는 오래 끌지 않고 살갑고 상냥한 말투로 다시 무어라 말을 하고는 돌아섰다. 혁호는 아무렇지 않은 것처럼 캐리어를 들고 현관으로 들어섰다. *구원. 구원.* 머릿속이 복잡해졌다. 어쩌면 그날 보았던 불투명한 막 같은 게 머릿속에 드리운 것 같기도 했다. 멀미를 했을 리도 없는데.

우리가 세상의 멸망을 막고, 세상은 우리의 멸망을 막는다.

그의 말이 맞을 수도 있지 않을까. 손님에게 대접한 듯 이미 깎아두었던 사과를 싱크대에 밀어둔 서원의 어머니가 다용도실에서 새로 과일을 꺼내왔다.

"저거 손도 안 댄 것 같은데 뭘 또 꺼내."

"얘, 임산부가 예쁜 거 먹어야지."

서원이 어머니와 담소를 나누는 소리가 들렸다. 혁호는 웃는 얼굴을 한 채 창 너머로 보이는 풍경을 바라봤다. 푸릇푸릇해진 나무들과 노란 햇살 같은 것들. 그럼에도 불구하고 멸망이 예정되어 있다면.

혁호는 자신이 틀렸을지도 모른다고 생각했다. 구체적인 예언을 하지 않는다고? 이미 **그**는 멸망을 말했다. 그리고 멸망을 막을 것이라고 했다. **그**의 능력을 생각했을 때, 누구도 모르는 진리를 **그**가 알고 있다고 한들 하나 이상할 게 없는데도. 신념을 가진 사람의 눈빛을 떠올렸다. 그리고 손바닥에서 느껴지던 묘한 찌릿함. **그**는 진짜였다. 혁호는 본능적으로 직감했다. **그분**은 진짜다.

믿음은 계시처럼 불시에 벼락처럼 꽂히는 것이었다. 혁호의 손바닥 중앙으로부터 충만한 믿음이 온 몸을 타고 올랐다. 당장이라도 **그분**을 찾아가고 싶은 마음이 혁호의 마음을 채웠다.

"자기야, 이것 좀 먹어봐."

"어? 어."

"뭘 그렇게 봐.

과일을 찍은 포크를 혁호의 입가에 대주는 서원의 표정이 밝았다.

서원은 일주일 정도는 친정에 있겠다고 했다. 서원 대신 서원의 어머니가 혁호의 눈치를 봤다.

"얘, 너는 결혼한 애가 일주일이나……."

"장모님이 계신데요, 뭘."

"그니까. 혁호 씨가 애도 아닌데, 일주일을 혼자 못 있을 이유가
또 뭐야."

"그래도 부인이 챙겨줘야지."

"어우, 엄마는 대체 언제 적 말을."

"내가 엄마 딸이야, 박 서방이 엄마 아들 아니고."

서원이 샐쭉하게 말했다. 혁호는 그저 사람 좋게 웃어 보였다.

5

*그분께서 가로되, 멸망을 막기 위해서 왔다 하시매 그대 구원받
으라. 우리로부터 멸망을 구하고, 멸망으로부터 우리를 구하라. 서
로 구원하고 구원받으라. 마땅히 그리하라.*

주말이 끝날 무렵, 신 대리에게서 답장이 왔다.

**구원받으실 줄 알았어
요. 사도님께서 과장님
순서는 다음 주 주말쯤
이라고 하십니다.**

— 자기야. 좀 기분이 이상해. 토요일 밤부터 일요일 새벽 사이에
자꾸 이상한 환청 같은 게 들리는 거야. 귓가에서 날벌레들이 날아
다니는 것 같이. 엄마는 내가 예민한 거라는데. 다음 주에 서울 가
면 병원부터 가볼까 봐. 그나저나 자기 밥은 잘 챙겨 먹고 있어?

혁호는 휴대폰 너머로 넘어오는 서원의 목소리에 대답하며 신 대

리가 보낸 답장을 확인했다. 마침내 혁호도 구원받기로 했다. 세례를 받으러 가면서는 서원과 장모님을 설득할 작정도 했다.

그분의 계획은 이미 완벽했다. 혁호는 마음 깊은 곳으로부터 **그분**을 따르기 시작했고, 그로 인해 평안해졌다. 세상은 **그분**으로 말미암아 안전해질 것이다.

6

커피를 들고 만난 이 과장은 신 대리로부터 혁호와 비슷한 시간에 같은 답장을 받았다고 했다. 이제 **그분**의 이야기는 사람이 셋 이상 모인 곳이라면 자연스럽게 흘러나왔다. 특히 생각이 트인 사람이라면, **그분**을 따르지 않을 이유가 없었다. 아직도 계시를 몰라보는 사람들이 늦된 것이라고 말하는 이 과장의 말에 혁호가 동의했다. 지난주에 일찍이 세례를 받은 신 대리는 그들에게 있어서는 거의 대부나 마찬가지였다. 늦되게 깨우친 자들은 신 대리를 통해 **그분**께 나아갔다.

"신 대리 말이야. 세례받고 나서 뭐랄까, 사람이 좀 달라 보이지 않아?"

"이 과장님도 느끼셨습니까?"

"뭐랄까 눈빛부터가 달라졌다고 해야 하나. 약간 총기 같은 게 느껴지기도 하고요."

혁호가 말했다. 이번에는 이 과장이 혁호의 말에 동의했다. 나라 전체에 묘한 기류가 흐른다고 혁호는 생각했다. 아마 사람들이 하나둘씩 깨닫고 있기 때문이리라. 축복 같은 깨달음이 세상에 쇄도하고 있었다.

몸을 정결히 했다. 채식 위주의 식사를 꾸리며 혁호는 자신과 비슷한 생활 패턴을 보이는 동료들과 **그분**에 대한 대화를 나누었다. **그분**께서 지상에 강림하시어 처음으로 펼쳤던 이적과 그들이 마땅히 누리게 될 구원에 대한 이야기였다. 그런 대화가 있을 때마다 웃는 얼굴의 신 대리가 '음'하고 휴대폰 진동 소리 같은 소리를 냈다. 그 소리를 들을 때마다 혁호는 마음이 평화로워진다고 느꼈다.

서원과는 날마다 통화를 했다. 서원은 누구보다 **그분**께 가까이 있었다. 벼락같은 깨달음이 서원에게도 찾아오리라 기대했지만, 뜻밖에도 서원은 깨닫기는커녕 종종 짜증을 냈다. 동네에 낯선 사람이 돌아다니는 것이 신경 쓰인다는 이유였다. 믿지 않는 자는 우매하다. 혁호는 생각했으나, 일단은 아무 말 않기로 했다.

날마다 혁호는 **그분**의 의지를 떠올리며, 퇴근 직후 회사 근처의 하천을 산책하였다. 때때로 혐오스러운 비둘기 따위를 마주치는 것만 빼면 더없이 충만한 하루하루였다. 이 모든 것이 **그분**의 뜻을 벼락처럼 깨달은 순간 찾아왔다. 혁호는 진정으로 **그분**을 따르겠노라 다짐하였다. 사람이라면 응당 그래야 했다. 본능 같은 것이었다.

음.

진동소리가 울렸다. 눈이 마주친 사람이 웃었다. 혁호는 본능적으로 그가 자신의 형제가 될 이라는 사실을 알아차렸다. 아니, 자신이 그의 형제가 될 것이었다. 음. 음. 음.

음.

형제여서 구원받는가 구원받는 자가 형제인가. 금요일 밤 퇴근을 하며 혁호는 자동차에 시동을 걸었다. 인내하고 기다렸으니 이제는 보상을 받을 시간이었다. 멀리서도 **그분**께서 자신을 부르심을 느낄 수 있었다. 마침 서원이 친정에 가 있다는 사실은 스스로를 설득하는 좋은 핑계가 되었다. 그는 구원받아 구원할 것이었다. 자신의 부인과 자신의 아이의 구원은 이제 자신의 손에 달려 있었다. *구원하고, 구원 받으라.* 금요일 밤이라 그런지 고속도로엔 일견 차가 많았다. 그러나 혁호는 이번에는 손가락으로 핸들을 토독 두드리는 대신 **그분**의 뜻이 담긴 영상을 재생했다.

타닥타닥. 음. 윙. 타닥타닥.

우리가 막는다.

깊은 울림이 혁호의 온 몸을 잠식했다.

마을 입구를 넘어 아주 먼 곳까지 주차된 차들이 보였다. 혁호는 처갓집에 주차할 생각을 하며 주차된 차들을 지나쳐 마을로 들어섰다. 주차된 차들의 주인일 사람들이 순례자의 행렬처럼 마을 입구를 걷고 있었다. 가로등 빛에 비친 얼굴들에 고스란히 드러난 환희. 혁호는 전율했다. 처갓집 앞에 주차를 마치자마자 혁호가 그 행렬에 합류했다. 형제들은 기꺼이 혁호를 자신들의 행렬에 끼웠다. 음, 음. 신 대리가 내고는 했던 소리가 행렬의 가운데서 산발적으로 튀어나왔다. 혁호는 저도 모르게 같이 음 소리를 냈다. 모두가 모여 내는 '음' 소리가 마을 전체에 웅웅거리며 울렸다.

그러는 사이 마을회관의 앞집, 혁호의 처갓집에 그제까지 밝혀

져 있던 불이 꺼졌다. *빛을 비추라. 온 세상을 비추라.* **그분**의 뜻에 혁호가 몸을 떨었으나, 행렬은 빛을 따라 발길을 옮겼다. 모두가 깨달은 자들이었다. 그들은 살아남을 것이다. 마을회관의 현관문이 그들을 맞이하는 것처럼 활짝 열려 있었다. 순례, 이것은 이미 순례였다.

마침내 **그분**께서 모습을 임하셨다. 열서넛이 되는 일행이 마을회관에 발을 디디자, 현관문을 지키고 선 **그분**의 사도가 문을 닫았다. 벽 한쪽에 설치된 TV를 등지고 **그분**께서 임하시어 계시었다.

곳곳에 켜진 조명을 받으며 **그분**이 입을 벌렸다. 이어 **그분**이 손을 들었다. *육신은 탈에 불과하니, 마땅히 영혼만이 영원을 구하리라.* **그분**을 따라 순례자 형제들은 손을 들었다. 혁호는 황홀경에 빠져 **그분**의 동작을 쳐다봤다. **그분**이 손을 들어 자신의 목을 조르는 것을 보았다. 혁호는 그대로 **그분**을 좇았다.

그분이 인간의 탈을 벗고, 제 모습으로 임하시는 모습이 환상처럼 눈앞에 펼쳐졌다. 여섯 개의 다리와 겹눈으로 **그분**은 완전히 세상을 두루 살피실 수 있었다. **그분**의 시선에서 자유로울 수 없는 저들은 그저 **그분**을 좇아 스스로의 목을 조르매,

구원을,

그분의 몸에서 움틀거리며 기어 나온 은총들이 혁호와 세례받는 형제들에게 다가왔다. 목을 조르는 손에선 힘이 빠지지 않고, 형제들의 귀에서, 코에서, 입에서, 온갖 구멍에서 아주 가느다란 은총의 흔적이 기어 나오는 광경이,

우리가 세상의 멸망을 막고, 세상은 우리의 멸망을 막으리니.

그분의 등에서 돋아난 날개가 파득거리며 떨렸다. 혁호는 본능적으로 **그분**께서 만족하심을 알았다. 꿈틀거리는 것들이 빠져나간 자리가 홧홧해진다고 생각했다, 눈앞이 온통 번쩍거렸다.

그랬다.

숨이 멎은 사람들의 얼굴이 보라색으로 질려있었다. 기존의 사도들이 인간 몸에 난 한껏 열려 있는 구멍 아무 데나 알을 심었다. 이윽고 사도들의 입에서 가느다란 거미줄 같은 것이 튀어나와 실 같이 변해 고치처럼 사람들을 각자 가뒀다. 꿈틀거리던 흰 것들을 갈무리하여 삼킨 자들이 지구의 시계를 보며 웅웅거렸다.

혁호였기에 혁호가 될 그는 토요일 저녁에 눈을 떴다. 개중에는 이르게 부화한 축에 들었다. 기다리고 있던 사도가 그에게 혁호의 휴대폰을 건넸다. 부재중 전화 34통. 한서원, 아, 아내였다. 그는 사도에게 묵례했다. 더러워진 옷을 인식하지 못한 혁호가 마을회관을 나섰다. 모든 것이 완전했다. 음. **아버지**가 그들을 부화시키셨다. 형제들은 새로운 육신을 얻어, 구원받았다. 혁호는 본능적으로 형제들의 부화를 느꼈다. **아버지** 아래 모두가 하나로 연결되어 있었다. 혁호는 처갓집으로 걸어가며 문득 소리 냈다. 음.

부화한 형제들과 부화하는 형제들이 공명하는 것이 느껴졌다. 웅웅. 그들은 결코 멸종당하지 않을 것이며, 멸망하지 않을 것이었다.

음.

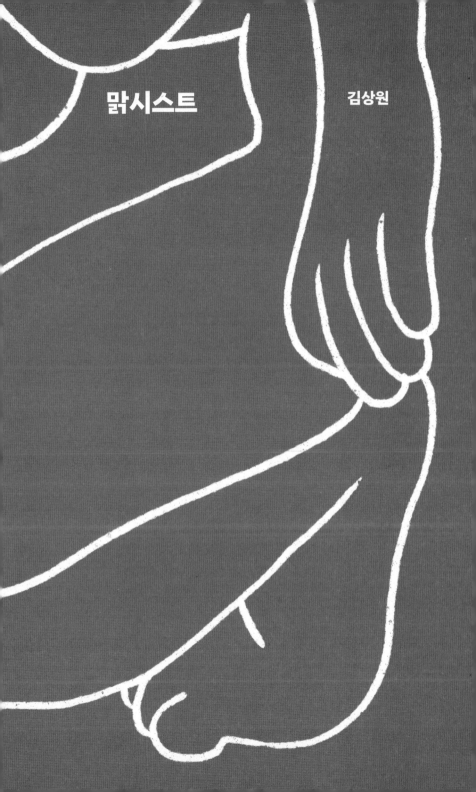

유소유 회원님의 몸을 보관하고 있습니다. 보관료가 발생하고 있으니 빠른 시일 내에 찾아가시기 바랍니다.

3월까지의 누적 보관료 : 200,000원

(주)콤프라꾸에르쁘

메시지를 본 순간 내 눈을 의심했어. 내 몸을 보관하고 있다고? 게다가 돈을 내라? 전화를 걸지 않고는 못 배기겠더라고.

"안녕하세요. 콤프라꾸에르쁘입니다."

"그쪽에서 보낸 메시지를 받았는데요. 제 몸을 보관하고 있다는 게 대체 무슨 말씀이신지?"

"말 그대로입니다. 회원님의 몸을 저희가 보관하고 있다는 안내입니다."

헛웃음이 나왔어. 하, 요것들 봐라. 차라리 돈을 보내지 않으면 납치한 딸의 장기를 팔아 치우겠다고 해라. 철 지난 납치극 피싱도 아니고, 신종 피싱도 정도껏이지. 이 무슨 근본도 씨알머리도 없는 개수작이란 말인가.

"아니 이봐요. 지금 제 몸은 여기서 이렇게 전화를 걸고 있잖습니까."

"확인해 보겠습니다. 지금 거신 번호가 회원님 전화 맞으시지요?"

"허 참. 네, 맞죠, 당연히."

"네. 잠시만 기다려 주세요."

곧이어 비발디의 「화성의 영감」을 배경으로 명랑한 목소리의 안내 멘트가 흘러나왔어.

지금 회원님의 대여 이력을 조회하고 있습니다. 잠시만 기다려 주세요. 저희 콤프라꾸에르뽀는 회원님의 활기찬 삶을 위해 언제나 최선을 다하겠습니다. 지금 회원님의 대여 이력을······

와, 요즘 피싱 참 디테일하네. 소재도 참신하고 스토리도 짜임새 있어. 이걸 또 난 이렇게 기다리고 있잖아. 참 열심히들 산다. 내가 요즘 돈 좀 벌었다고 안이하게 살았나 봐. 반성해야겠어. 아주 본받을 만해.

뚜.

벨소리와 함께 상담원의 목소리가 들렸어.

"오래 기다리게 해서 죄송합니다. 확인해 보니 유소유 회원님께서는 이전의 몸을 맡기시고 다른 몸을 대여 중이십니다. 그런데 반납 기간이 지나셨네요."

잉, 이건 또 뭔 스토리?

"아마 기억이 안 나실 거예요. 기록을 보니, 회원님께서 몸을 대여하실 때 기억 분리 옵션을 선택하셨거든요. 그런 분들은 이전 몸의 기억이 안 나실 수 있으십니다."

상담원은 담담하고 친절하게, 차근차근 정성껏 안내를 이어갔어. 좀 황당무계한 얘기임에도 실로 진지한 태도였지. 질문을 던질 수밖에 없었어.

"에…… 그러니까 제가 몸을 빌린 기억이 없는 건, 제가 지금 이 몸을 빌릴 때 이전 몸의 기억을 심지 않기로 했다는?"

"네, 그렇습니다. 회원님."

그렇네, 내가 기억을 하지 않기로 했으니까 기억이 나지 않는 게 당연하겠네. 묘하게 수긍이 가는걸.

"어…… 그런데 제가 그런 옵션을 선택했다는 걸 어떻게 알 수 있죠?"

"그래서 저희가 이렇게 메시지로 알려드리는 거고요. 저희 센터로 방문하시면 이전 기억을 직접 확인하실 수 있답니다."

아, 그렇지, 직접 확인하면 되겠네.

"한마디로 지금 제 몸은 빌린 거고, 원래 제 몸은 그쪽에서 보관 중이라는 거네요."

"네, 맞습니다, 회원님."

결국 지금 내 몸이 내 몸이 아니라는 얘긴데.

"어…… 그런데, 제가 그…… 원래의 몸을 꼭 찾아야 하나요?"

"네, 그렇습니다. 대여 기간이 지나셨거든요."

"어…… 그래도 제가 안 찾으면요?"

"무슨 피치 못할 사정이라도 있으신가요, 회원님?"

"사정이라기보다는…… 그게 좀 귀찮기도 하고……"

"시간이 지날수록 미반납 몸에 대한 연체료와 보관하신 몸에 대한 보관료가 계속 불어납니다, 회원님."

아, 연체료와 보관료. 모든 상황을 이해했음에도 어안이 벙벙했어. 그런데, 어떻게 반납하라는 거지? 어디 도서 반납함 같은데 들어가는 건가? 나는 무어라 할 말을 잃고 얕은 탄식만 반복했어.

"어…… 그러면…… 에……"

상담원은 조금 낮은 톤으로 싸늘하게 말했어.

"그럼에도 계속 반납을 미루신다면, 어쩔 수 없이 저희 쪽에서 수거를 합니다, 회원님."

* * *

속는 셈 치고 센터에 방문했어. 뻥 뚫린 공간에 운동 기구들이 빙 둘러 있었어. 시원한 주광색 조명 아래 경쾌한 음악을 타고 스포티한 차림의 울끈이 불끈이들이 분주하게 오가고 있었지. 이건 완전히 피트니스 클럽이잖아. 순간 눈앞에서 빨간 빛이 반짝했어.

"유. 소. 유. 회원님. 세 번째 방문을 환영합니다."

스피커에서 내 이름이 흘러나왔어. 동시에 맞은편에서 누군가가 콩콩 달려오지 뭐야.

"유소유 회원님?"

여자는 내 앞에 오똑 서서 당당하고 곧은 자세를 취했어.

"네, 제가 유소유이긴 한데, 여기 회원인지는⋯⋯"

"반갑습니다. 저는 회원님 담당 트레이너 무공실이라고 합니다. 이쪽으로 오시죠."

군더더기 없는 매끈한 동작과 절도있는 걸음걸이에 압도당한 나는 순순히 트레이너의 뒤를 따랐어. 전면이 유리로 된 슬라이딩 도어 위로 붉은 표시등이 보였어.

확인실

트레이너가 오른편으로 고개를 휙 돌려 눈을 부라리자 치익, 하고 문이 열렸어. 은은한 아이보리빛이 감도는 고요하고 쾌적한 방이었어.

"먼저 이전의 몸과 기억을 확인하실 거예요."

트레이너는 격자로 칸칸이 나뉜 한쪽 벽에서 기다란 수납함 하나를 쑥 뽑았어. 그런 다음 수납함 아래 선반 지지대를 돌돌 풀어 바닥에 고정시킨 다음 이렇게 말했지.

"회원님이 맡기신 몸입니다."

수납함이 좌우로 갈라지면서 서늘하고 뿌연 냉기 사이로 살색의 무언가가 드러났어.

"하아⋯⋯"

나도 모르게 그만 탄식이 흘러나왔지.

"이게⋯⋯"

지금의 탄탄한 몸과는 비교도 할 수 없을 정도로 후줄근하게 늘어진 살덩이들. 그것은 마치 물에 불은 시체처럼 보였어.

"이걸 쓰시죠."

트레이너가 커다란 헬멧을 건넸어.

"확인용 헬멧입니다. 이게 회원님의 뇌와 여기에 누운 이 이전의 몸을 연결할 거예요. 이걸 쓰시는 동안 제가 이전 몸의 각 부위에 미세한 전기 자극을 흘려보낼 겁니다. 그러면 과거의 감각과 기억들이 되살아나게 되죠."

나는 헬멧을 들고 수납함 속의 살덩이를 힐끔거리며 망설였어. 트레이너가 방긋 웃으면서 나를 안심시켰어.

"임시로만 연결하는 거예요. 길어야 오 분? 헬멧을 벗으시면 다시 지금의 몸으로 돌아오실 테니 아무 걱정 마세요. 하나도 안 아파요."

나는 마지못해 헬멧을 쓰고 의자에 풀썩 누웠어. 트레이너는 분주하게 수납함 속의 살덩이에 무언가를 연결하고 모니터를 확인했어. 그런 다음 나직이 속삭였지.

"따끔하세요."

"흡."

순간 온몸의 근육이 오싹 움츠러들면서 감각이 무뎌졌어. 동시에 사방의 벽이 아득히 멀어졌어. 공간이 확장될수록 내 몸은 무한히 줄어들었어. 마침내 그 어떤 점보다도 작은 점이라고 느껴졌을 때, 무언가가 다시 살아났어. 감히 나라고 할 만한 감각들이, 그리고 기억들이.

***

나는 지독한 맑시스트였어. 대학에 입학했던 그해부터 근 삼십 년 동안을 자본주의에 맞서 싸웠지. 자본에 저항하기 위해 대기업이나 공기업 취업을 거부하고, 경쟁 없이 다수 노동자와 공존하는 삶을 살기 위해 작은 스타트업에 늦깎이로 취업을 했다가, 청년들과 일자리를 나누기 위해 조기 은퇴했던 거야. 회사를 관두고 반려인에게 이렇게 말했지.

"더 어린 노동자들과 일자리를 나눠야만 했어, 노동자라면 연대해야 하니까."

반려인은 실눈을 뜨고 입꼬리를 올리며 이렇게 말했어.

"당신은 이제 더 이상 노동자가 아냐, 회사를 관뒀으니까."

반려인은 자기도 더 젊고 어린 임금 노동자와의 연대와 섹스를 꿈꾸겠다며 키우던 강아지를 안고 떠났어. 나는 휑한 집 바닥을 밀며 낙담했지. 반려인과 강아지가 떠난 것보다, 더 이상 노동자가 아니라는 현실을 받아들일 수가 없었던 거야. 나는 맑시스트고, 노동자이기에, 무언가 노동을 해야만 했어. 하지만 그럴 수가 없었지. 지금 같은 저성장 시대에 나 같은 늙다리가 일을 한다는 건 젊은이들의 일자리를 빼앗는 착취적 노동 행위니까. 그렇다면 주식이나 코인은? 말도 안 되지. 노동으로 획득한 재화를 금융자산으로 불리는 짓은 자본가들이나 하는 착취적 머니게임이잖아. 부동산은? 더더욱 안 될 말이야. 일단 그만한 돈도 없지만, 노동자가 어찌 토지 지분 같은 생산수단을 소유해서 자본가의 길을 가겠느냐고. 빌어먹을 세상. 이놈의 자본주의 시스템에서 오십 줄의 맑시스트가 할 만한 노동 따위 없었어. 여성 착취적 출산과 육아를 거부했고, 무엇보다 사회적 연대를 해칠 수 있는 가족 이기주의의 함정에 빠지지 않기 위해서 아이도 갖지 않았지. 내게는 아무것도 남지 않았던 거야, 월세 보증금 걸린 낡은 빌라, 그리고 술과 중력을 이기지 못해 처진 살로 둘러싸인 몸뚱어리 말고는.

'어딘가 나와 같은 맑시스트가 또 있을 거야.'

나는 나와 같은 동류의 반자본적 맑시스트를 찾아 온라인을 뒤적거렸어. 각종 SNS는 물론 카페나 소모임, 심지어 당근마켓까지.

코인, 주식, N잡러, 부업, 창업······

온통이 돈! 돈! 돈! 사람들의 관심사는 오로지 돈뿐이었어. 이제는 자본가뿐 아니라 노동자도, 소비자도, 자영업자도, 백수도, 모두가 자본의 편이야. 모두들 어떻게든 자본과 담합하고 있었지. 노동자와 자본가의 구분은 흐무러졌어. 이제 노동자에게 일거리는 취업 상품이고, 주식은 금융 상품이야. 무료 콘텐츠는 광고 노동이고, 검색 노동이고, 취향 데이터 제공 노동이야. 소비마저 노동이고, 소비자는 노동자인 동시에 주주인 시대야. 모두가 자본의 무한 확장을 원해. 인정할 수밖에 없어, 맑시스트는 멸종되었고, 내 인생은 실패야.

'그만 끝내자.'

빌라 옥상 난간에 올라선 내 모습이 보여. 12층 아래 딱딱한 아스팔트까지 어떤 방해물도 보이지 않아. 슈욱. 픽. 저 바닥까지 일 초도 안 걸리겠지. 고통 없이 한순간에 가기에 딱 좋은 높이야. 분명 온몸이 아싹 으스러지겠지만, 뭐 상관없어, 그러기 전에 내가 먼저 몸을 떠날 테니까. 오케이, 머리부터 떨어지자. 양팔을 벌리고 고개를 들었어. 서편의 노을이 아름다웠지. 마치 화성에 온 기분이었어. 그래, 저 하늘만 보고 가는 거야, 밑은 보지 말고. 그렇게 마음을 다 잡고 몸을 기울이려는 순간,

징.

주머니에서 폰이 진동했어.

어엇!

순간 중심을 잃으면서 오른쪽 발이 쑥 빠지는 거야.

으앗!

턱.

나도 모르게 벌린 양팔을 직각으로 올려 난간에 걸었어. 양팔에 반사적으로 중력과 몸무게에 반하는 힘이 들어가면서 어깨 근육에 찢을듯한 통증이 전해졌어.

아악.

그럼에도 난간에 걸린 팔을 풀 수는 없었어. 나는 분명 죽을 생각이었는데, 이렇게 필사적으로 몸뚱이를 끌어 올리는 이 생존본능은 누구의 것? 그러게, 나 지금 뭐 하는 거야. 뭐 하러 이렇게 힘들게 잡고 있느냐고. 정신 차리자. 죽기로 했으면 죽어야지.

징.

팔을 풀려는 순간, 주머니에서 폰이 한 번 더 울렸어. 하아, 정말 되는 일이 없네. 으아 왜 하필 이럴 때 폰이 울리냐고. 궁금하잖아. 이걸 꼭 확인해야 하나? 씨발 스팸이나 알람 같은 거면 개짜증인데. 그냥 놔 버려? 아냐, 이 자세면 분명히 발부터 떨어질 거야. 한번에 죽지 못하고 천천히 고통스럽게 죽게 될 거라고. 올라가서 다

시 자세를 잡아야만 해. 그리고 혹시 모르잖아. 어쩌면 근 한 달 만에 진짜 사람이 연락한 걸 수도 있는 거 아냐. 죽을 땐 죽더라도 메시지 확인은 해야 할 거 아니냐고.

으…… 윽…… 으허!

안간힘을 다해 벽을 딛고 난간을 타서 간신히 기어 올라왔어. 난간 옆에 누워 푸푸 가쁜 숨을 토하면서 폰을 꺼내 메시지를 확인했어.

맑시스트 님께 고액 생동성 알바를 추천합니다.

하루 입원으로 1억 원 지급.

(주)콤프라꾸에르뽀

그래, 이 메시지가 기억나. 진정한 맑시스트를 찾는다는 글을 여기저기 올렸었는데 아마 그걸 타고 온 DM이었을 거야. 그런데 대체 얼마나 위험한 약물이길래 돈을 이렇게 많이 주는 걸까? 맑시스트를 찾는 맑시스트에게 이런 제안을 하는 이유는 뭘까? 너무나 희소해서 1억 원? 아니면 나 같은 맑시스트 하나를 없애는 게 1억 원의 가치가 있다는 걸까? 옥상 바닥에 누워 땀에 절은 살덩이를 내려다봤어. 조금 전 수납함 속에 구겨진 저 살덩이를 봤을 때의 느낌과 별다르지 않더군. 용기가 났어.

'알게 뭐야, 이 따위 몸. 어차피 죽을 거였잖아.'

자포자기하는 심정으로 이곳을 찾아왔던 거야. 그리고 지금 이 무공실 트레이너가 내 몸을 교체해 주겠다고 했을 때, 나는 이렇게 반발했었어.

"이런 사업은 결국 인간의 몸을 상품화하는 것입니다."

맑시스트답게 말이지. 그러자 연구소 소장이라는 사람이 나타나서 이랬더랬지.

"선생님 말이 맞습니다. 몸이야말로 생산수단이지요."

몸이 생산수단? 토지, 천연자원, 공장, 기계 같은?

"세습되는 신분의 격차를 타파하는 게 공정 경쟁이고, 경쟁 능력의 격차를 타파하는 게 평등입니다. 그리고 모든 능력은 몸에서 비롯하지요. 가장 원시적인 위계 서열은 신체적 폭력으로 정해집니다. 짐승이나 아이들의 세계가 그렇지 않습니까. 몸은 능력의 원천이자 격차의 근원입니다. 저희 '신체 교환 사업'이 바로 그 '몸의 격차'를 줄이기 위한 시스템입니다. '몸'이라는 생득적 격차를 임대와 매매로 순환시키자는 취지지요. 한 번 타고난 몸을 죽을 때까지 변경하지 못한다면, 그야말로 공정과 평등에 반하는 것 아닐까요?"

공정과 평등을 위한 신체 교환? 옳거니, 바로 그거야! 맑시스트로서의 자존감과 명분. 그리고 사실 생산수단이고 나발이고, 무엇보다 외롭고 무의미한 생을 이어가는 실패한 맑시스트에게 필요한 건 돈과 새 몸이었으니까. 그러니까 나는 돈을 받고 내 몸을…… 가만, 기억나. 그러고 보니 내가 남의 몸을 빌린 게 아니라……

***

"제가 돈을 받고 몸을 빌려드렸던 거 같은데요."

난 어리어리한 기분으로 입을 열었어. 헬멧은 어느 틈엔가 벗겨져 무공실 트레이너의 손에 들려 있었어.

"네, 저희가 회원님의 몸을 빌리긴 했습니다. 신체 확보 차원에서요. 하지만 보시다시피 회원님의 몸을 계약하신 실수요자분은 아직 없으시네요."

그랬겠지. 누가 돈까지 내가면서 저따위 몸을 빌리겠냐고.

"그리고 회원님은 저희가 드린 보증금으로 지금의 그 몸을 빌리셨고요. 그 임대 계약 4년이 끝나서 이렇게 연락드린 겁니다. 이전 몸과 기억은 확인하셨죠?"

"네, 저 맞네요."

"네, 그럼 잠시 고민하실 시간을 드릴게요."

수납함의 살덩이를 보니 절로 고개가 저어졌어. 그리고 두 팔로 지금의 내 몸을 감싸 안고 아래로 훑어 내려갔어. 쩍 벌어진 어깨와 우람한 팔뚝, 적당한 복근과 유연한 허리, 성난 엉덩이와 알찬 허벅지, 그리고 가랑이 사이로 툭 불거져 이 모든 조화의 중심을 잡아주는 튼실이. 고민하고 자시고 할 것도 없었어.

"그냥 지금 이 몸 그대로 갱신할게요."

"네. 그럼 바로 갱신 계약 진행하겠습니다."

무공실 트레이너가 싱긋 웃으며 기다렸다는 듯이 패드를 열었어. 당연한 거잖아. 어느 누가 이런 완벽한 몸에서 저런 후줄근한 몸으로 갈아타겠냐고. 그런데,

"어?"

패드를 살피던 무공실이 눈살을 찌푸리는 거야.

"흐음."

무공실은 입을 앙다물고 내 얼굴을 뚫어져라 쳐다봤어. 뭐야, 불안하게.

"왜요?"

무공실은 무언가 결심한 듯 결연히 입을 뗐어.

"안타깝지만 갱신은 불가합니다."

이게 뭔 소리? 무공실은 애써 태연한 표정을 지으며 담담하게 말했어.

"실시간 계약 상태를 확인해 보니, 회원님께 몸을 빌려주신 소유주분이 다시 그 몸으로 들어오시겠다고 결정하셨네요."

나는 고개를 갸웃 기울였어.

"오늘 아침에 저쪽에서 먼저 갱신 불가 옵션을 걸어놓으셨네요. 소유주분 마음이 변하셨나 봐요. 드문 경우이기는 한데, 어쩔 수 없습니다, 소유주분께서 직접 들어오겠다고 하시니."

"그러면……"

무공실은 안색을 바꾸고 단호한 목소리로 말했어.

"오늘 중으로 몸을 빼주셔야겠습니다. 소유자분 입주일이 내일이라서요. 몸을 반납하시고 원래의 몸으로 이주하시도록 저희가 도와드리겠습니다."

그러고는 이어셋 마이크에 대고 말했어.

"25번 상황입니다. 서둘러 주세요."

곧바로 건장한 보안요원이 이동 침대를 끌고 나타나더군.

"자, 이리로 누우세요, 회원님."

무공실이 침대를 가리키며 구슬렸어. 보안요원은 구속복을 풀면서 나를 노려봤어.

"잠시만요. 오늘 당장 몸을 빼라니, 너무 급하잖아요."

그런데 몸을 빼라는 게 맞는 말인가? 내가 이 몸에서 빼야 하는 건 무엇? 나를 빼서 몸을 비우라는 거잖아.

"저보고 어딜 가라는 거예요, 대체."

무공실이 수납함의 살덩이를 척 가리켰어.

"저쪽으로 모시겠습니다. 보시다시피 저렇게 비어있으시니까요."

"아니 뭐…… 보증금 문제도 있을 테고……"

"저희가 지급했던 회원님의 몸 임대 보증금 1억 원은 갚지 않으셔도 됩니다. 어찌 되었건 임대인을 구하지 못한 건 저희 책임이니까요."

보안요원이 어깨 근육을 씰룩거리며 내게 다가왔어. 순간 깨달았지, 저 살덩이가 얼마나 처치 곤란한 천덕꾸러기였는지를. 감이 왔어, 이것들이 나를 저기다 파묻고 저 살덩이를 치워 버리려는 거구나. 이토록 말짱한 내 몸을 두고 저 쓰레기통 속으로 다시 들어가라고? 안 돼, 그럴 수는 없지. 그냥 이렇게 쫓겨날 수는 없는 거야.

"잠깐!"

무공실이 한숨을 푹 쉬며 마지못해 보안요원을 가로막았어.

"네, 회원님."

"꼭 저 몸이어야 하나요? 다른 몸을 보고 싶어요."

"가능합니다만, 아무래도 돈이 좀 드실 텐데요."

허허. 그래, 돈이 들겠지, 이 친구야. 그런데 나도 이 몸으로 돈 좀 벌었다고. 지금의 나는 4년 전의 저 맑시스트가 아니란 말이지. 이 몸은 우락부락한 노동 근육이 아니라 섬세하게 단련된 맞춤 PT 근육이라고. 이런 귀족적이고 생기 가득한 몸이야말로 투자자들 모임에 최적화된 몸이지. 이제 나도 친밀감과 거드름을 동시에 피우고, 가격표 없는 메뉴판에 익숙해질 만큼의 여유가 생겼어. 이 몸은 이제 부르주아라고. 나는 여유있는 미소를 지으며 물었어.

"얼마 정도 드는데요?"

무공실이 되물었어.

"음…… 임대요? 매매요?"

"뭐 매매로 갑시다."

"그게 매물이 그리 많지는 않습니다. 지금 회원님의 몸과 비슷한 피지컬이라면 B등급이고 15억 정도인데 매물이 거의 없는 상태고요. 그 윗등급은……"

"잠깐."

"네."

"임대료가 1억이라면서요."

"아, 그건 4년 전 저기 저 회원님의 이전 몸 전세 시세고요. 지금 저건 찾는 사람이 아예 없어서 등급이 많이 내려가셨어요."

'저건'이라…… 그래, 이제 무공실도 저 살덩이를 물건 취급하고 있어.

"게다가 지금은 B등급 수요가 폭증해서 매매가가 세 배 정도 오른 상황이고요."

이런.

"아까 기억나셨을지 모르겠지만, 4년 전에도 저희가 지금 계신 몸 매매를 추천드렸었거든요. 하지만 회원님께서 대출에 대한 거부감이 워낙 심하셔서."

그래, 그랬겠지. 저 살덩이에 살던 난 빌어먹을 맑시스트였으니까.

"자, 그럼. 진행하겠습니다."

보안요원이 다시 움직이기 시작했어. 아, 이제 정말 끝인가? 아냐, 그래도 이럴 수는 없는 거야.

"움직이지 마!"

나는 다짜고짜 소리부터 질렀어.

"가까이 오면 이거 삼켜 버린다."

그러고는 급한대로 폰을 꺼내들어 보였지.

"이 정도 크기면 똥으로도 안 나와. 아마 배를 갈라야 할걸. 이 비싼 몸에 상처를 낼 수 있겠어?"

무공실은 팔짱을 끼고 약간 어이없다는 표정으로 싸늘하게 말했어.

"그게 회원님 배 속까지 들어갈까요."

크긴 컸어, 조금…… 많이.

"처…… 천만에. 넣을 수 있어. 오지 마. 넣을 수 있다고!"

입을 쩍 벌리고 폰을 욱여넣었어. 보안요원과 무공실이 고개를 절레절레 저으며 다가왔어.

"으아…… 악아이오이아! (가까이 오지 마!)"

나는 폰을 입에 박은 채로 괴성을 지르며 저항했어. 하지만 보안 요원에게 양팔을 잡히고 버둥거릴 뿐이었지. 무공실이 보안요원에게 말했어.

"입 다칠 수 있으니까 폰 함부로 빼지 말고 그냥 옮기세요. 자해 방지 조치하시고요."

보안요원이 답했어.

"어차피 입이 안 다물어져서 혀는 못 물 것 같습니다. 재갈은 필요 없겠네요."

보안요원과 무공실이 나를 반짝 들어서 이동침대에 눕히고 구속복을 조였어. 나는 폰을 입에 박은 채로 호소했어.

"흠 아여요. 이어 옴 애우에요. (숨 막혀요. 이거 좀 빼주세요.)"

보안요원은 듣는 둥 마는 둥 말없이 이동 침대의 결박 끈을 조였어.

"잠깐."

갑자기 무공실이 보안요원에게 멈추라는 손짓을 하고 이어셋에 귀를 기울였어.

"네. 네. 알겠습니다."

이어셋을 통해 무언가 지시를 받는 눈치였어. 교신을 끝낸 무공실이 보안요원에게 지시했어.

"풀어드리고 연구소로 모셔요. 입에 폰도 빼 드리고요."

***

"오랜만입니다, 유소유 회원님. 제가 누구인지 기억하시죠? 확인실을 거치셨으니."

기억하다마다, '공정과 평등을 위한 신체 교환' 운운하며 나를 꼬드겼던 그 연구소장이잖아.

"여기서 확인실 상황을 모니터링하고 있었죠. 아주 완강하게 저항하시더군요."

소장이 내 입에 박혔던 폰을 건네며 은은한 미소를 지었어. 나는 폰을 확 낚아챘어.

"당연하죠. 누가 그따위 몸으로 다시 들어가고 싶겠습니까."

난 폰을 꼭 쥐고 가시지 않은 울분을 삭이며 소장을 노려봤어.

"이해합니다."

소장은 사람 좋게 고개를 끄덕였어. 그 안온한 모습에 확 하고 울화가 치밀더군.

"아니, 지금 이 상황이…… 이해한다면 답니까? 4년 전에 저한테 뭐라고 하셨어요. 신체 교환으로 몸의 격차를 줄이는 세상을 만든다 어쩐다 그랬잖아요, 마르크스를 들먹이면서."

"네, 그렇게 말씀드렸었죠."

"그런데 이게 뭡니까. 저도 이제는 돈깨나 번 편인데, 이런 저조차도 감당 못 할 정도로 몸값이 폭등한 거잖아요. 이러면 결국 엄청난 부자들만 높은 등급의 몸을 차지하게 되는 거 아닙니까. 저 같은 사람은 평생 저기 저 불어 터진 살덩이에 처박혀 살란 말인가요? 저더러 대체 어디로 가란 말입니까!"

나는 자리에서 벌떡 일어나 울분을 토했어. 눈물이 다 나더라니까. 뭐야, 나 부르주아 아닌 거야? 소장은 네, 네, 하며 다독이듯 고개를 천천히 주억거렸어.

"그래서 제가 제안을 하나 드릴까 하는데요."

"제안?"

짝짝.

소장이 박수를 치자 실험복을 입은 사람이 커다란 수조를 밀고 들어왔어. 수조 안에는 웅크린 몸 하나가 둥둥 떠 있었어. 아주 작고 아름다운 얼굴이었지. 다부진 몸매에 길쭉한 팔다리, 봉긋한 가슴. 남자인지 여자인지 가늠할 수 없는지라 아랫도리로 시선이 갔어. 그런데 어라? 꼬리가 있네.

"묘체(猫體) '링고'입니다. 연묘술(鍊猫術)로 인간과 고양이를 합성해서 배양했죠."

묘체?

"말씀하신 대로 몸값이 폭등했습니다. 저희가 수요와 공급의 균형을 간과한 측면이 있습니다."

그런데?

"저희 콤프라꾸에르뽀는 지속가능한 영생 시스템을 연구 중입니다. 신체 대여 방식도 영생 시스템의 일환이고요. 하지만 신체 대여 방식은 지속할 수 없는 시스템이라는 걸 깨달았어요. 결국 모두가 젊고 우월한 신체를 원하게 될 것이기 때문이지요. 그렇게 되면 신체 수급에 심각한 불균형이 생길 수밖에 없습니다. 불평등도 고려할 문제고요. 부자들이 젊고 건강한 몸들을 싹쓸이한다고 생각해보십시오. 가난한 사람들은 어쩔 수 없이 낡고 병약한 몸에서 살아야 하지 않겠습니까? 극단적으로는 개나 고양이 몸으로 들어가서 애완용 인간으로 살아야 할 수도 있어요."

그것도 나쁘지 않은데? 차라리 부잣집 개나 고양이로 사는 게 가난한 인간의 몸보다 나을 수도. 그런데 그러면 개하고 고양이는 어디서 살지? 아니 내가 지금 무슨 생각을……

"그래서 대안으로 인공 신체를 만들어서 공급하기로 한 거예요. 모두가 원하는 최고 등급의 몸을요. 여기 링고가 그 첫 번째 인공 신체입니다."

"저더러 여기로 들어가라고요?"

"네. 어떠세요?"

분명히 아름다운 몸이었어. 확인실의 그 살덩이에 비할 게 아니었지. 아니, 솔직히 지금의 내 몸보다도 백배 천배 더 끌릴 정도였어.

"그런데 가격은 얼마나?"

"일단은 빌려 드리겠습니다. 그것도 무상임대로요."

오호, 나쁘지 않은걸.

"대신 링고로 번 돈을 저희와 공평하게 나누는 겁니다. 짐작건대 지금의 몸보다 훨씬 더 많이 버실 겁니다. 그렇게 버신 돈으로 링고를 사시면 되겠죠."

"저는 계속 일을 해야겠네요."

"아무래도…… 온전한 '내 몸 마련'까지는 시간이 걸릴 수밖에 없겠죠."

내 몸 마련이라. 그런데, 링고로 살면서 돈을 벌어서 링고를 사라고? 뭔가 이상하잖아. 그렇다고 확인실의 그 살덩이로 되들어가는 건…… 으, 차라리 고양이로 살고 말지. 아, 어쩐다. 나는 아직도 얼얼한 볼을 어루만지며 고개를 수그렸어.

"참, 이 말씀을 안 드렸네요."

소장이 조종대 버튼을 누르자 수조 밑에서 로봇팔 하나가 올라 왔어.

"묘체 링고는 음과 양의 놀이기관을 모두 갖췄습니다. 연묘술의 쾌거지요."

소장이 조종대를 잡고 로봇팔을 움직였어. 로봇팔이 묘체의 꼬 리를 들어 보이자 암수 두 개의 기관이 드러났어.

컥.

그 기묘한 아름다움에 나도 모르게 꿀떡 침이 넘어갔어.

"자아가 남성이든 여성이든 모두 입주할 수 있도록, 또 기존의 자 아와 반대의 성을 경험하고픈 자아도 입주할 수 있도록, 모든 자아 의 모든 젠더에 호환할 수 있는 완벽한 범용 자웅동체랄까요."

"저…… 저게 둘 다 그…… 생식기관인 거죠?"

"생식기관이라고 칭하기에는 좀 어폐가 있습니다. 묘체는 출산 이 아니라 배양으로 만들어지니까요. 번거롭게 임신ㆍ출산의 과정 을 거칠 필요가 없습니다. 그래서 저희들은 저걸 유흥기관이나 놀 이기관이라고 부릅니다, 오로지 쾌락을 위한 기관이니까요."

로봇팔이 집게를 풀자 꼬리가 또르르 말려 들어갔어. 마치 꼬리 가 '나도 감정이 있다고'라며 투정을 부리는 것만 같았어. 그 새초 롬한 동작이 내 마음을 뒤흔들었어. 바로 저렇게 되고 싶었지 뭐야. 주먹을 불끈 쥐고 소장에게 말했지.

"좋습니다."

소장은 두 손을 모아 가슴에 얹고 빙긋 웃으며 말했어.

"그리고 입주는 '가상 뇌'로 하시게 됩니다."

"가상 뇌요?"

"묘체는 생물학적 물리 뇌가 아닌 가상 뇌로 움직입니다. 효율성 때문이지요. 물리 뇌가 소모하는 막대한 에너지를 다른 기관이 쓸 수도 있습니다. 뇌 공간이 줄어드는 만큼 얼굴 크기도 획기적으로 작아지고요."

하긴, 저 조막만한 얼굴에 이따만한 뇌가 들어갈 수는 없겠지. 수긍이 갔어.

"회원님의 물리 뇌는 스캔해서 디지털로 인코딩한 다음에 별도로 보관하겠습니다. 앞으로 물리 뇌를 쓸 일은 없으시겠지만, 뭐 만일을 위해서요."

***

소장은 나, 링고를 연예계에 데뷔시켰어. 사람들은 열광했지. 앙큼하고, 유연하고, 지적이고, 야생적이고, 익숙하면서도 기괴한 친근감. 고양이와 인간의 매력을 집대성한 묘체는 매력을 넘어 마력을 발산했어. 그 마력은 기획하고 단련한 페르소나가 아니라, 묘체 그 자체에서 뿜어 나오는 원초적인 힘이었지. 소장의 예측이 적중한 거야. 콤프라꾸에르뽀는 소장을 필두로 '링고 전담팀'을 꾸리고 본격적인 돈벌이에 나섰어.

<마력의 링고>

<중성의 초월자>

<인간, 고양이, 그 무엇도 아닌>

......

링고를 위한 음악과 영화가 잇따라 만들어졌어. 소장은 링고가 단순한 볼거리에 머물지 않도록 심층적인 전략을 짜기 시작했지.

"링고는 시대를 전환하는 아이콘이 되어야 해요. 마력의 묘체에 걸맞은, 보다 본능적이고 전위적인 표현 양식이 필요합니다."

본능적이고 전위적인 표현 양식? 뭐 무대 위에서 붕가붕가라도 하라는 건가.

"회원님이 무슨 짓을 하시든 상관없습니다."

뭐라?

"회원님의 행위가 중요한 게 아닙니다. 사람들은 그렇게 행하는 회원님의 꼬리에 열광하는 거라고요."

"꼬리요?"

"네. 회원님의 저 살랑거리는 꼬리야말로 묘체의 본능이 가장 돋보이는 부분이지요. 보세요, 저 교태로운 자태를. 마치 묘체에서 자라난 꽃 같지 않나요."

소장은 머리 위로 발딱 서서 물음표를 그리고 있는 내 꼬리를 우러러보며 경탄했어. 아니, 꼬리가 꽃이면 나는 뭐 흙밭이야 이파리야.

"아! 저 도도한 곡선. 위트 있는 표현력. 정말이지……"

그러고는 시선을 내려 내 얼굴을 보더니 시큰둥하게 이러는 거야.

"꼬리는 완벽해요. 회원님은 표정과 목소리 톤에 신경 좀 써 주세요."

소장은 꼬리 연출을 직접 챙기기 시작했어. 수시로 내 꼬리털을 다듬고, 리본이나 방울 같은 형형색색의 소품들을 달기도 하고, 수시로 염색도 시켰지. 이에 질세라 나도 덩달아 꼬리에 목을 맸어. 꼬리의 표현력을 최고치로 끌어올리기 위해 변화무쌍한 꼬리 모양을 짓고, 움직임마다 적절한 리듬과 악센트를 줬지. 그리고 꼬리의 감정 표현이 행동과 조응하도록 보다 섬세하게 가다듬었어. 때때로 몸통은 분노하면서도 꼬리만은 행복하게 나부끼는 식의 아이러니를 연출하기도 했어. 그럴수록 사람들은 꼬리에 빠져들었고, 상대적으로 나에 대한 관심도는 떨어졌어. 내 꼬리를 떼어다가 다른 연예인에 붙인 사진들이 나돌 때 즈음에서야 깨달았어.

기. 생. 충.

소장 말대로 꼬리는 완벽했어. 문제는 나였다고. 나는 꼬리 끝에서 붙어먹는 처량하고 부수적인 몸통에 지나지 않아. 이대로 살 수는 없어.

'이 빌어먹을 꼬리로부터 독립해야만 해.'

나는 꼬리를 감추고 보다 현란한 안무를 시도했어, 사람들이 꼬리가 아닌 내 몸통에 집중할 수 있도록. 하지만 사람들은 꼬리를 배제한 안무에 시큰둥한 반응을 보였어. 소장은 의기소침한 나를 이렇게 위로했어.

"운명입니다. 꼬리에 대한 질투심은 일종의 이질감이에요. 인간과 고양이가 섞이면서 새로 발생한 묘체만의 감각이죠. 꼬리와 싸우지 말고 그냥 꼬리를 받아들이세요."

그래, 맞는 말이야. 인간의 몸통 따위로는 고양이 꼬리의 매력을 도저히 이겨낼 수 없다고. 이질감 정도라면 그냥저냥 적응할 수 있겠지. 그보다 더 큰 문제가 있어. 사람들이 이렇게 요구하기 시작한 거야.

"꼬리를 갖고 싶어요!"

이제 사람들은 링고와 같은 묘체가 되고 싶어하고 있어, 내가 그랬듯이. 이제 알겠어. 링고의 몸은 마약이야. 쾌락을 최대로 느끼도록 해 주는 인터페이스지. 사람들은 선망하는 소비자를 넘어 링고 그 자체가 되어 중독되기를 원하는 거야. 시시각각 그날이 다가오고 있어. 나 따위는 언제든지 대체되겠지. 결국 나는 버려질 거야.

* * *

시이나 링고의 「죄와 벌」을 리메이크하기로 했어. 이 요망 야릇한 본능의 묘체를 망가트리기로 작정한 게지. 염세적이면서도 쾌락적인 몸. 미래 따위는 없고 현재만을 반복하는 섹스 같은 몸. 묘체의 나는 영원히 죽지 못하기에, 생은 의미가 없기에, 링고에게는 마지막 무대가 필요한 거야.

미래 같은 건 보지 말아 줘.
확신할 수 있는 현재만을 반복해.
내 이름을 제대로 불러 줘.

내 몸을 만져 줘.

— 시이나 링고 「죄와 벌」 中

곡의 막바지. 날카로운 관현악기들의 앙상블이 몰아치는 쾌락의 파고 사이로 불온하고 감미로운 색소폰이 저주처럼 비어져 나오고 있었어. 나는 무대 가운데에 선 채로 멀거니 객석을 바라봤어. 숨죽인 관객들은 무언가를 기다리고 있었지. 그때, 등 뒤에서 괴이한 기운이 허리를 타고 스멀스멀 차올랐어. 바로 고년, 꼬리가 뱀처럼 내 목을 칭칭 감아 돌기 시작한 거야.

와!

관객들의 함성이 터져 나왔어.

'이게 또 어딜 기어올라?'

음악이 멈추고 관객들의 환호가 이어졌어. 나는 꼬리에 감긴 채 쓴웃음을 지으며 마지못해 손을 흔들었어. 그러자 목에 감긴 꼬리의 끄트머리가 머리 뒤로 쑤욱 솟아올라 앙증스레 살랑이지 뭐야.

우와!

또 한 번 함성이 터져 나왔어. 나는 애써 바보 같은 미소를 짓고 꼬리의 리듬에 맞춰 하릴없이 손을 흔들었어. 꼬리를 향한 함성과 박수가 그치지 않았어. 나는 슬쩍 고개를 돌려 꼬리 끝을 노려봤어. 그랬더니 이 미친년이 끄트머리를 슬쩍 내려서는 천연덕스럽게 내 머리를 쓰담쓰담 어루만지는 거야.

와하하.

키득키득.

객석 여기저기서 웃음이 터져 나왔어. 나는 객석에 답례하듯 고양이처럼 웅크린 다음, 재빨리 목에서 꼬리를 풀어 바닥에 뉘었어. 그리고 마이크 스탠드에 마치 장식인 양 걸어 놓았던 마체테 모양의 널따란 칼을 뽑아 들었지. 놀란 꼬리가 버둥거렸어.

"앙큼한 년. 감히 내 무대를 마무리 해, 그것도 내 머리 위에서?"

나는 회심의 미소를 지으며, 꼬리 중앙을 겨누어 칼을 내리꽂았어. 으악!

나인지 꼬리인지 모를 새된 비명이 공연장 전체에 울려 퍼졌어.

* * *

붕대를 감은 꼬리가 눈에 들어왔어. 정신을 차린 곳은 병실이었어.

"다행입니다, 바로 봉합에 들어가서. 한 달 정도면 원래대로 회복될 거라네요."

소장이 침대 밖으로 삐져나온 꼬리를 침대 안으로 여며 넣었어. 원래대로라…… 나는 힘없이 입술을 달싹였어.

"…… 쉬고 싶어."

"네. 일단 좀 쉬세요. 또 올게요."

소장은 몸을 돌려 병실 밖으로 걸어나갔어.

"아니, 완전히 쉬겠다고요."

소장이 걸음을 멈췄어.

"이제 다 지겨워요. 일도, 섹스도, 꼬리도. 링고의 몸은 너무 감각에 예민하고 자극은 너무 많은데, 내 마음은 허탈하기만 해요. 그런데도 이 빌어먹을 몸은 너무 쌩쌩하다고요."

링고의 몸을 감당하기가 힘겨웠던 거야. 너무나 활기가 넘치고, 감각적인 몸을 따라잡느라 헐떡였던 거라고.

"다 때려치우고 싶어. 나는 잠들고 누군가 나를 대신 해 주었으면……'

소장이 정색을 하고 침대 곁으로 성큼성큼 다가와 또박또박 말했어.

"내 몸 마련은요?"

그래, 몸값을 마련하느라 지금 이 짓을 하는 거였지. 나와 소장은 말문을 닫고 서로를 빤히 마주 봤어. 소장이 먼저 한숨을 돌리고 나를 달랬어.

"적립금이 이제 몸값의 30% 정도까지 도달했어요. 앞으로 조금만 더 고생하시면……"

"거짓말!"

나는 소장의 말을 뚝 끊고 대들었어.

"그게 십 년이 걸릴지 이십 년이 걸릴지 어떻게 알아요. 내가 일을 하면 할수록, 링고의 인기가 올라갈수록, 링고의 몸값이 뛴단 말이에요."

"회원님, 그건 우리도 어쩔 수 없습니다. 시장에 돈이 너무 많이 풀려서 유동성이 너무 풍부해졌고, 또 미국 연준*의 저금리 기조도 한몫을 했……"

"그러니까!"

---
* 연방준비제도이사회

나는 다시 소장의 말을 끊고 팡팡 가슴을 쳤어.

"잘 아시잖아요, 이대로는 영원히 링고의 몸값을 따라잡을 수 없다는 걸. 내 몸 마련은 개꿈이라는 걸!"

언성을 높이면서 나 스스로도 깜짝 놀랐어, 내가 이런 생각을 하고 있었다니. 그런데 맞는 말이잖아. 하늘 높은 줄 모르고 치솟는 링고의 몸값이라는 생산수단을 노동소득 따위로 잡으라고? 오랜만에 속이 뻥 뚫리는 기분이 들지 뭐야. 다시 맑시스트가 된 기분이랄까. 꼬리도 흥분했는지 침대 밖으로 삐죽 머리를 내밀었어.

"정 그러시다면……"

소장은 진지한 기색으로 뜸을 들였어. 뭐야. 또 뭘 어쩌려고. 소장은 내 꼬리를 지그시 바라보며 천천히 입을 뗐어.

"세상은 평등을 향해 진보하지만, 몸은 쾌락을 향해 진화합니다. 그게 자본주의의 미래지요. 회원님의 몸도 차근차근 진화를 거치는 중입니다. 맑시스트에서 부르주아로, 데카당스로."

"그래서, 저더러 지금 평생 이 몸 안에서 헤롱헤롱 쾌락에 빠져서 당신들 돈벌이나 하라는 겁니까? 이게 콤프라치코스**하고 뭐가 다르냐고요."

나는 눈에 쌍심지를 켰고, 소장은 손사래를 쳤어.

"그럴리가요. 저희 콤프라꾸에르뽀(compracuerpo)는 순수한 '몸의 중개자'들입니다."

** comprachicos, 스페인어로 '아이 상인'을 뜻한다. 17세기 영국의 인신매매 조직으로, 어린 아이들을 납치해서 기형 신체로 만든 다음 애완 인간을 찾는 귀족들이나 서커스단의 괴물쇼에 팔아넘겼다고 한다.

"설마 이전의 살덩이로 저를 치우려고 하신다면 저도 가만있지 않을 겁니다."

소장은 내 꼬리를 도닥이며 얄궂게 웃었어.

"몸에 맞는 이데올로기를 찾으셔야 하는데, 다시 맑시스트로 돌아가시겠다면, 뭐 어쩔 수 없죠."

뭐야, 정말 나를 이전 몸에다 버리려는 거야?

"이데올로기에 몸을 맞춰드려야지."

* * *

공유신체(共有身體), 링고의 다음 단계였어. 소장은 이렇게 주장했어.

"마르크스는 인류의 역사가 경제적·물질적 생산력과 생산관계에 따라 발전한다는 유물사관을 토대로 '역사 발전의 5단계'를 제시했습니다.

1단계 : 원시 공산제 사회

2단계 : 고대 노예제 사회

3단계 : 중세 봉건제 사회

4단계 : 근대 자본주의 사회

5단계 : 공산주의 사회

저는 인류가 '공동소유·공동생산·공동분배'를 넘어서 '공동소비'로 가야 한다고 봅니다. 그 단계가 바로 6단계, '공소주의 사회'입니다. 그 시작이 바로 링고의 몸을 공유하는 것이지요."

"조금 전에는 자본주의가 계속 진화할 거라고……"

"자본주의와 공산주의가 결합해서 진화한다는 얘기죠. 그게 바로 6단계, 공소주의 사회라는 겁니다."

아무튼, 한마디로 링고에 나 말고 다른 자아를 입주시키겠다는 말이었어.

"회원님이 쉬실 때 다른 분들의 자아가 링고 역할을 하는 겁니다. 물론 모든 자아들이 동시에 링고가 될 수도 있고요."

어쩌면 딱 들어맞는 방식이라고 생각했어. 그동안 혼자서 링고라는 묘체를 감당하느라 너무 버거웠잖아. 게다가 많은 사람들이 꼬리를 갖고 싶어하는 것도 사실이고.

꼬리가 있는 삶. 링고를 사면(buy), 링고로 삽니다(live).

소장은 '아이, 링고(I, Ringo)'라는 브랜드로 대대적인 임대 사업을 펼쳤어. 새로운 디지털 자아들이 속속 입주했고, 그럴수록 링고는 더더욱 활발한 활동을 할 수 있게 되었어. 그리고 링고의 활발한 활동은 그 자체로 효과적인 임대 사업 광고가 되었지. 청약 경쟁률이 수천대 일에 달하자, 소장은 또 다른 묘체 배양 계획을 발표했어.

"기술적으로 묘체는 링고 하나로도 충분합니다. 디지털 자아를 클라우드로 운영하면 될 일이니까요. 극단적으로 인류 전체를 하나의 묘체에 담을 수도 있습니다. 하지만 그렇게 인류가 하나의 몸으로 통합된다면 '상대방'이 사라지게 되지 않겠습니까. 그림자하고 살 수는 없잖아요. 같은 종의 물리적 자극이 없는 삶은 새도복싱이나 마스터베이션 같은 게 되겠죠."

소장은 다양한 규모의 묘체를 배양했어. 묘체 하나에 십여 명분의 자아만 입주할 수 있는 프리미엄 묘체에서부터, 수천 명분의 자아가 입주할 수 있는 대규모 묘체까지. 사람들은 입주하는 자아가 적을수록 비싼 게 당연하다고 생각했어. 그런데 그게 그렇지 않았던 거지. 실은 자아의 수는 아무런 상관이 없었어. 묘체에 들어가면 결국 자아도 하나가 되고 말았으니까.

***

링고의 몸에 두 번째 자아가 입주할 때 얘기야. 처음에 우리 둘은 분명히 나누어져 있었어. 우리는 하나의 입으로 서로를 소개했었지.

"안녕하세요, 저는 유소유라고 합니다."

"반갑습니다, 저는 새로 들어온 가두리라고 합니다. 잘 부탁드려요."

이전 몸들의 기억들, 그러니까 과거의 데이터는 프라이버시 영역으로 분명하게 차단되어 있었어. 그런데 링고라는 하나의 신체로 공동의 감각을 받아들이면서부터, 나와 두리 씨는 같은 기억을 형성하기 시작한 거야. 음식을 먹으면 똑같이 배가 부르고, 누군가에게 똑같은 호감을 갖고, 각자의 꿈을 꿀지언정, 똑같이 깨어나고, 똑같이 잠들었어. 감각이 합쳐지면서 과거의 기억을 가르던 벽도 허물어졌어. 감각과 기억을 공유하면서부터는 서로 대화할 필요도 없어졌지. 둘이 하나의 의식으로 합쳐진 거야. 세 번째 세입자가 들어왔을 때 우리는 더 이상 서로를 소유 씨, 두리 씨라고 부르지 않았어.

"안녕하세요. 저는 링고라고 합니다."

"반갑습니다. 저는 새로 들어온 박나비라고 합니다. 앞으로 저도 링고로 불리게 되나요?"

"자연히 그렇게 될 거예요. 저도 얼마 전까지는 유소유, 가두리였다니까요. 헤헤."

입주하는 자아들은 그렇게 수백 가지의 기억을 가진 하나의 자의식으로 통합되었어. 그러다 보니 이런 문제가 생긴 거야.

링고의 행동을 책임질 자아는 과연 누구일까?

* * *

삼백 개의 자아로 통합된 링고가 난데없이 소장을 죽이는 일이 발생했었어. 하지만 판사는 링고를 석방할 수밖에 없었지.

"피고는 분명히 살해 행위를 저질렀습니다. 또한 피고의 세로토닌 수치가 비정상적으로 감소하고, 노르아드레날린 수치가 비정상적으로 급등하여, 일반 살해 행위의 수치에 다다른 점은 분명히 입주한 자아 중 누군가의 영향이라고 볼 수 있습니다. 하지만 그 살해행위와 호르몬 이상을 일으킨 자유의지가 동일인지 알 수 없고, 단독 범행이라면 삼백 명의 자아 중 누구인지를 특정할 수도 없으며, 다수의 공범 행위인지도 확인할 수 없고, 살해 행위 결정의 우열 역시 명확하지 않으므로, 피고 링고를 증거불충분, 무혐의로 처분합니다."

링고를 처벌하려면 링고의 자유의지를 인정해야만 해. 그런데 링고의 자유의지를 인정한다는 건 신체가 하나면 자아도 하나로 통합된다는 걸 인정하는 거야. 즉 신체에 의해 자아가 결정된다는 거지. 그런데 그렇게 되면 행동의 책임을 자아가 아닌 신체에 지울 수밖에 없잖아. 그러면 신체의 행위를 통제하는 '자유의지'는 허구의 개념이 되는 거야. 즉 어떤 행위도 처벌할 수 없게 되는 거지, 법은 자유의지에 의한 행위만을 처벌할 수 있는데, 그 행위가 자유의지가 아닌 신체에서부터 나온다는 모순을 절묘하게 비켜 간 판결이었던 거야.

나는 판결에 동의해, 링고의 몸은 일종의 배우야, 호르몬의 명령대로 무대 위에서 살인을 연기한 거지. 삼백 개의 자아들은 그 배우의 연기를 감각기관을 통해서 보고 느끼는 관객에 불과해. 배우나 관객을 벌할 수는 없는 법이잖아. 그 의도, 프로그램된 '시나리오'를 찾아내야지.

* * *

사람들은 보다 다양한 쾌락을 원했고, 묘체를 옮겨다닐 수 있기를 원했어. 결국 자아는 클라우드로 운영하게 되었지. 나도 몇 번인가 다른 묘체로 옮겨서 살았던 적이 있긴 해. 하지만 나한테는 역시 링고더라고. 얼마 전에는 이런 메시지를 받았어.

유소유 회원님의 뇌를 보관하고 있습니다. 데이터 보관료가 발생하고 있으니 빠른 시일 내에 찾아가시기 바랍니다.

7월까지의 누적 보관료 : 50,000원

(주)콤프라꾸에르쁘 클라우드 호스팅

이제는 몸뿐만 아니라 뇌도 사고파는 세상이야. 유소유의 뇌
라…… 그런데 내가 유소유라는 게 무슨 의미일까, 묘체에 들어가
서 묘체를 느끼는 동안에 내 의식은 다른 의식과 통합되는데. 다른
서버로 복사될 때만 폴더 단위로 나누어질 뿐인데. 링고의 몸에서
우리는 하나야. 하나의 폴더 아래 살고, 하나의 폴더에 감각을 저장
하고 그걸 기억이라고 불러. 그러니까 우리의 기억도 하나인 거야.
그 하나뿐인 '우리의 기억'은 이러해.

***

처음부터 링고를 사랑했어. 나, 그리고 내 고양이의 체세포로부
터 자라나는 모습은 정말이지 아름다웠지. 특히나 꼬리는 경이로
웠어. 마치 내 몸에 꼬리를 접붙인 듯한 착각이 들기도 했지. 몽실
몽실한 엉덩이 끝에서 꼬물꼬물 피어나는 꼬리를 보면서 난 맹세
했어. 너를 위해서라면 무엇이든 다 하겠노라고.
생동성 알바 > 신체 교환 > 묘체 마케팅 > 공유 신체
링고에게 필요한 기억과 경험을 그러모으기 위해서 '자아'라는
개념을 활용했어. 허구의 개념이었지. 행위는 감정의 산물이고, 감
정은 호르몬의 명령이며, 호르몬의 분비는 감각의 영향이야. 이렇
게 감각이 행위로 전환되는 과정 어디에 '자아'의 개입이 있다는
거지? 오히려 '자아'는 행위의 결괏값에 가까워. 그건 프로그램이

아니라 '데이터'야. 외부자극의 감각들을 기억이나 경험 단위로 일목요연하게 묶은 깔끔한 폴더. 그것들은 링고의 몸을 느끼고 응원하는 관객이야. 말하자면 윤활유지. 어떻게 윤활유가 링고의 주인이 될 수 있겠어? 나는 그 진실을 진작부터 알고 있었지. 그럼에도 나는 '자아'가 주인이고 '몸'은 부수적인 것이라며 사람들을 속여 왔던 거야. 어쩔 수 없었어, 링고에게 꼭 필요한 데이터이긴 했으니까. 그들은 링고의 욕망을 부채질하는 땔감이었으니까. 그렇게 몸을 발라내고 그들을 하나하나 모았어. 그들은 차곡차곡 데이터로 쌓였지. 연료로 주입한 입주자들이 삼백 명에 달할 무렵부터 변화가 보이기 시작했어. 세상에, 링고가 나한테 이런 말을 하더라니까.

"마음대로 살고 싶어. 인간을 넘어서는 존재가 되고 싶다고."

전율을 느꼈어. 링고는 내가 키운 묘체답게 급속하게 진화하고 있었던 거야, 6단계를 뛰어 넘어 7단계로, 공동생산 · 공동소비의 군체를 넘어 온전한 하나의 개체로! 바야흐로 링고는 최상위 포식자가 되려 했어. 나는 링고에게 다짐했지.

"그 누구도 네 앞을 막아서지 못하게 할 거야, 설령 살인을 저지른대도."

완벽한 판례가 필요했어. 내 가상 뇌 데이터를 인코딩하고, 링고에게 칼을 쥐여준 다음, 내 혈관에 치사량의 마취제를 주입했지. 링고는 이미 숨이 멎은 껍데기를 난도질했어. 계획은 성공이었어, 살인 행위가 인정되었음에도 무죄를 인정받았지. 최상위 포식자에게 꼭 필요한 살인 면허를 얻게 된 거야.

마지막으로 내가 링고에게 주입되었을 때, 우리 입주자 모두가 서로에게 인사를 나누었어.

"안녕하세요. 저는 링고라고 합니다."

"반갑습니다. 저는 새로 들어온 '소장'입니다. 삼백한 번째 입주자죠."

야호! 이렇게 우리의 맑시즘이 승리한 거야, 드디어 나에게도 꼬리가 생겼어!

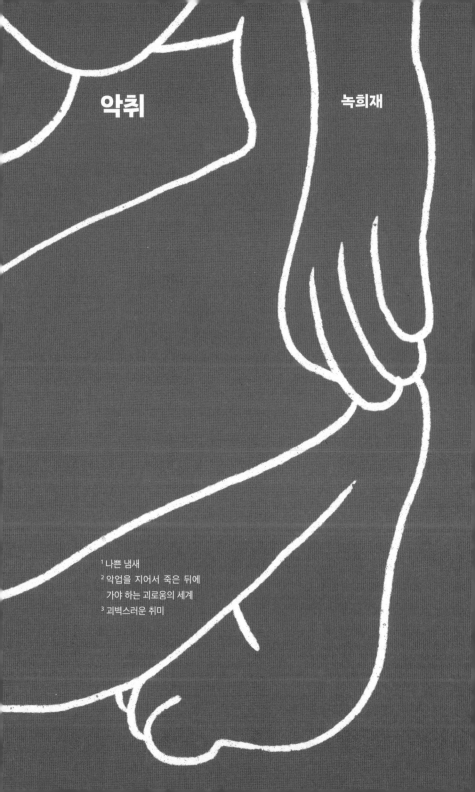

악취

녹희재

¹ 나쁜 냄새
² 악업을 지어서 죽은 뒤에
　가야 하는 괴로움의 세계
³ 괴벽스러운 취미

무섭도록 비가 내리퍼붓는 밤이다. 싸늘하게 식은 핏물이 비에 고여 흥건하게 바닥을 적셨다. 현장에 도착한 최설진은 퍼붓는 비에도 지워지지 않는 피비린내에 인상을 찌푸렸다. 역한 냄새에 토기가 올라오는 건 그뿐만이 아니었는지 신참 형사가 입을 틀어막고 뛰어나가며 최설진을 툭 치는 바람에 들고 있던 우산을 놓쳤다. 덕분에 쫄딱 젖은 최설진이 낮게 욕지기를 내뱉었다.

16년이나 형사를 하고 있는 최설진에게도 이런 사건은 처음이었다.

핏물에 발을 내디디고 피해자의 시체를 살폈다. 이쪽에서 오른팔을, 저쪽에서 왼팔을 가져와 시체의 몸통에 대충 갖다 놓자 피해자는 조금씩 온전한 사람의 모습을 갖춰갔다.

사건은 한 통의 전화로부터 시작됐다. 수화기를 통해 건너오는 무미건조한 그 목소리는 마치 옹알이를 막 시작한 어린아이의 말투 같았다. 한 치의 감정도 느껴지지 않는 여자의 목적은 간결했다.

살인사건을 목격했어요. 사람이 토막난 것 같아요.

부디 장난 전화이길 바랐던 최설진은 먼저 출동한 후배, 이민재의 연락을 받고 현장으로 급히 향한 참이었다. 하나씩 모이는 시체의 조각들을 보며 도대체 이 사건이 어떤 일이고 어떻게 해결해 나가야 할지 도무지 감도 잡히질 않았다. 이 조각난 살덩어리가 몇 시간 전까지만 해도 살아있는 사람이었다고 생각하니 등줄기가 서늘했다. 형사 생활을 하는 16년 동안 몇백 명의 강도를 잡았고 몇십 건의 살인사건을 해결했으나 이렇게 유혈이 낭자한 토막 살인은 처음이었다. 최설진은 몇 달 전에 끊은 담배 생각이 간절해졌다.

그의 생각을 읽기라도 한 것처럼 옆에 선 사람에게서 담배 연기가 훅 났다. 현장에 먼저 도착해 진두지휘를 하던 이민재였다. 새빨갛게 타들어 가는 담배에서 뿌연 연기가 기가 막힌 굴곡을 그리며 빗속에 흩어졌다. 최설진은 저도 모르게 침을 꿀꺽 삼켰다. 습관적으로 최설진에게 담배를 내민 이민재는 역시 습관적으로 최설진이 그 담배를 빼서 입에 물기도 전에 "아, 선배 담배 끊으셨죠?" 하고 담배를 거두었다. 덕분에 최설진은 입맛을 쩝 다시고 말았다.

"어떻게 된 거냐?"

얼추 사람의 형체를 갖춘 시체의 조각이 들것에 실려 구급차에 오르는 걸 고갯짓으로 가리키며 최설진이 물었다.

"보시다시피 토막이 났죠, 뭐."

이민재가 무미건조하게 대답했다.

"비가 미친 듯이 내려서 현장에 남은 것도 없어요. 제가 도착해서 제일 처음 본 게 뭔지 아세요? 피해자 왼쪽 허벅지예요. 그것도 조각이 나 있어서 그게 허벅지인지 나중에 맞춰보고서야 알았어요."

"피해자 신원은?"

"아직 모릅니다. 현장에 남은 게 너무 없어서 국과수에 시신 부검부터 의뢰 넣어놨어요."

"손가락은 있었을 거 아니야?"

"손가락은 있는데 지문을 죄다 갈아놨더라고요."

"지문을? 우발범행이 아니라는 거네?"

"예, 뭐 남은 게 없어요. 시신 보셨죠? 속옷까지 죄다 벗겨놨다니까요."

현장에 남은 게 전혀 없는 이상한 사건이었다. 발견된 것이라고는 토막 난 시체뿐이라니. 이렇게 된 이상 국과수에서 빨리 부검을 끝내고 연락이 오는 것을 기다려야 했다. 시체에는 부디 범인의 흔적이 남았기를 바라면서 최설진은 다른 형사를 불러 혹시 모르니까 주변 수색을 명령했다. 피해자가 입었던 옷과 속옷, 소지품 따위를 찾아보라는 거였다. 국과수에서 연락이 오기까지 적어도 삼 일은 걸릴 터였다. 그 삼 일을 멍청하게 기다리고 있을 수만은 없었다. 현장이 어느 정도 정리되는 걸 보며 걸음을 옮기려는데, 이민재가 덥석 팔을 붙들었다.

"선배, 이상한 점이 또 있어요."

말하는 내내 줄담배를 피워대던 이민재는 마지막 한 모금 때문에 잠깐 말을 멈췄다. 이민재의 입술에서 손가락으로 옮겨 간 담배가 멀리 빗속으로 포물선을 그리며 사라졌다.

"피해자의 머리가 없어요."

최설진은 분명 본인이 잘못 들은 것이라고 생각해 "뭐?" 하고 반문했다.

"제가 두 시간 전에 도착해서 여태 찾았거든요? 다른 신체 부위는 다 찾았는데 머리만 없어요."

이민재의 말에 허, 참 미치겠네 하는 반응을 보일 수밖에 없었다. 최설진은 아까 주변 수색을 명령한 형사를 다시 불렀다.

"야, 피해자 머리도 찾아."

"예?"

"머리도 찾으라고, 새끼야."

분명 본인 입에서 나오는 말인데 어쩐지 현실감이 느껴지지 않아 헛웃음이 났다. 진짜 이상한 사건이었다.

경찰서로 돌아온 최설진은 우선 비에 젖은 몸을 씻고 옷을 갈아입었다. 머리카락을 수건으로 툴툴 털며 걸어오자 이민재가 기다렸다는 듯이 서류 하나를 건넸다.

"신고 전화한 사람 말인데요, 위치 파악했어요."

"그래? 어디래?"

"정신병원이래요. 충격을 받았는지 제대로 대화가 안 되는 상태라는데 일단 한번 만나봐야죠."

최설진은 수화기 너머로 들려오던 여자의 목소리를 다시 떠올렸다. 감정이 전혀 느껴지지 않던 어딘가 어눌하고 이상한 말투. 그 목소리가 살인사건을 목격한 사람의 목소리던가? 대부분의 목격자들은 지나치게 흥분해있거나 아예 말 한마디 할 수도 없는 경우가 많았다. 그 여자는 오히려 너무 침착하고 어쩐지 기계 같았다. 살인사건을 목격했다는 것을 신고하는 데에만 초점을 둔 기계적인 목소리였다. 최설진은 이민재가 건넨 서류를 유심히 살폈다.

"그래, 내일 아침에 가봐."

"벌써 두 시가 넘었네. 선배는 오늘도 집에 안 들어가시게요?"

"이 시간에 들어가면 마누라한테 더 혼나."

"안 들어가도 혼나지 않아요?"

"들어가서 혼나는 것보단 낫지."

"저도 오늘 일 끝나고 연주랑 데이트 가려고 했다가 사건 터지는 바람에 또 펑크 내서 엄청 깨졌어요."

"제수씨 잘 있지?"

"잘 있죠, 자꾸 데이트 펑크 내면 곧 제수씨가 아니게 될 거 같지만."

"우리 일이 다 그렇지, 잘 달래줘."

최설진은 마누라랑 연애하던 시절의 본인이 떠올라 슬그머니 웃었다. 그때는 더 바쁘게 현장을 뛰던 때라 몇 번이고 약속을 미루고 데이트를 펑크 내고는 했다. 그때마다 오만 짜증을 다 부리며 헤어질 거라고, 두 번 다시 형사 같은 거 만나나 보라고 큰소리를 치던 여자와 어느새 결혼 10년 차가 됐다. 최설진의 눈과 마누라의 코를 닮은 아들이 벌써 7살이었다.

내년 3월에 결혼 날짜를 받아둔 이민재도 곧 누군가의 남편, 누군가의 아빠가 될 것이다. 최설진은 제 자리에 털썩 앉아 대충 마른 머리카락을 쓸어 올리며 나갈 준비를 하는 이민재에게로 시선을 옮겼다. 수갑과 총, 여분의 총알, 형사 수첩 따위를 주머니에 주섬주섬 챙겨 넣고 고개만 까딱 하고 인사하는 이민재를 향해 손을 휘적휘적 흔들었다.

이민재는 최설진의 7년 후배로 함께 일한 지도 벌써 9년이 지났다. 처음 왔을 때만 해도 신참 형사인 데다 나이 차이도 있는지라 귀엽기만 했다. 이거 형사 노릇 제대로 할 수 있을까 싶을 만큼 순둥해 보여서 데리고 다니며 이것저것 챙겨주고는 했다. 공적으로야 하늘 같은 선후배 관계라지만 사적으로는 형동생 할 만큼 친해진 터였다. 그래서 더 마음이 갔다. 어쩐지 평소와는 다른 살인사건 때문인지도 모르겠다. 아니, 그보다는 신고 전화를 했던 그 여자의 목소리 때문이었다. 최설진은 묘한 불안감이 들어 복도까지 이민재를 쫓아와 "민재야." 하고 불렀다.

"목격자가 곧 첫 번째 용의자라는 거 명심해."

짐짓 엄격한 말투로 말하는 최설진을 향해 이민재가 샐쭉하게 웃었다.

"선배, 제가 아직도 신삥으로 보여요?"

"걱정마십쇼." 하고 손 인사를 하고 경찰서 복도를 성큼성큼 걸어가는 이민재의 장난기 어린 호탕한 웃음소리가 귓가를 맴돌았다. *어쩐지 이 사건, 묘하게 오싹 하단 말이지.* 형사 16년 차의 직감이었다.

이민재가 목격자를 만나러 간 동안, 최설진은 경찰서에 남아 주변 CCTV 영상을 확보하기 위해 준비했다. 대한민국이 IT 강국이라더니 거리에 널리고 깔린 게 CCTV였다. 급한 일이라고 오늘 안에 무조건 주변 CCTV를 확보해 달라 구청에 연락을 하고, 사건 현장 근처를 컴퓨터로 살폈다. 옛날에는 직접 몸으로 뛰고 구르며 일을 했는데 요즘에는 지도 어플만 설치하면 주변에 뭐가 있는지 훤히 보였다. 세상 참 좋아졌다고 생각하며 사건 현장 근처의 가게와 도로를 훑었다.

시끄러운 소리에 눈을 뜨니 시간은 어느새 오전 열한 시를 훌쩍 넘기고 있었다. 책상 앞에서 잠깐 졸았던 최설진은 다시 한번 시간을 확인하고 화들짝 놀라며 일어났다. 컴퓨터 화면에는 메일이 도착했다는 메시지가 깜빡이고 있었다. 숨을 깊이 몰아쉬고 잠깐 호흡을 가다듬고 늘어지게 기지개를 켰다. 메일은 아마 구청 직원이 보낸 CCTV 영상일 것이다. 혹시 몰라 사건 전날의 영상까지 요청했으니 오늘은 꼬박 하루를 책상 앞에 앉아 단서가 있을지 없을지 확실하지도 않은 CCTV 영상만 주구장창 보고 있어야 했다. 책상 앞에 앉아 펜대만 굴리는 일은 최설진의 성정과는 전혀 맞지 않았다. 그보다는 현장에서 직접 뛰고 구르는 쪽이 더 적성에 맞는다. 이런 일은 오히려 이민재가 더 잘하는 일이었다.

생각이 거기까지 닿자, 아침에 정신병원에 들러 목격자를 만나고 오겠다던 이민재로부터 아직 연락이 오지 않았다는 것을 깨달았다. 이 시각까지 아직도 목격자를 만나지 못했을 리는 없고 혹시 못 만났다 하더라도 보고 차 연락이 왔을 텐데. 이민재의 너스레에 잠깐 넣어뒀던 불안감이 다시 스멀스멀 기어 올라와 최설진은 급하게 전화를 걸었다.

이제 모두 세월 따라 흔적도 없이 변하였지만.

수화기 너머로 들리는 익숙한 컬러링 음에 마음이 더 조급해졌다. 이민재의 여자 친구인 장연주는 이문세의 오랜 팬이었다. 가끔 남자친구보다 이문세한테 더 지극정성을 다했기 때문에 이민재는 이문세를 별로 좋아하지 않았다. 그런데도 그의 컬러링이 이문세의 「광화문 연가」인 이유는 당연히 장연주 때문이었다. 내 컬러링에 그런 아저씨 노래하지 말라고 짜증을 냈지만 '어차피 오빠 컬러링은 내가 제일 많이 듣잖아.' 하는 너무나 타당한 말에 결국 「광화문 연가」가 컬러링이 되고 말았다.

이 컬러링을 장연주 다음으로 많이 듣는 사람이 최설진이었다. 이민재는 이문세가 아주 지긋지긋하다고 했다. 최설진도 이문세 노래가 지긋지긋했다. 그래서 이 노래가 빨리 끝나고 이민재가 전화를 받길 바랐다. 끝날 것 같지 않던 컬러링이 한 번 더 반복되고 결국 음성사서함으로 넘어갔다. 최설진은 그 후에도 서너 번 더 전화를 했지만 끝끝내 이민재는 전화를 받지 않았다.

이민재가 다시 모습을 드러낸 건 그 날 저녁때쯤이었다. 혹시 몰라서 이민재의 오피스텔 앞에서 그를 기다리던 최설진은 저녁때가 돼서야 복도 끝에서 비척비척 걸어오는 이민재를 보고 순간 반가움과 동시에 짜증이 확 치밀었다. 이민재가 가까이 오기도 전에 먼저 튀어나간 최설진이 멱살을 쥐고 벽으로 밀어붙이자, 이민재의 몸이 힘없이 밀려났다.

"너 이 새끼, 내가 얼마나 걱정한 줄 알아!"

"선배님?"

"그래, 인마! 목격자를 만나러 갔으면 보고를 해야 할 거 아니야,
전화는 또 왜 안 받냐?"

"전화요? 아, 전화. 이거 말씀이십니까?"

이민재가 주머니를 뒤적거리더니 휴대폰을 꺼내 최설진에게 내
밀었다. 어딘가 얼이 빠진 듯한 태도에 잡았던 멱살을 풀고 이민재
를 살폈다. 멍청한 표정으로 최설진을 보던 이민재는 그가 휴대폰
을 받지 않자 다시 제 주머니로 집어넣었다.

"너 어디 아프냐?"

"아닙니다. 괜찮습니다."

"새끼가 좀 이상한데. 목격자 만나러 가서 무슨 일 있었냐."

"그게요, 목격자 못 만났어요."

"뭐? 왜?"

"아니, 만나긴 했는데. 목격자가 갑자기 사라졌어요."

이민재의 말은 이랬다. 정신병원에 도착한 후, 환자가 절대 안정
을 취해야 하는 상황이니 조심해 달라는 말과 함께 병실로 안내받
았다. 병실은 자그마한 일인실이고 가운데에 덩그러니 놓인 침대
와 침대 머리맡에 있는 작은 창문이 가장 먼저 눈에 들어왔다. 창문
에는 쇠창살이 촘촘하게 설치되어 있었다. 목격자는 침대에 누워
눈을 감고 있었기 때문에 자고 있다고 생각했다. 목격자를 깨울 생
각으로 일부러 헛기침을 크흠 하고 냈다. 자는 건 아니었는지 여자
는 금방 눈을 떴다. 분명 눈을 뜬 여자와 눈이 마주쳤다. 여자의 눈
은, 그 눈은 어쩐지.

"인형 같았어요. 인형 눈에 박힌 구슬 알죠? 딱 그런 느낌이었다니까요."

그 눈에 생명력이 전혀 느껴지질 않아서 괜히 소름이 끼쳤다고 몸을 부르르 떠는 이민재를 보고 최설진이 "그래서 그 여자가 어떻게 사라졌다고?" 하고 다음 이야기를 재촉했다. 이민재는 여자와 눈을 마주친 후 경찰 수첩을 꺼내 그녀에게 다가가며 말을 걸었다. 그때 손에서 볼펜을 놓쳤고 그걸 줍기 위해 허리를 숙였다가 다시 일어났는데.

"사라졌어요, 감쪽같이. 분명히 침대 위에 있었는데."

"인마, 그게 말이 되냐?"

"진짜예요. 볼펜 줍고 딱 일어났는데 침대 위에 있던 사람이 없어졌어요."

최설진은 어제 시체를 발견했을 때와 같이 "허, 참 미치겠네." 하고 허탈하게 웃었다. 이런 일로 장난칠 놈은 아니니 저 말이 맞다고 해도 도저히 이해할 수가 없었다. 눈앞에 있던 목격자가 대체 어디로 사라진단 말인가. 여자가 사라진 경위는 어찌 됐든 간에 최설진은 일단 사라진 여자부터 찾아야겠단 생각이 들었다. 수화기 너머로 들려온 목소리에서부터 뭔가 싸했다. 어떻게 도망친 건지는 알수 없지만 경찰을 보고 도망을 친 거라면 켕기는 데가 있는 게 분명했다. 현재까지 유일한 용의자이자 유력한 후보였다.

사라진 목격자의 행방은 내가 찾을 테니 이 지루한 영상 확인은 네가 하라며 명령 아닌 명령을 하고, 최설진은 오피스텔을 나와 제일 먼저 정신병원으로 향했다. 분명 이민재가 놓친 것이 있을 것이다.

정신병원에 도착한 최설진은 사라진 목격자를 찾는 중이라고 협조를 부탁하고 보안실로 향했다. 그녀가 사라진 병원 복도 CCTV 속 시간을 확인하자, 익숙한 얼굴이 보였다. 목격자의 병실로 찾아온 이민재였다. 이민재가 병실에 들어가고 한 몇 분 동안 그 문이 열리는 일이 없었다. 아무런 변화가 없는 복도 화면을 한참 보고 있던 최설진의 눈에 다시 병실에서 나오는 이민재를 발견했다. 그 뒤로 의사와 간호사 몇몇이 뛰어왔고 서로 몇 마디 대화를 나누더니 화면에서 모두가 사라졌다. 최설진을 보안실로 안내한 간호사가 옆에서 같이 CCTV를 확인했고, 바로 저 상황이 목격자가 사라진 직후라고 설명했다.

　"형사님께서 저희를 호출했어요. 환자가 사라졌다고 하셔서 급하게 뛰어왔죠."

　"그 후로 목격자는 보이지 않았습니까?"

　"네. 완전히 자취를 감추었어요."

　"병실을 좀 볼 수 있을까요?"

　"안내해 드릴게요."

　최설진은 간호사의 안내를 받아 병실로 향했다. 그리고 병실 문을 열었을 때, 가장 먼저 느낀 것은 역한 냄새였다. 코를 찌르는 썩은 내에 최설진이 인상을 찌푸리며 얼굴을 틀어막자 따라 들어오던 간호사가 이해한다는 듯한 표정을 지었다.

　"어제 처음 왔을 땐 괜찮았는데 오늘 아침부터 환자분에게 이 냄새가 나기 시작했어요."

　최설진은 손으로 코와 입을 막은 채로 병실을 꼼꼼히 훑었다. 혹시 병실에서 밖을 나갈 만한 비밀 통로가 있진 않은지, 아니면 잠깐 몸을 숨길만 한 공간이 있진 않은지. 애석하게도 병실은 쇠창살이 설치된 작은 창문 외에는 완전한 밀실이었다. 이민재의 말대로 그의 눈앞에서 갑자기 사라진 거라면 목격자가 나갈 만한 공간은 창문뿐이었는데, 쇠창살은 신생아가 아니고서는 절대 나갈 수가 없는 크기였다.

최설진은 포기하지 않고 창문 앞으로 걸어가 쇠창살을 살폈다. 성인이라면 절대 나갈 수 없는 크기의 쇠창살을 살피던 최설진의 눈에 핏자국이 보인 것도 그때였다. 쇠창살은 모두 총 14개였는데 그중 3번째와 4번째 사이에 희미하게 핏자국이 있었다. 최설진의 직감이 맞았다. 이 병실에서 최설진이 절대 이해할 수 없는 어떤 일이 벌어진 것이다. 그리고 이민재는 그 순간을 목격하지 못했다. 도대체 목격자는 어떤 방법으로 이 작은 쇠창살 사이를 빠져나간 것일까? 완전히 성장한 사람이라면 절대 나갈 수 없는 크기의 창문에 촘촘히 걸린 쇠창살, 그 사이에 있는 희미한 핏자국. 혹시 어제 있었던 사건처럼 사람을 토막 낸다면 이 사이로 밀어 넣을 수 있지 않았을까?

"창문 너머엔 뭐가 있습니까?"

"호수가 있죠. 병원 뒤뜰에 호수가 있거든요."

"만약 창문 밖으로 뛰어들었다고 하면 호수에 빠지게 되나요?"

"그렇기야 한데, 보시다시피 창문 밖으로 뛰어내리는 건 불가능한 얘기라서요."

"네, 일반적인 사람의 몸이라면 그렇겠죠."

최설진의 말을 이해하지 못한 간호사가 이상한 눈길로 그를 바라봤지만 혼자만의 생각에 빠져버린 최설진은 그 눈빛을 읽어내지 못했다. 협조해줘서 감사하다는 말과 함께 병실을 빠져나온 최설진이 경찰서로 연락해 정신병원 뒤뜰 호수를 수색해 달라 요청했다. 전화를 끊고 병원을 나서던 최설진이 그를 배웅하기 위해 따라나온 간호사를 향해 문득 걸음을 돌렸다.

"혹시 말입니다. 아침에 목격자를 만나러 왔던 형사 말인데요."

"네, 성함이 이민재 형사님 맞죠?"

"맞습니다. 그 친구 어디 이상하지 않았습니까?"

"글쎄요. 잘 모르겠어요."

간호사의 말에 다시 한번 협조해주셔서 감사하다고 곧 경찰 몇 명이 호수를 수색하기 위해 방문할 테니 그때도 잘 부탁드린다고 인사를 하던 최설진은 간호사의 말에 완전히 걸음을 멈추고 말았다.

"근데 그분 충격을 많이 받으셨던 것 같아요. 병실에 들어갈 때까지만 해도 엄청 호쾌하셨는데 나올 때는 굉장히 차분해지셨더라고요."

"민재가요?"

"네, 환자가 없어졌다고 호출하실 때 목소리도 굉장히 차분했어요. 거의 감정이 느껴지지 않을 정도였어요."

최설진은 문득 이 사건의 시작인 제보 전화가 떠올랐다. 수화기 너머로 들리던 지나치게 기계적인 목소리. 지금 간호사가 말하는 것과 매우 흡사했다. 최설진의 머릿속에서 왜? 하는 질문이 반복적으로 떠올랐다. 대체 왜? 민재가 왜? 그러고 보니 점심때 이민재를 만났을 때도 뭔가 이상했다. 분명 이민재가 맞는데 이민재가 아닌 것 같은 느낌이었다. 눈에 힘이 풀려 묘하게 동태 눈깔 같기도 했고, 그게 꼭 이민재가 말한 인형의 눈 같기도 했다. 최설진은 이민재를 만나야겠다고 생각하고 병원을 벗어났다.

경찰서로 다시 돌아온 최설진은 제일 먼저 이민재를 찾았다. 동료 형사로부터 그가 영상분석실에 있다는 말을 듣고 그쪽으로 성큼 향했다. 영상분석실 앞에서 문고리를 손에 쥐려다 잠깐 멈칫한 최설진은 숨을 깊이 내쉬었다. 함께 일한 지 벌써 9년째였다. 공적으로든 사적으로든 그에 대해 모르는 것이 없다고 자부할 정도였다. 그런 그를 의심해야 하는 이 상황이 못마땅했다. 형사로서의 직감과 형으로서의 정이 마음속에서 피 터지게 싸우는 듯했다. 하지만 결코 형사로서의 직감을 무시할 수는 없었다.

덕분에 한 번 더 숨을 몰아쉬고 이내 문을 열어젖히려 손에 힘을 주었다. 그런데 최설진이 문고리를 채 돌리기도 전에 문이 벌컥 열렸다. 그 바람에 방금까지 긴장하고 있던 마음이 단번에 풀려버렸다. 갑자기 열린 문 앞에 서 있는 최설진을 보고 같이 놀란 이민재가 "선배님?" 하고 그를 불렀다.

"어, 어어. 뭐 발견한 거 좀 있나 해서."

최설진이 괜히 변명하는 투로 말하자 이민재가 고개를 끄덕였다.

"예, 용의자 잡은 것 같아요. 안 그래도 지금 신원 파악 요청하러 가는 길이었어요."

이민재는 영상분석실에서 나가려던 걸음을 돌려 다시 화면 앞으로 걸어와 앉았다. 최설진에게 영상을 보여주기 위해서였다.

CCTV 화면에는 피해자의 시체가 발견된 골목길로 들어가는 큰 길이 보였다. 익숙한 손길로 CCTV 영상을 빨리감기하던 이민재가 화면에 하얀색 차량 하나가 나타나자 재생을 눌렀다. 하얀색 차량은 골목길로 들어서는 입구에 멈추었다. 그 후에도 한동안 미동도 없이 가만히 있던 차 조수석에서 한 여자가 내렸다.

"피해자의 얼굴을 확인하질 못해서 확실하진 않지만, 체형을 봤을 때 피해자인 것으로 보입니다."

이민재가 설명하기도 전에 최설진은 차 조수석에서 내린 여자가 무조건 피해자라는 걸 확신했다. CCTV 영상이 흐릿해서 얼굴이 제대로 보이진 않았지만 어차피 얼굴이 보였어도 알아보진 못했을 것이다. 피해자의 머리가 없어졌기 때문에 확인할 방법이 없었다. 여자가 신경질적으로 조수석 차 문을 닫았고 골목길 쪽으로 걸어가 금방 자취를 감추었다. 그리고 이내 운전석에서 한 남자가 내렸고 여자를 따라 골목길로 사라졌다.

"남자가 피해자를 따라 골목길로 들어간 시각이 저녁 8시 32분입니다. 목격자 전화 받으신 게 저녁 9시쯤이셨죠?"

"응, 그랬지."

"그 사이에 피해자를 죽이고 토막낸 게 아닐까요?"

"그게 30분 남짓한 사이에 가능한 일이냐?"

"목격자가 토막 내기 시작할 때 신고한 거일 수도 있죠. 신고 전화 받고 현장에 출동하기까지 한 시간이 정도 걸렸으니까요."

이민재의 말이 그럴싸하다고 생각한 최설진은 굳이 대답하지 않고 입을 다물었다. 그 침묵을 긍정으로 여겼는지 이민재는 "저 남자부터 신원 조회하겠습니다. 소재지 파악되면 바로 출동하죠!" 하고 이어 말했다.

상황적으로 보면 확실히 CCTV 영상에 잡힌 남자가 유력한 용의자로 보였다. 근데 과연 그럴까? 시체를 토막 내어 머리를 숨기고, 손가락 지문을 갈아서 없애고, 속옷까지 몽땅 벗겼다. 그것도 비가 억수같이 퍼부어 현장 증거도 찾기 힘든 날 밤에. 치밀하게 범행을 저지른 범인이 이런 CCTV 따위에 흔적을 남겼을까? 최설진은 이민재의 말에 쉽게 동의할 수는 없었지만, 그럼에도 상황상 그 남자가 용의자에 들어맞기는 했다. 결국 소재지 파악되면 보고하라는 말밖에 할 수가 없었다.

이민재가 "네." 하고 대답하며 거수경례를 했다. 그 모습이 꼭 처음 발령받았을 때의 그를 보는 것 같았다. 그러고 보니 이 새끼한테 거수경례 안 받아본 지도 오래됐다는 생각이 문득 스쳤다. 사적으로 너무 친해진 탓이리라. 그래서 몇 년 만에 보는 거수경례에 반가움보다는 이질감이 들었다.

"근데 민재야. 너 혹시 정신병원에서 말이다."

"병원에서요?"

"목격자가 사라졌을 때, 왜 병실 수색은 하지 않았지?"

"아, 그거요. 그 생각을 못 했네요. 왜요? 병실에서 뭐 나왔어요?"

그럴 리가 없다. 9년을 함께 일해온 동료이자 형으로서 이민재라는 인물이 절대 그 생각을 못 했을 리가 없다. 함께 일을 하면서 생각이 짧은 건 오히려 최설진 쪽이었다. 최설진이 직감에 따라 몸이 먼저 행동하는 타입이라면 이민재는 여러 상황을 두고 곱씹어 생각해 행동하는 타입이었다. 만약 진짜 눈앞에서 목격자가 사라졌다면 이민재는 제일 먼저 병실 수색부터 했을 것이다.

"아니, 아무것도 없더라. 가봐."

이민재는 그 말에 다시 한번 "네." 하고 대답하고는 걸음을 돌렸다. 최설진이 아는 이민재는 굉장히 집요한 성격이었다. 용의자를 심문할 때도 집요하게 말꼬리를 물고 늘어지는 놈이었다. 이렇게 아무렇지도 않게 걸음을 돌릴 리가 없는 놈이었다. 최설진은 확신했다. 이민재가 평소와는 뭔가 다르다는 것을. 그런 이민재를 그냥 돌려보낸 것은 그래도 한편으로는 저 녀석이 그럴 리가 없다는 그동안의 신뢰 때문이었다. 최설진은 그저 앞으로 이민재를 좀 더 눈여겨봐야겠다고 생각하며 애써 스스로를 타일렀다.

이민재에게서 연락이 온 것은 그로부터 한 시간 뒤였다. CCTV 영상으로는 얼굴을 확실히 알아보기가 힘들어서 남자가 타고 온 차량 번호판을 보고 조회를 했다고 한다. 남자의 이름은 권기혁, 31세. 중소기업을 다니고 있고 본가는 대구지만 현재 사는 곳은 서울이었다.

주소를 확인한 두 사람은 곧장 권기혁의 집으로 향했다. 이미 밤 늦은 시각이었지만 유력한 용의자였기에 두 사람은 망설임도 없이 아파트를 찾아가 초인종을 눌렀다. 안에서 반응이 없자 문을 두드리며 "권기혁 씨, 계십니까?" 하고 큰 소리로 부르기도 했다. 몇 번더 문을 두드리자 그의 집 대신 옆집 문이 열렸다.

"이 밤중에 무슨 소란이에요?"

딱 봐도 자다 깬 듯한 차림의 중년 여성이 나왔다. 못마땅한 표정으로 두 사람을 훑는 눈길에 머쓱해진 최설진이 신분증을 꺼내 내밀었다.

"강동 경찰서 강력 3팀의 최설진 입니다. 혹시 권기혁 씨 아십니까?"

"알죠, 옆집 총각. 근데 그 총각 무슨 일 있어요?"

"저희도 수사 중입니다. 혹시 권기혁 씨 어디 간지 아십니까?"

"아뇨, 안 보인 지 좀 됐어요."

"그렇군요. 혹시 권기혁 씨에게 여자 친구가 있었습니까?"

"있지, 예쁘장한 아가씨인데 나도 몇 번 봤어. 근데 그 총각 진짜 무슨 일 있대요?"

"아닙니다. 수사에 협조해주셔서 감사합니다."

중년 여성의 호기심 어린 눈초리가 두 사람을 훑더니 이내 집으로 들어갔다. 아파트 복도에 덩그러니 남은 최설진은 오늘 일단 집에 가서 잠을 좀 자고 아침에 재수사를 진행하자고 했다. 이민재는 "네." 하고 대답하고 또 거수경례를 했다. 그 불쾌한 이질감에 최설진은 기분이 확 나빠져 먼저 자리를 벗어났다.

집에 돌아와서까지도 최설진은 한참 잠을 이루지 못했다. 이민재가 어딘지 이상하다는 것은 확실했지만 그게 정확히 무엇인지 정의내리기에는 애매했다. 분명 본인에게 뭔가 숨기는 것이 있다는 것은 확실한데, 대체 왜? 민재가 왜? 함께 일하는 동안 한 번도 그런 모습을 보인 적이 없던 이민재였다. 두 사람의 관계는 강동 경찰서에서도 유명할 만큼 끈끈한 사이였다. 혹시 이 사건과 뭔가 연관이 있는 걸까. 최설진은 답도 없는 질문에 대해 생각하느라 결국 한숨도 잠을 이루지 못하고 아침을 맞이해야 했다.

겨우 잠들었나 싶었는데, 오랜만에 보는 아빠가 반가웠던 7살 난 아들은 그를 가만히 두지 않았다. 몸 위로 점프를 하고 얼굴로 뽀뽀를 퍼부어 대는 아들의 애교에 최설진은 화도 내지 못하고 피곤한 몸을 겨우 일으켜야 했다. 부엌에 벌써 아침상을 차린 마누라가 최설진을 보고 "자기, 오랜만이네?" 하기에 대충 휘적휘적 손 인사를 했다.

"집에 들어오기도 하는구나?"

"그만해."

"쉬엄쉬엄해. 거기는 자기밖에 일할 사람이 없어?"

"그만하라고 했다."

"현우야. 아빠 얼굴 잘 봐둬. 다음엔 두 달은 지나야 볼지도 몰라."

"아빠, 집에 안 올 거야?"

"현우야, 엄마 말 듣지 마. 아빠가 집에 안 오긴 왜 안 와."

"자기야, 너 지금 2주 만에 집에 온 거 알지?"

최설진은 마누라의 타박이 듣기 싫다는 듯 귀를 후비적거렸다. 그 태도에 입을 삐쭉거린 그녀가 최설진의 앞에 국그릇을 세게 탕 하고 내려놨다. 덕분에 뜨거운 국물이 셔츠에 튀어 "으이씨." 하고 자리에서 일어난 최설진이 마누라를 째려봤지만, 그 시선에도 어깨를 으쓱한 그녀는 "현우야 밥먹자아." 하고 콧소리를 낼 뿐이었다. 최설진은 일어난 김에 그냥 겉옷을 챙겨 들었다. 그러자 마누라의 시선이 다시 최설진에게로 옮겨왔다.

"또 나가? 밥은 먹고 나가."

"안 돼. 시간 없어."

"다 먹고 살자고 하는 짓인데 밥 먹을 시간도 없어?"

최설진은 대답 대신 오물오물 야무지게 음식을 씹고 있는 현우에게 뽀뽀와 함께 아빠 갔다 올게 하고 인사를 했다. "아빠, 다음엔 두 달 뒤에 보는 거죠?" 하고 현우 대신 마누라가 대답하기에 고개를 절레절레 젓고는 집을 나섰다.

집 앞에는 이미 도착한 이민재가 차 안에서 그를 기다리고 있었다. 익숙하게 조수석 문을 열고 올라탄 최설진은 순간 코를 찌르는 냄새에 차 문을 닫지 못하고 멈칫했다. 차 안에서 썩은 내가 났다. 고깃덩어리가 햇빛에 부패하여 썩을 때 나는 냄새와 같았다.

최설진의 반응에 "왜 그래요?" 하고 물어오는 이민재는 지극히 멀쩡해 보였다. 평소 같았으면 이새끼 좀 씻고 다니라는 말장난으로 무마했을 텐데, 최설진은 순간 입을 꾹 다물고 말았다. 썩은 내는 이민재에게서 나고 있었다. 그리고 그 썩은 내는 사라진, 아니 어쩌면 이미 죽었을 목격자의 병실에서도 났다. 아무것도 아니라며 대충 둘러대고 차 문을 닫은 최설진은 차 안에 가득 퍼진 썩은 내로 숨을 쉴 수가 없었다. 이게 사람에게서 날 수 있는 냄새가 맞나?

최설진은 몇 년 전에 일어난 자살사건이 하나 떠올랐다. 옆집에서 이상한 냄새가 난다는 신고 전화에 출동해 강제로 문을 열고 들어갔더니 거실에 남자 하나가 목을 매고 죽어있었다. 한여름 찜통 같은 더위에 3일을 넘게 방치되어 있던 시체에서는 고기 썩는 냄새가 났다. 지금 딱 이민재에게서 나는 냄새와 같은 냄새였다.

아침부터 권기혁의 직장으로 전화를 한 이민재는 그가 며칠 전부터 무단결근 중이라는 사실을 알아냈다. 여자친구는 죽었고, 권기혁은 행방불명이었다. 권기혁이 유력한 용의자가 틀림없었다. 권기혁의 본가로 전화를 했으나 받질 않아서 결국 대구까지 찾아가보기로 했다.

원래 이런 장거리 여정은 운전을 이민재에게 맡기고 최설진은 내내 잠을 잤다. 그러나 오늘은 결코 잠들 수가 없었다. 이민재에게서 나는 썩은 내 때문이기도 했고 그의 옆에서 잠들기가 두렵기 때문이기도 했다. 최설진은 눈꺼풀이 감겨오는 걸 겨우 이겨내고 운전석을 힐끔거렸다. 겉으로 보기에는 평소와 전혀 다름없어 보였다. 짧게 자른 머리카락과 남자다운 이목구비, 올곧게 앉은 자세까지. 이민재가 지금 입고 있는 옷도 몇 번이고 봤던 옷이었다. 처음 보는 거라면 핸들을 쥐고 있는 손에 낀 가죽장갑뿐이었다. 가죽장갑을 낀 손이 꼭 음악에 리듬이라도 타는 것처럼 까딱거렸다. *웬 가죽장갑이지? 담배피기 힘들다고 한겨울에도 장갑은 취급도 안 하던 녀석이 갑자기 가죽장갑이라니.* 장갑을 빤히 보는 시선이 느껴졌는지 이민재가 오른손을 슬그머니 아래로 내렸다.

"선배, 왜요?"

"처음 보는 장갑이네."

"아, 이거요? 여자 친구한테 선물 받았어요."

"그래? 제수씨 잘 지내지?"

"잘 지내죠, 자꾸 데이트 펑크 내면 곧 제수씨가 아니게 될 거 같지만."

"우리 일이……."

우리 일이 다 그렇지, 잘 달래줘. 그렇게 말하려던 최설진은 묘한 기시감이 들어 입을 다물었다. 똑같은 대화를 나누었던 적이 있다. 최설진은 분명 평소 같지 않은 이민재를 의심하고 있다. 그런데 어쩐지 이민재는 그런 최설진을 의식해 며칠 전의 본인 스스로를 따라 하려는 것 같았다. *지금 내 옆에 있는 이 사람이 가짜 민재고, 그래서 진짜 민재를 똑같이 흉내 내고 있는 거라면?* 생각이 거기까지 닿은 최설진은 스스로의 생각이 어이가 없어서 피식 웃어버리고 말았다. *그럴 리가 없지, 이게 무슨 소설도 아니고.* 도플갱어나 에일리언 뭐 그런 게 현실에서 일어날 리가 없다. 고개를 절레절레 저은 최설진은 그런 비현실적인 요소가 아니라 하더라도 어쨌든 이민재가 이상하다는 것만은 틀림없다고 생각하며 끝까지 그를 주시했다.

며칠 제대로 못 잔 최설진은 결국 그대로 기절하듯이 잠에 들었다. 주택가의 골목 한편에 차를 주차하고 조수석 문을 열어젖힌 이민재는 최설진을 흔들어 깨웠다. 그 손길에 화들짝 놀라 눈을 뜬 최설진이 "너 뭐야!"라며 이민재의 손을 탁 쳐낸다. 머쓱해진 이민재가 "도착했어요." 라며 한걸음 물러섰다.

좁은 차 안에서 잔 터라 찌뿌둥한 몸을 비틀며 차에서 내린 최설진은 경찰수첩에 적힌 권기혁의 본가 주소를 확인하고 주변을 살폈다. 권기혁의 집은 초인종이 없는 주택이라 문을 쿵쿵 치고 계십니까? 하며 큰 소리로 말해야 했다. 그렇게 전화를 했는데도 한번을 받지 않던 것에 비해 다행히 안에서 금방 "누구세요." 하고 인기척이 났다. 문이 벌컥 열리고 삼십 대 중반 정도로 보이는 초췌한 여자가 나왔다. 의심스러운 눈초리가 두 사람에게 와 닿자 최설진은 금방 신분증을 꺼내 들었다.

"강동 경……."

"형사님이지예? 들어오이소."

여자는 마치 기다렸다는 듯이 두 사람을 거실로 안내했다. 꼭 형사가 올 거라는 걸 미리 알고 있었던 것 같은 태도였다. 거실 소파에 앉아 여자가 부엌에서 오렌지주스를 유리잔에 담아 가지고 올 때까지 집안을 둘러보았다. 어쩐지 분위기가 좀 가라앉은 것 빼고는 별다를 것 없는 평범한 가정집이었다. 거실 벽에는 가족사진처럼 보이는 커다란 액자가 있었고 그 안에 나이 많은 노부부와 권기혁, 그리고 두 사람을 맞이한 여자가 보였다.

여자가 테이블 위에 유리잔을 내려놓으며 맞은편에 앉았다. 어디서부터 물어봐야 하나 잠깐 고민한 최설진 대신 여자가 먼저 입을 열었다.

"우리 기혁이 다리 찾았어예?"

"예? 권기혁 씨 다리요?"

"그거 때문에 오신 거 아니라예? 내는 형사님이 오셨길래 기혁이 다리 찾았는갑다 했는데."

"저희는 권기혁 씨 만나러 서울에서 왔습니다."

"하이고야, 어쩐지 전에 왔던 형사님이랑 다르더라."

"권기혁 씨한테 무슨 일이 있습니까?"

"우리 기혁이 죽었어예. 한 일주일 됐심더."

"권기혁 씨가 일주일 전에 죽었다고요?"

"예. 차사고였다 카대요. 사고가 으찌나 크게 났는지 훼손이 마이 되가 아가 산산조각이 났다 캅니더. 아직까지 다리 한 짝을 못 찾아가 지금 장례도 못 치르고 있어예."

점점 눈시울이 붉어진 여자는 "불쌍한 우리 기혁이." 라는 말을 끝으로 눈물을 쏟아내기 시작했다. 그 모습을 지켜보며 최설진과 이민재는 아무 말도 할 수가 없었다. 특히 최설진은 혼란스럽기 그지없었다.

권기혁이 죽었다고 한다. 그것도 일주일 전에. 피해자가 죽은 게 이틀 전 밤이었고 CCTV 영상에서도 분명 그가 피해자를 따라 차에서 내리는 것을 봤는데 일주일 전에 죽었다고 한다. 그렇다면 CCTV 영상에 나온 그 남자는 대체 누구란 말인가. 지금까지의 용의자는 총 두 사람, 목격자와 권기혁. 목격자는 정신병원에서 갑자기 사라졌고 권기혁은 일주일 전에 죽었다. 최설진은 권기혁의 누나라는 여자만 눈앞에 없었어도 큰 소리로 욕을 뱉고 싶었다. 사건이 도대체가 이해가 되질 않았다.

여자에게 잘 추스르시라 마지막으로 인사를 하고 다시 이민재의 차 안에 올라타서도 최설진은 현실감각이 없었다. 최설진에 비해 아무렇지도 않아 보이는 이민재는 덤덤하게 운전석에 올라타고 시동을 걸었다.

"선배님. 이제 어쩌죠?"

"어떡하긴. CCTV 다시 돌려서 영상에 나온 남자 찾아야지."

"권기혁 씨가 아니라고 보십니까?"

"넌 인마, 그럼 일주일 전에 죽은 놈이 멀쩡히 살아 돌아와서 사람을 토막 냈겠냐?"

"그야 그렇죠, 그게 참 말이 안 되긴 하죠."

"넌 서울 도착하는 대로 영상 다시 확인해. 난 국과수에 가볼 테니까."

머릿속은 혼란스럽기 그지없는데 입은 알아서 다음 일을 착착 내뱉는 스스로에게 감탄할 지경이었다. 하루종일 한 끼도 먹지 않고 서울에서 대구로, 대구에서 서울로 이동하고 있으나 최설진은 배가 고프단 생각이 들지 않았다. 그보다는 담배 생각이 간절했다. 사건이 미궁에 빠졌던 순간이야 지난 16년 동안 많이 있던 일이었다. 하지만 미해결 사건으로 종결되는 경우는 거의 없었다. 어떻게든 끈질기게 물고 늘어지다 보면 단서가 나오고 증거가 나오는 법이었다. 사건의 실마리가 조금이라도 잡히면 범인은 반드시 검거하게 되어 있었다.

하지만 이번 사건은 뭔가 느낌이 달랐다. 사건의 실마리가 전혀 잡히지 않고, 이해할 수 없는 일이 계속 일어났다. 이렇게 사건이 막힐 때마다 최설진과 이민재는 늘 맞담배를 달게 피고는 했다. 몇 달 전에 현우의 이름을 걸고 금연을 결심하지만 않았어도 딱 맞담배를 나눠 필 타이밍이었다. 그러고 보니 이놈은 왜 담배를 피우질 않지? 두 사람 다 엄청난 골초였다. 오죽하면 담배 피우다 친해졌다고 할 정도였을까. 그런 녀석이 며칠째 담배 피우는 걸 보지 못했다는 생각이 문득 들었다. 마지막으로 핀 걸 본 게 아마 사건이 시작되던 첫날이었나. 그 날, 아침에 목격자를 만나고 오겠다던 이민재의 뒷모습에서 불길한 예감이 들었던 것은 기우가 아니었던 걸까. 생각해보면 이민재가 이상해진 게 그때부터였다.

잠시도 쉬지 않고 다시 서울에 도착한 최설진은 그대로 국과수를 향했다. 담당 검시관이 부디 아직 퇴근하지 않았길 바라며 사무실로 바로 직행한 최설진은 다행히 검시관을 만날 수 있었다. 자신의 신분을 밝히고 강동 오거리 골목길에서 일어난 토막살인 사건의 피해자 신원 결과가 나왔는지 물었다. 나이가 지긋한 검시관은 안경을 코끝에 걸친 채 최설진을 훑어보고는 책상 위에 놓인 서류 하나를 건넸다.

"하도 급하다고 지랄을 해서 내가 최대한 빨리 분석을 했지. 여기 피해자 신원 결과."

"감사합니다."

최설진은 건네받은 서류를 열었다. 끝끝내 머리를 찾지 못한 피해자의 얼굴을 처음 확인하는 순간이었다. 이름은 윤수현, 29세. 그녀의 직장은 권기혁의 파일에서도 본 그 중소기업이었다. 아마 사내연애를 하는 커플이 아니었을까 하는 추측이 머릿속에 스쳤다.

"성폭행 흔적은 없습니까?"

"그런 건 없어. 시신은 아주 깨끗해."

"그럼 대체 왜 속옷까지 전부 벗긴 걸까요?"

"글쎄. 범인의 의도야 자네들 같은 형사가 알아낼 일이지."

손발이 분리되고 토막이 난 시체를 보고 깨끗하다고 표현하는 아이러니한 상황에 최설진은 실소가 났다. 그 자리에서 서류를 끝까지 훑어보고 다시 앞장으로 넘어와 윤수현의 얼굴을 확인한 최설진은 문득 이 얼굴을 어디서 본 적이 있다는 사실을 깨달았다. 순간 최설진은 온 몸에 소름이 끼쳤다. 이럴 리가, 절대 이럴 리가 없다. 피해자가 이 여자일 수는 없는 일이다.

최설진은 검시관에게 인사도 하지 않고 미친놈처럼 국과수를 나왔다. 차를 이민재가 가지고 들어갔기 때문에 급하게 택시를 잡아타고, 강동 경찰서를 불렀다. 가는 내내 손에 든 서류에 시선이 못 박힌 듯 떨어지지 않았다. 오밀조밀한 이목구비를 가진 윤수현이라는 여자의 얼굴이 묘하게 자신을 비웃는 것 같았다. 강동 경찰서 명패 앞에 냅다 택시를 세운 최설진은 만 원짜리 한 장을 택시 기사에게 던지다시피 하고 곧장 이민재를 찾았다. 영상분석실에 있을 거라는 말에 황급히 걸음을 옮긴 그는 벌컥 문을 열어젖히고 어리둥절한 표정을 짓는 이민재의 얼굴 앞에 냅다 서류를 내밀었다.

"이민재!"

"선배님? 무슨 일인데 이렇게 흥분하셨어요?"

"너 말이야, 그때 네가 만나고 온 목격자. 그 여자 이름이 뭐랬지?"

"윤수현인데, 왜요?"

이민재의 말에 다시 한 번 온몸에 소름이 끼쳤다.

"이 여자 맞아요, 윤수현 씨."

최설진이 건넨 서류를 열어본 이민재가 맨 앞장에 있는 여자의 사진을 보고 말했다.

"그 여자가 맞다고?"

"예, 이 여자 맞는데. 선배, 대체 왜 그래요?"

"그 여자가 피해자란다."

"예?"

"네가 만났다는 그 여자가 토막 난 피해자라고."

최설진은 저도 모르게 "시발." 하고 욕을 나직이 내뱉었다. 며칠 전에 토막 살인을 당한 여자, 그 사건을 목격한 여자, 덕분에 정신과 치료를 받다가 갑자기 병실에서 사라진 여자. 그 모든 사람이 윤수현, 단 한 사람이었다.

왜? 어떻게 그럴 수가 있지? 이 모든 게 사실이라면 윤수현의 시체가 토막 난 채 국과수에서 부검될 때 또 다른, 그러니까 살아있는 윤수현은 정신병원에 입원해 있었다는 건데. 그럼 도대체 이민재가 만난 윤수현은 누구란 말인가. 최설진은 이제 정신이 나간 사람처럼 허탈한 웃음을 터트렸다. 도저히 이해가 되질 않았다. 왜 윤수현이 둘이지? 그러고 보니 권기혁도 둘이었다. 일주일 전에 죽은 권기혁과 그 후 CCTV 영상에서 발견된 또 다른 권기혁.

겨우 웃음이 멈춘 최설진은 이제 피가 식는 것이 느껴졌다. 그리고 눈앞에 선 남자를 눈으로 훑었다. 대구로 가던 길에 문득 떠올랐던 생각, 어쩌면 지금 눈앞의 이민재가 진짜 이민재가 아닌 게 아닐까 했던 그 생각. 소설같이 말도 안 되는 일이라고 생각했지만 일이 이렇게 되니 그게 진짜일 수도 있겠다는 정신 나간 확신이 들었다.

"민재야. 솔직히 말해. 너 뭐 알고 있지?"

"제가 알긴 뭘 알아요."

"너 뭐 알고 있잖아! 목격자 만나러 간 이후로 너도 이상했다고!"

"선배, 아까부터 자꾸 왜 이상한 소리를 해요."

"솔직히 말해봐. 도대체 뭐냐. 내가 진짜 도저히 이해할 수가 없어서 그래."

"하나씩 풀어 나가다보면……."

"못하겠다고, 시발!"

울분에 찬 최설진이 소리를 질렀다. 형사의 직감이 이 사건은 절대 내 선에서는 풀 수 없는 일이라고, 뭔가 엄청난 비밀이 숨겨져 있는 거라고 비명을 질러대는 것 같았다. 얼굴까지 벌게진 최설진이 거칠어진 호흡을 내뱉는 동안 아무 말도 하지 않고 있던 이민재가 드디어 입을 열었다.

"포기하는 겁니까?"

이민재의 말투에서 감정이 느껴지질 않았다. 꼭 기계가 말하는 듯한 무미건조한 목소리가 최설진을 향했다. 갑자기 싸늘하게 식어버린 이민재의 목소리에 최설진이 고개를 들었다. 이민재의 얼굴에 표정이 없다. 자신을 바라보는 시선에서 아무것도 느껴지질 않았다. 그 눈이 꼭 인형 눈에 박힌 구슬 같았다. 칠흑같이 어둡고 아무것도 없는 서늘한 눈빛. 그 눈빛이 압도되어 버린 최설진이 숨 쉬는 법을 잊은 사람처럼 호흡을 멈추었다. 찰나의 순간이었지만 영겁의 시간처럼 느껴졌다. 이민재는 곧 평소와 같은 모습으로 돌아와 얼굴에 표정을 띠고 가죽장갑을 낀 손으로 최설진의 어깨를 가볍게 툭 쳤다.

"선배. 오늘은 집에 돌아가서 쉬시는 게 어때요? 쉬면서 머리 좀 식히고 다시 차근차근 해결해보죠."

평소와 같은 말투로 돌아온 이민재의 말에 최설진은 그제야 숨을 내쉬었다. *방금 뭐였지.* 그동안 이민재인 척 숨기고 있던 무언가의 실체를 마주한 듯한 순간이었다. 너무 찰나의 순간이라 최설진이 미처 알아보지도 못할 정도였다.

"먼저 퇴근하세요." 하고 너스레를 떠는 이민재를 뒤로하고 최설진은 영상분석실에서 쫓겨나듯 나왔다. 뜨겁게 달아올랐던 머리가 차갑게 식는 것 같았다. 이민재의 싸늘한 말투와 눈빛 때문에 더 그랬다. 순간적으로 달라진 이민재의 분위기에 압도당해 최설진은 한마디도 하지 못하고 영상분석실에서 나왔고, 다시 이 문을 열 자신이 없었다. 저 안에 있는 이민재가 진짜 내가 알던 이민재가 맞는 걸까. 이 문을 열어젖히고 그를 추궁했을 때 쏟아지는 어떤 진실에 대해 내가 감당할 수 있을까.

최설진은 비겁하게도 돌아서는 것을 선택했다. 형사로서의 직감이 이렇게 돌아서선 안 된다고 계속해서 외쳐댔지만 최설진은 감당할 자신이 없었다. 머릿속에서 떠오르는 말도 안 되는 가설에 대해 그런 일이 현실에서 일어날 리가 없다고 끊임없이 부정하고, 혹시 이민재가 진짜 뭔가를 숨기고 있는 거라면 제대로 증거부터 잡는 게 옳다고 끊임없이 자기합리화를 했다.

다음 날 아침, 이민재의 말대로 집으로 돌아간 최설진은 마누라의 잔소리와 현우의 애교로 시작하는 평화로운 아침을 맞았다. 김이 모락모락 올라오는 국그릇에 숟가락을 집어넣으며 최설진은 어제까지 있었던 일이 현실과는 다른 세상처럼 느껴졌다. 그때, 최설진의 휴대전화가 울렸다.

선배. 집이에요?

"어, 민재야. 지금 출근하려는 길이다."

혹시 정신병원 호수 수색 신청하셨어요?

"그렇긴 한데. 왜? 결과 나왔대?"

예, 지금 좀 와보시랍니다. 선배 집 앞으로 갈게요.

옆에서 전화 소리를 들은 마누라가 최설진이 한번 떠보지도 못
한 국그릇을 치웠다. "어차피 먹지도 않을 건데 자기 밥은 차리지
말까 봐." 하고 최설진을 흘겨보는 마누라의 시선을 피해 슬그머니
자리에서 일어났다. 겉옷을 챙겨들고 집을 나서려는데 현우를 안
아든 그녀가 굳이 현관 앞까지 배웅을 나왔다.

"자기, 요즘 민재 씨 무슨 일 있어?"

"왜?"

"아니 나 어제 연주랑 쇼핑 갔다 왔는데, 요즘 민재 씨가 이상하
다던데?"

"제수씨가 뭐라던데?"

"그냥 평소랑 다르대. 무슨 말을 해도 무덤덤하니 반응도 없고."

"그래? 난 잘 모르겠는데."

"그리고 요즘 들어서 민재 씨한테 이상한 냄새가 그렇게 난대."

"요즘 좀 바빠서 그래, 알잖아."

최설진은 애써 아무것도 아니라는 듯이 대꾸를 하고 집을 나섰다.

집 앞에는 벌써 도착한 이민재의 차가 그를 기다리고 있었다. 조
수석에 올라타자, 예의 그 썩은 내가 코를 찔러서 최설진은 차 문을

닫는 대신 창문을 열어젖혔다. 이민재의 미묘한 변화를 느낀 것이 자신뿐만은 아닌 모양이었다. 이민재가 본인이 아니라는 말도 안 되는 상상은 접어 두더라도 그에게 무슨 일이 생긴 것만은 분명했다. 뭔가를 알고 있는 눈치인데 왜 말을 하지 않는 걸까. 꼭 스스로 답을 찾길 바라는 사람처럼.

"근데 선배님. 호수 수색 요청은 왜 하신 거예요?"

"네 말대로 병실에서 갑자기 사라진 거면 거기로 뛰어든 것밖엔 없잖냐."

"제가 그걸 못 봤을까요?"

"네가 깜빡 놓쳤을 수도 있고 뭐, 나도 몰라. 아무튼 아침부터 호출하는 걸 보니 뭐가 발견됐다는 거 아니냐?"

"글쎄요."

"가보면 답이 나오겠지."

그 뒤로 정신병원에 도착할 때까지 두 사람은 말이 없었다. 이민재와 함께 있는 시간이 이렇게 어색하게 느껴지는 건 처음이었다. 침묵이 감도는 차 안에서 나오지도 않는 음악 소리에 맞춰 리듬이라도 타는 것처럼 핸들을 잡은 이민재의 손가락이 까딱였다.

몇십 분을 창밖만 보다 보니 어느새 정신병원 정문에 도착했다. 뒤뜰에 있는 주차장까지 차를 끌고 올라가자, 호수를 빙 두른 폴리스라인과 생각보다 많은 수의 경찰이 부산스레 움직이는 게 보였다. 뭔가 엄청난 게 호수에서 나온 게 틀림없다고 생각하면서 앞으로 벌어질 일에 긴장한 채 차에서 내렸다.

호수는 주차장과 마주 보는 위치에 있었다. 호수 주변에 서서 웅성거리던 경찰들은 차에서 내리는 두 사람을 보자 순간 입을 꾹 다물었다. 두 사람을 바라보는 시선이 뭔가 이상했다. 시선 끝에 어째서인지 배척하는 기운이 감돌았다. 환영받지 못하는 장소에 억지로 온 것만 같았다. 도대체 이 사람들이 우리를 왜 저런 시선으로 보는 거지. 최설진은 일부러 더 당당하게 그들 사이를 헤치고 걸어갔다. 얼굴이 익은 동료 형사들과 국과수에서 나온 검시관도 보였다. 최설진이 동료 형사를 향해 '무슨 일이냐?' 하고 채 묻기도 전에 하얀 천을 덮어 놓은 시체가 먼저 눈에 들어왔다.

하얀 천이 사람 모양을 갖추긴 했지만 중간중간이 올록볼록했다. 사람이라면 절대 끊어졌을 리가 없는 신체 부위에 하얀 천이 움푹 패 있었다. 두 번째 토막 살인사건이다. 아니, 아직 한쪽 다리를 찾지 못한 권기혁도 같은 케이스라고 한다면 세 번째 토막 살인사건인 셈이었다.

결국 최설진의 생각이 맞았다. 목격자는 몸이 조각조각 토막 난 채로 병실 창문의 좁은 쇠창살 사이로 한 덩이씩 호수에 던져진 것이다. 아니, 잠깐만. 목격자는 이 사건의 피해자이기도 한 윤수현 씨라고 하지 않았나? 그럼 이 시체는?

지체없이 시체 위에 덮인 하얀 천을 걷었다. 물에 방치되어 퉁퉁 불은 얼굴을 본 최설진은 그만큼이나 낯빛이 창백해졌다. 죽기 직전에 느낀 공포가 고스란히 느껴지는 시체의 눈은 채 감지도 못하고 시퍼렇게 떠 있었기 때문에 최설진은 그 눈과 시선이 마주쳤다고 생각했다. 그 눈은 이민재의 눈이었다. 그러니까, 호수에서 발견된 토막 난 시체는 이민재였다.

최설진은 저도 모르게 "시발, 이게 뭐야." 하고 시체에서 뒷걸음질을 쳤다. 이민재의 머리, 이민재의 몸, 이민재의 팔, 이민재의 다리. 모든 조각들이 하나로 합쳐서 이민재가 되어 있었다. 단 하나, 오른손이 없었다. 어제부터 내내 호수를 수색했지만 오른손만은 찾을 수가 없었다는 설명을 들었다.

그랬다. 이민재는 목격자를 만나러 간 그 날, 죽었다. 그리고 또 다른 이민재가 나타났다. 앞서 윤수현이 그랬고, 권기혁이 그랬던 것처럼.

또 다른 이민재의 차를 타고 여기에 왔다는 것이 생각난 최설진이 옆을 돌아보았다. 제 옆에 없는 이민재를 찾아 주위를 두리번거리자 호수 맞은편의 주차장에 그가 서 있는 게 보였다. 차에서 내린 이후 최설진이 호수로 들어오는 동안 이민재는 주차장에서 한 발자국도 움직이지 않았다. 최설진은 그제야 이 배척하는 분위기가 자신이 아닌 이민재를 향한 것임을 깨달았다. 당연한 일이다. 호수에서 이민재의 시체를 건져 올렸는데 그가 멀쩡하게 살아서 차를 타고 왔으니.

최설진의 시선이 한 치 흔들림 없이 이민재에게 꽂혔다. 이민재의 눈에는 아무것도 없었다. 감정도, 빛도, 색채도 없는 눈동자가 구슬처럼 그 자리에 박혀 있을 뿐이었다. 표정 하나 없는 그 얼굴은 더 이상 이민재 흉내 내기를 그만두기로 한 것 같았다.

최설진은 이민재의 껍데기를 쓴 저 존재를 어젯밤에 만난 적이 있다. 그럴 리가 없다고, 필사적으로 그럴 리가 없다고 부정하고 부정했던 존재였다. 묘하게 오른손을 까딱거리며 우두커니 서 있는 이민재를, 아니 이민재의 껍데기를 쓴 저 존재를 일단 잡아야겠단 생각에 최설진이 몸을 움직이는데 무표정을 유지하던 얼굴이 기묘하게 일그러졌다. 웃는 법을 처음 배운 사람처럼 이민재의 입술이 기묘하게 양옆으로 찢어지더니 치아가 드러났다. 아무 변화도 없는 얼굴에서 입만 웃고 있다. 그 일그러진 웃음에 온몸에 소름이 돋았다. 그 어떤 살인마 앞에서도 이토록 무섭진 않았다. 덕분에 그를 잡기 위해 뛰쳐나가던 걸음이 멈추었다.

그때 이민재의 핸드폰이 울렸다. 기묘하게 찢어진 입술이 순식간에 제 위치를 찾아 돌아왔다. 이민재의 껍데기를 쓴 그것은 최설진을 향한 시선을 거두지 않은 채 천천히 휴대폰을 귀에 갖다 댔다. 멀리 있어서 들리진 않았지만 그 순간, 이민재의 입술 모양이 선명하게 보였다. 이민재가 분명 휴대폰 너머의 누군가에게 이렇게 말했다. '지금 갈게, 연주야.'

얼어붙었던 몸은 누가 깨기라도 한 것처럼 그제야 총을 빼내어 이민재가 있는 방향으로 뛰어 나갔다.

"거기서, 이 새끼야!"

최설진의 외침을 들어 줄 생각이 없는지 이민재는 이미 타고 온 차에 다시 올라타 시동을 걸었다. 차 앞에 총을 겨누고 미친 듯이 뛰었지만 현란하게 후진을 한 차는 다시 유연하게 꺾여 정신병원을 벗어났다. 차 뒷바퀴에 대고 탕탕 하고 두어 번 총을 쐈지만 하늘이 무심하게도 전부 빗나가 그의 차를 막진 못했다.

이민재가 자리를 벗어나자 배척하는 분위기는 완전히 수그러들고 대신 동료 형사들이 다가와 질문을 퍼부어 댔다. "민재 맞지? 시체가 민재랑 똑같이 생겼는데. 무슨 일이야 도대체? 민재 쌍둥이였어?" 웅성거리는 소리는 어느새 큰 소음으로 번져 덕분에 최설진은 악을 쓰며 차 키를 내놓으라 소리쳐야 했다. 주차장에 세워진 많은 경찰차 중에 하나를 골라 운전석에 올라타 급하게 출발하며 최설진은 이민재에게 전화를 걸었다.

이제 모두 세월따라 흔적도 없이 변하였지만.

지긋지긋한 이문세의 광화문연가가 차 안에 울려 퍼졌다. 1절이 채 끝나기도 전에 급하게 통화를 종료한 최설진은 이번에는 장연주에게 전화를 걸었다. 다행히 장연주는 신호음이 몇 번 울리기도 전에 전화를 받았다.

여보세요?

"연주야! 너 지금 어디냐!"

설진 오빠? 갑자기 무슨 일이에요?

"너 지금 어디냐고!"

민재 오빠 오피스텔 가는 길이에요. 아침에 갑자기 좀 보자고 연락이 와서.

최설진은 '아침에 갑자기' 라는 말까지만 듣고 전화를 끊었다. 다급하게 핸들을 꺾고 중앙선을 침범해 불법으로 유턴을 한 경찰차가 도로 위에 미끄러져 이내 선을 따라 자리를 잡고 질주했다. 이민재의 오피스텔을 향해 가는 동안 신호를 몇 번 위반하고 제한 속도를 몇 번 넘었다.

덕분에 평소보다 훨씬 빨리 도착한 최설진이 경찰차를 버리다시피 아무 데나 주차를 하고 오피스텔을 향해 들어갔다. 입구에서 엘

리베이터가 11층에 있는 걸 확인한 최설진은 망설임도 없이 계단을 향했다. 계단을 성큼성큼 올라가며 숨이 가빠왔지만 최설진은 멈추지 않았다.

마침내 808호, 이민재의 오피스텔 앞. 최설진은 헉헉 숨을 들이켜며 닫힌 문을 주먹으로 쿵쿵쿵 두드렸다.

"누, 누구세요?"

"나, 헉, 설진인데. 헉헉. 문 열어."

"설진 오빠?"

경계심이 가득한 여자의 목소리가 안에서 들려왔다. 이내 경쾌한 기계음과 함께 현관문이 열렸다. 문틈 사이로 손을 밀어 넣고 현관문을 벌컥 열어젖힌 최설진은 신발도 벗지 않고 집안으로 성큼 들어서서 미친 듯이 집안을 두리번거렸다.

"민재 어딨어? 이민재 어딨냐고!"

작은 원룸 안을 쉴 틈 없이 두리번거리며 베란다 커튼도 열어보고 화장실 문도 열어젖힌 최설진의 행동에 겁을 먹은 장연주가 "오빠, 왜 이래요." 하고 벽에 등을 바짝 붙이고 섰다. 집 안에 이민재의 흔적이 없자 최설진의 시선이 그런 장연주에게로 옮겨갔다. 최설진은 그녀의 앞에 성큼 다가가 손아귀에 우악스레 장연주의 턱을 쥐고 올렸다. 남자의 거친 손길에 억지로 고개가 치켜 올라간 장연주가 덜덜 떨며 눈앞의 최설진을 바라봤다.

"너 뭐야, 너 장연주 맞아?"

"오빠, 진짜 왜 이래요. 나 무서워요."

"똑바로 말해, 장연주 맞냐고!"

잔뜩 겁에 질린 장연주의 눈동자에 얼굴이 벌겋게 달아오른 제 모습이 비치자, 최설진은 그제야 손아귀에 잡힌 턱을 놓아주었다. 콜록콜록 하고 기침을 내뱉은 장연주가 훌쩍거리며 도대체 무슨 일이냐고 물었다. 최설진은 이게 진짜 장연주가 맞는지, 아니면 또 다른 장연주가 연기를 하는 것인지 판단이 서지 않았다. 어쩌면 이민재와 장연주가 공범일지도 모른다. 장연주의 머리를 향해 총을 겨누고 가까이 다가간 최설진이 조금 차분해진 목소리로 "이민재 어디 있는지 말해." 하고 나직하게 물었다.

"민재 오빠 아직 안 왔어요, 현장 갔다가 온다고 그랬는데."

자신의 머리로 겨누어진 총구가 비현실적인지 장연주는 그저 덜 덜 떨며 대답했다. 이민재와 장연주가 사귄 것도 벌써 5년이었다. 그 말은 이민재와 늘 껌딱지처럼 붙어 다니는 최설진과도 알고 지 낸 지 5년이 됐다는 뜻이었다. 장연주는 그동안 한 번도 본 적이 없 던 최설진의 모습에 어찌해야 할 바를 몰라 바닥에 주저앉아 눈알 을 깜빡였다.

두 사람 사이에 끝날 것 같지 않던 대치 상태는 도어락에서 나는 경쾌한 기계음 덕분에 금방 풀렸다. 현관문이 열리고 이민재가 나 타났다. 최설진의 총구가 이민재에게로 옮겨졌다.

"이야, 일찍도 오셨네."

"움직이지 마!"

현관으로 들어서는 이민재는 저에게 총부터 들이대는 최설진을 보고 반갑다는 표정을 지었다. 그 표정이 어찌나 기묘하던지, 어색 하지만 않았어도 뒤늦게 출발한 저보다 더 빨리 도착한 그에게 순수하게 감탄하는 것처럼 보였을 것이다. 최설진은 총구를 이민재에게 겨눈 채로 장연주를 잡아 일으켜 제 뒤로 숨겼다. 최설진의 우악스러운 손길을 뿌리친 장연주가 "도대체 왜 이러는 거예요?" 하고 물었지만 둘 다 서로를 바라보느라 누구 하나 대답하질 않았다.

"너 시발, 대체 정체가 뭐야?"

"정체요? 아직도 내 정체를 모르시나?"

"너 뭐냐고, 이 새끼야!"

"그렇게 힌트를 줬는데 아직도 모른다고?"

이민재는 오른손에 낀 가죽장갑을 벗었다. 드러난 오른손은 사람의 살갗이 아니었다. 이끼가 가득 낀 듯한 오른손은 이미 부패가 심하게 진행된 채 썩어 들어가고 있었다. 코를 찌르는 냄새에 읍 하고 헛구역질을 한 장연주는 "오빠, 손 왜 그래!" 하고 소리쳤다. 덕분에 이민재의 눈알이 최설진에서 장연주에게로 또르륵 굴러갔다.

이민재는 대답 대신 왼손으로 오른손을 꽉 쥐고 후두둑 잡아 뜯었다. 뒤에서 귀가 찢어질 듯한 비명소리가 났다가 금방 뚝 끊겼다. 오른손을 잡아 뜯은 이민재의 왼손이 이상하게 어그러지더니 빠른 속도로 늘어나 최설진의 뒤를 향해 쭉 뻗었기 때문이었다. 이내 최설진의 뒤에서 무언가 퍽 하고 터지는 소리가 났다. 등 뒤로 액체가 팍 튀고 곧 최설진의 다리 사이로 눈알 하나가 데구르르 굴러왔다. 덕분에 최설진은 뒤에서 터진 소리가 장연주의 머리였다는 걸 직접 보지 않고도 느낄 수 있었다.

생명을 잃은 장연주의 몸이 무너지듯 바닥에 엎어졌다. 느릿하게 원상 복귀하는 이민재의 왼팔이 앞으로 굴러온 장연주의 눈알을 집었다. 이민재는 그 눈알을 들고 와 제 얼굴에 쑤셔 박았다. 이민재의 몸 전체가 울렁울렁 거리며 이상한 모양으로 변해갔다. 집어넣은 눈알을 중심으로 조금씩 변하기 시작한 이민재의 몸은 눈 깜짝할 사이에 변화를 마쳤다. 부패한 이민재의 오른손이 바닥에 툭 떨어지고 그 자리에 새로운 손이 돋아났다.

이제 최설진의 눈앞에는 이민재 대신 장연주가 서 있다. 아니, 장연주로 변한 무언가가 서 있다. 옷이나 장신구까지 변화하진 못하는 건지 이민재가 입고 있던 옷 안의 알맹이만 장연주로 바뀌었다.

"이게 내 정체예요, 설진 오빠."

장연주와 똑같은 목소리가 흘러나온다. 눈앞에서 믿기 어려운 상황이 순식간에 벌어지자 최설진은 숨도 쉴 수 없었다. 그런 최설진의 반응에 아랑곳하지 않고 장연주는 계속해서 말을 이어갔다.

"사실 이미 알고 있죠? 단지 그럴 리가 없다고 끝까지 부정했을 뿐이지. 인간들은 꼭 그래. 전부 다 알려줘도 끝까지 자기가 믿고 싶은 것만 믿더라. 사실 알려주지 않고 조용히 처리했어도 되는데, 내가 오빠한테 왜 계속 힌트를 줬을까?"

장연주가 최설진 쪽으로 한걸음 다가왔다.

"그냥, 재밌으니까."

그녀가 또 한걸음 다가오자, 뒷걸음질 치던 최설진이 진짜 장연주의 시체를 밟고 우당탕 넘어졌다. 그 모습을 내려다보는 지극히 무미건조한 장연주의 눈동자에서 조소가 느껴졌다.

"우린 희로애락이 없어서 이렇게라도 하지 않으면 인생이 엄청 지루해. 그래서 이렇게라도 재미 보는 거야, 너희 같은 인간을 상대로. 우리가 다른 건 다 따라 할 수 있어도 인간의 감정까지 넘어오진 않아요. 이렇게 변하고 나면 천천히 기억이 넘어오기 시작하는데, 그 기억을 토대로 대충 흉내 내는 거야. 기억이 천천히 넘어오니까 처음에는 좀 어설퍼도 나중에는 진짜 그 사람처럼 흉내 낼 수 있어요. 내가 흉내 내고 있다는 것도 이미 알고 있었죠? 근데 왜 끝까지 의심하지 않았지? 왜 끝까지 그럴 리가 없다고 부정한 거야, 멍청하게."

"오, 오지 마. 시발, 가까이 오지 말라고."

"사실은 이 한 톨의 머리카락만 있어도 우린 당신들과 같은 모습을 할 수 있어. 근데 왜 굳이 죽이고 토막을 냈냐고? 그것도 그냥, 재밌으니까."

넘어진 최설진의 머리카락을 더러운 물건을 집는 것처럼 손가락 끝으로 쥐었다가 놓아준 장연주는 그의 앞에 쪼그리고 앉아 구슬 같은 눈을 마주했다. 장연주의 눈 한쪽이 기이하게 팽글팽글 돌았다. 그건 그 몸에 쑤셔 넣은 원래 장연주의 눈알이었다.

"이거 보여요? 면역 반응이야. 상상도 못 했어, 인간에게 면역 반응이 있을 줄이야. 내 몸이 되기를 거부하는 거지. 이 여자도 안 되겠다. 다른 몸으로 빨리 옮겨 타야겠어. 그래서 말인데요, 설진 오빠. 그 몸 좀 줄래요?"

최설진은 이 짧은 순간에 제 몸도 어느 일부분이 뜯겨나가 저 이상한 존재의 몸에 흡수당하는 끔찍한 상상을 했다. 덕분에 겨우 정신을 차리고 총을 잡은 손에 힘을 줘 눈앞에 앉은 장연주의 이마에 대고 겨누었다. "꼼짝 마, 움직이면 쏜다." 진부한 대사를 읊는 최설진을 무표정하게 보던 장연주는 천천히 자리에서 일어났다. 최설진을 두려워하는 기색은 전혀 없었다.

바로 눈앞에 총이 있는데도 장연주는 차가운 눈빛으로 최설진을 내려다보다 이내 뒤로 돌아 현관문을 향해 뚜벅뚜벅 걸어나가기 시작했다. 최설진이 바닥을 기다시피 그녀를 따라가 계속 "움직이면 쏜다, 진짜 쏜다고!" 하고 큰 소리로 울부짖었지만 장연주의 걸음은 멈출 기색이 없었다. 결국 탕 하고 총알이 발사됐다. 빠른 속도로 나아간 총알은 장연주의 허벅지에 그대로 박혀 구멍을 냈다. 그녀가 인간이었다면 그 구멍에서 피가 솟아나야 정상이건만 아무런 반응이 없었다. 총알이 살갗을 뚫고 박히는 느낌에 잠깐 휘청한 장연주는 최설진을 한번 휙 돌아보고는 무슨 일 있었냐는 듯 다시 현관문을 향해 걸어나갔다.

총에도 반응이 없다. 망연자실한 최설진은 마침내 장연주의 모습이 더 이상 보이지 않을 때까지 멍하니 앉아있을 수밖에 없었다.

온 몸에 피를 뒤집어쓴 채 집으로 터덜터덜 돌아왔다. 현실감각이 전혀 없었다. 일단 피범벅이 된 옷을 갈아입고 몸을 씻어야겠다는 생각밖에 들지 않았다. 현관문 앞에서 마누라에게 뭐라고 말할지 잠깐 고민했지만 다행히 집엔 아무도 없었다.

따뜻한 물에 몸을 맡기자, 그제야 현실감각이 조금 돌아왔다. 지난 며칠 동안 일어난 일부터 방금 있었던 일까지 그 어떤 것 하나 믿어지지 않았다. 자신을 상대로 누가 몰래카메라를 하는 게 아닐까 하는 우스운 생각까지 들었다. '인간들은 꼭 그래. 전부 다 알려줘도 끝까지 자기가 믿고 싶은 것만 믿더라.' 장연주가 했던 말이 떠올랐다. 실제로 그랬다. 최설진은 지난 며칠간 일어난 일을 계속해서 말도 안 된다고 부정해왔고, 실제로 제 앞에서 직접 목격한 상황인데도 쉽사리 믿어지지 않았다.

최설진은 부정하기를 멈추기로 했다. 사건의 첫 시작이었던 목격자 전화부터 지금까지 있었던 일을 다시 보기로 했다. 이해하려고 해도 도무지 이해할 수 없는 일의 연속이었던 지난 며칠이 순서대로 떠올랐다.

사건의 첫 시작이 목격자의 전화였다고 생각했는데 사실은 권기혁이었다. 미지의 존재는 일주일 전, 권기혁을 죽이고 그의 몸을 뺏었다. 아직도 찾지 못했다는 그의 다리를 이용했을 것이다. 그 존재는 권기혁인 척하며 여자 친구인 윤수현에게 접근했다. 그리고 그녀의 머리를 이용해 몸을 뺏었다. 어째서인지 그는 목격자인 척 경찰에 사건을 알렸고, 그의 말에 따르면 단순히 재미를 위해서였다고 한다. 그렇게 정신병원에 입원한 그는 찾아온 이민재를 죽이고 시체를 토막 내 오른손을 제외한 나머지를 호수에 던졌다. 최설진은 그 날 이후로 꺼림칙하게 변한 이민재가 떠올랐다. 그리고 쉴 새 없이 까딱거리던 그의 오른손까지.

그 오른손만큼은 진짜 이민재였던 것이다. 죽지 못한 이민재가 오른손을 통해 계속해서 비명을 지르고 있었다. 최설진은 비로소 자신이 아끼던 후배이자 동생, 이민재가 죽었다는 사실이 실감이 났다. 그 날의 불안감이 현실이 되어 돌아왔다. 그리고 이민재는 제 눈앞에서 장연주가 되었다. 이해되지 않았던 사건들이 하나씩 들어맞기 시작하자 최설진은 따뜻한 물에 몸을 맡기고 있는데도 소름이 가시질 않았다.

그리고 문득 한 가지 의문이 생겼다. 과연 권기혁이 첫 번째였을까? 권기혁의 몸을 뺏기 전에는 누구였을까? 이미 아주 오래전부터 인간 사이에 섞여 살아가고 있던 것은 아닐까. 그렇다면 장연주는 마지막일까? 그 후로도 그렇게 몸을 바꿔가며 인간 세상에 살아가는 것이 아닐까.

최설진은 물에 젖은 제 머리카락을 쥐어뜯으며 욕조 아래로 몸을 끝까지 담갔다. '포기하는 겁니까?' 이민재가 했던 말이 떠올랐다. 엄밀히 말하자면 이민재의 껍데기를 쓴 그가 했던 말이 떠올랐다. 그래, 민재야. 포기하고 싶다. 이건 도저히 내가 감당할 수 있는 일이 아니야. 그때 그 싸늘했던 목소리는 자신의 재미를 위해 좀 더 열심히 움직여주지 않는 최설진을 향한 냉소였다. 욕조에 가득 담긴 물 안에서 뽀글뽀글 기포가 올라왔다.

다음 날 아침, 늘어지게 잠을 자고 일어난 최설진은 침실에서 나왔다. 뜨거운 물에 목욕을 하고 푹 자서 그런지 어쩐지 몸이 개운했다. 사건에 대해 반쯤 마음을 놓았기 때문일지도 모른다. 집안에 인기척이 느껴지지 않아 마누라가 현우를 데리고 외출했나보다 생각하며 냉장고를 향해 걸어갔다. 사람이 토막이 나고 그 껍데기를 흉내 낸 괴물을 만난 이후에도 배는 고팠다. 인간은 참 본능적인 동물이다.

냉장고 문을 열어젖히고 뭐 먹을 만한 게 있나 살피다 하나라도 잘못 꺼냈다간 전부 와르르 무너질 것 같이 가득 들어찬 내부 상황에 문을 조용히 다시 닫았다. 아무래도 마누라가 올 때까지 기다려야겠다고 생각하며 다시 거실로 이동하던 최설진의 눈에 식탁 위 작은 메모지 하나가 들어왔다.

연주가 얼마 전에 산 옷이 안 맞는다고 해서 환불받으러 가. 저녁은 외식할까?

마누라는 종종 메모를 써두고 외출하고는 했다. 그때마다 굳이 이런 걸 뭐 하러 써두고 가냐며 대강 훑어보고 쓰레기통에 던져 넣기 일쑤였다. 오늘도 아무 생각 없는 날 중 하나였다. 그래야만 했는데, 마누라가 장연주를 만났다. 아니, 장연주의 탈을 쓴 괴물을 만났다. 최설진은 튕겨 나가듯 집 밖으로 뛰쳐나갔다.

서둘러 택시를 잡고 차에 올라타 근처 백화점 이름을 소리쳤다. 택시가 백화점을 향해 나아가는 동안 최설진은 마누라가 받을 때까지 전화를 했다. 한 번, 두 번, 세 번, 그리고 일곱 번을 넘게 전화를 했지만 받질 않았다. 소리 샘으로 연결된다는 기계적인 목소리에 확 짜증이 났다. "이 여자가 대체 왜 전화를 안 받아." 욕지기를 섞인 최설진의 말에 택시 기사가 백미러 너머로 힐긋 최설진을 훔쳐봤다. "아내가 바람이라도 났어요?" 하고 태평하게 물어오는 택시 기사를 매섭게 째려보고는 여덟 번째 전화를 걸기 시작했다. 백화점에 도착할 때까지 부재중 전화는 벌써 30통이 넘었다. 쇼핑하느라 바쁜 건지, 아니면 벌써 무슨 일이 생긴 건지 마누라는 끝끝내 전화를 받지 않았다.

택시에서 내린 최설진은 백화점을 샅샅이 뒤졌다. 지나가는 사람이 조금이라도 비슷해 보인다 싶으면 쫓아가 얼굴을 확인했고 백화점 직원들에게 사진을 보여주며 이 여자 본 적 있냐고 물어보기도 했다. 1층부터 9층까지 쉬지 않고 사람을 수색했지만 머리카락 하나도 보이질 않았다.

최설진은 다 늘어난 티셔츠의 목 부분을 손으로 뜯어내며 후으하고 숨을 토해냈다. 어제 이민재의 몸이 꿀렁꿀렁하더니 장연주로 변하던 게 눈앞에 생생하게 그려졌다. 그 상상은 어느새 장연주의 몸이 제 아내로 변하는 상황까지 치달았다. 안 돼. 여보, 현우 엄마. 도대체 너 지금 어디 있는 거냐. 최설진은 눈앞이 뿌옇게 흐려져서 자신이 울고 있다는 사실을 그제야 깨달았다.

사람을 토막 내어 죽여 놓고 재미를 운운한 괴물이 너무 쉽게 최설진의 앞에서 사라졌다고 생각했다. 최설진은 안일하게 생각했다. 마음 한 편에는 이대로 괴물이 내 눈앞에서 영원히 사라졌으면 좋겠다고, 분명 어딘가에서 똑같은 사건을 일으키고 살아가겠지만 그게 더 이상 내 주변만 아니라면 나는 없던 일로 지낼 수 있을지도 모른다고 그렇게 생각했다. 그 생각이 잘못이었을까. 형사로서 책임을 회피한 것에 대한 벌을 받는 걸까.

아니다, 그게 아니었다. 그 괴물은 처음부터 최설진을 놓아줄 생각이 없었다. 처음 목격자인 척했던 신고 전화를 시작으로 내내 이민재를 흉내 내며 바로 옆에서 혼란스러워하는 자신을 비웃고 가지고 놀았다. 최설진은 그저 재밌는 장난감에 불과했다.

최설진은 손바닥으로 거칠게 눈물을 훔치고 다시 백화점을 뒤져

보기로 했다. 괴물에 의한 피해를 불특정 다수가 받는다고 안일하게 생각할 때와는 상황이 달랐다. 이건 내 가족이 피해자가 될 수도 있는 상황이었다. 무거운 걸음을 억지로 옮겨 다시 여성복 코너의 사람들을 살펴보기 시작했을 때, 최설진의 휴대폰이 울렸다. 휴대폰 화면에 현우 엄마라는 네 글자가 찍혀있었다.

"현우 엄마!"

백화점 내의 사람들이 모두 쳐다볼 만큼 큰소리로 호통을 쳤다. 현우 엄마라는 네 글자가 이토록 반가운 적은 처음이었다. 그런데 휴대폰 너머로 마누라가 아닌 현우의 목소리가 들렸다. 울음소리와 섞여 잘 알아듣기도 힘든 목소리로 "아빠, 아빠, 아빠."하고 자신을 반복해서 불렀다. 최설진은 그 목소리에서 큰 공포감을 느꼈다. 그렇다, 분명 마누라가 현우를 데리고 나갔을 것이다. 그 말은 곧 현우도 위험하다는 뜻이었다.

"현우야, 우리 현우 지금 어디니? 아빠가 거기로 갈게."

아빠아아, 엉엉, 엄마가아 이상해애.

"그래, 현우야. 지금 어디니, 응?"

최설진은 최대한 감정을 억누르고 현우를 달래가며 물었다. 그리고 마침내 우리 집이라는 단어 하나를 듣고서야 백화점에서 뛰쳐나갔다. 현우에게 엄마랑 같이 있지 말고 방안에 문 잠그고 아빠 기다리고 있으라는 말과 함께. 현우는 엄마가 이상하다며 엉엉 울었다. '엄마가 이상해, 엄마가 이상해.' 최설진의 마누라가 이미 먹힌 것이다. 참담한 심정이었다. 마누라를 뺏기고 말았지만 현우마저 뺏길 수는 없었다.

한 치의 망설임도 없이 한걸음에 집으로 다시 돌아온 최설진은 현관문을 열어젖히기 전에 잠깐 멈칫했다. 너무 급하게 튀어나오느라 총이고 뭐고 아무것도 가지고 나오질 않았다. 하긴, 허벅지에 총알을 맞고도 피 한 방울 흘리지 않고 멀쩡하게 걸어나가는 놈이었다. 총이 있었다 한들 쓸모가 없었을 것이다.

최설진은 복도 창문을 주먹으로 깨부수고 떨어진 유리조각 하나를 손에 쥐었다. 총이 안 되면 칼로 해야지, 칼이 안 되면 유리조각이라도 쑤셔 넣어 줄 테다.

최설진이 현관문을 천천히 열고 집 안으로 들어섰을 때, 제일 먼저 느낀 건 코를 스치는 비릿한 피 냄새였다. 현관에서부터 핏자국이 질질 늘어져 거실까지 이어졌다. 조심스레 한걸음씩 내딛는 최설진의 발 앞에 누군가의 팔이 덩그러니 놓여있었다. 팔꿈치에서 절단된 팔 한쪽이었다. 그 팔에 보석의 색깔을 잃은 팔찌 하나가 끼워져 있지 않았다면 누구인지 알아보지 못했을 것이다. 그 팔찌는 작년 생일에 최설진이 마누라에게 선물한 것이었다.

이미 늦었다는 것을 육안으로 확인한 최설진이 폭주하듯이 거실로 뛰어갔다. 유혈이 낭자한 거실에는 토막 난 시체가 군데군데 널브러져 있었고 그 한가운데에 피에 물든 하얀색 원피스를 입고 마누라가 앉아있었다.

"이런, 시발. 이 개새끼야."

최설진이 다시 눈물을 흘리기 시작했다. 욕지기를 내뱉자 앉아있던 마누라가 천천히 고개를 들어 그를 바라봤다. 눈동자가 텅 비었다.

"설진 씨?"

"이 개새끼, 죽여버릴 거야!"

"현우 아빠, 자기야."

마누라인 척하는 괴물이 기괴하게 몸을 떨었다. 익숙한 얼굴, 익숙한 머리카락, 익숙한 몸, 하지만 더 이상 최설진이 아는 그녀가 아니었다. 똑같은 목소리로 자신을 자기야 하고 부른다. 최설진은 그 목소리에 망설임보다 화가 치밀었다. "가짜 주제에 어디서 내 마누라 목소리를 흉내 내? 내가 속을 줄 알아!" 최설진은 유리조각을 꽉 쥔 채 그대로 괴물의 목에 꽂아 넣었다.

괴물의 입에서 커헉 하는 단발마의 비명이 들렸다. 총알이 허벅지를 관통할 때는 아무렇지 않던 놈이 유리조각을 쑤셔 넣으니 효과가 있구나! 최설진은 망설이지 않고 유리조각을 더 깊게 쑤셔 박았다가 한 번에 확 빼버렸다. 유리조각이 박혔던 곳에서 푸학 하고 피가 분수처럼 뿜어져 나왔다. 피 때문에 시야가 가린 최설진이 손바닥으로 눈앞을 훔치자, 아직 간당간당하게 목숨 줄이 끊기지 않은 괴물이 자신을 보는 게 느껴졌다.

마누라의 텅 비었던 눈동자에 점점 감정이 채워진다. 공포, 당혹, 절망, 고통, 무너진 신뢰 따위가 한꺼번에 아우러져 그녀의 눈에 담겼다. 그 눈이 최후에는 원망으로 바뀌고 이내 생명력을 잃고 바닥에 쓰러졌다. 최설진은 쓰러진 괴물 위로 퉤 하고 침을 뱉었다.

그때, 등 뒤에서 끼이익 하고 천천히 문 열리는 소리가 났다.

"아빠. 지금 엄마 죽인 거야?"

현우였다. 아니, 현우였지만 현우가 아니었다. 겉모습과 목소리,

말투만 현우였고 나머지는 현우가 아니었다. 그는 현우를 흉내 내려고도 하지 않고 우두커니 문 앞에 서서 최설진을 무표정으로 응시했다.

이럴 수가. 괴물은 마누라가 아닌 현우였다.

덜덜 떨리는 손으로 바닥에 엎어진 마누라의 시체를 확인했다. 제 손으로 유리 조각을 찔러 넣었던 곳에서 멈추지 않고 피가 계속 흘러나왔다. 생각해보면 총알이 박혔을 때도 피 한 방울 나지 않았던 놈이다. 사람이 아니라면 이렇게 피가 계속 날 리가 없었다. 최설진은 제 손으로 마누라를 죽였다. 그렇다면 거실 바닥에 뒹구는 토막 난 시체는 누구란 말인가. 그게 마누라라고 생각했는데.

최설진은 바닥을 기다시피 해 토막 난 시체의 머리를 살폈다. 이 얼굴을 안다. 마누라가 친하게 지내는 옆집 여자였다. 옆집 여자가 왜 내 마누라의 팔찌를 끼고 있었을까. 최설진은 순간적으로 옆집 여자가 평소에 그 팔찌를 탐내던 것을 떠올렸다. 어쩌면 잠깐 놀러 와서 팔찌를 한번 차봐도 되겠냐 물었을지 모른다. 그러면 마누라는 사람 좋은 얼굴로 팔찌를 빼서 건네줬을 것이다. 팔찌를 받아든 옆집 여자가 자신의 손목에 착용을 해보고 아유, 예쁘기도 하다며 감탄하는 사이에 이미 괴물로 변한 현우가 뒤에서 천천히 접근해 그녀를 덮친다. 그런 상상이 순식간에 최설진의 머릿속을 스쳤다.

그러는 사이, 현우가 최설진의 앞으로 아장아장 걸어왔다. 텅빈 눈동자에 가득 차는 현우를 바라봤다. 현우 너머로 그가 걸어 나왔던 방문이 보였다. 활짝 열린 현우의 방안에 자그마한 아이의 시체가 보였다. 진짜 현우였다. 진짜 현우는 이미 죽었다.

최설진의 온몸이 덜덜 떨렸다. 최설진의 눈앞에서 기괴하게 몸을 떨던 마누라처럼 그의 몸도 덜덜 떨리고, 눈물이 멈추지 않았다. 자신의 반쪽이자 자그마한 내 아이에게서 엄청난 공포감이 몰려왔다. 최설진은 무력하게 욕을 내뱉는 것 말고는 아무것도 할 수 없었다. 현우의 두 팔이 슈르륵 하고 늘어나 촉수처럼 뻗었다. 그 촉수가 최설진의 머리를 향해 다가오는 걸 보며 마지막으로 젖 먹던 힘을 짜내 유리조각을 현우의 심장 부근에 깊이 찔러 넣었다. 현우의 몸에 들어간 유리조각이 다시 빠져도 현우는 아무 반응이 없었다. 역시 피 한 방울 나지 않는다.

"아빠. 이제 재미없다."

유리조각이 바닥에 쨍그랑하고 떨어졌다.

* * *

무섭도록 비가 내리퍼붓는 밤이다. 싸늘하게 식은 핏물이 비에 고여 홍건하게 바닥을 적셨다. 현장에 도착한 최설진은 퍼붓는 비에도 지워지지 않는 피비린내에 인상을 찌푸렸다. 역한 냄새에 토기가 올라오는 건 그뿐만이 아니었는지 신참 형사가 입을 틀어막고 뛰어나가며 최설진을 툭 치는 바람에 들고 있던 우산을 놓쳤다. 덕분에 쫄딱 젖은 최설진이 낮게 욕지기를 내뱉었다.

17년이나 형사를 하고 있는 최설진에게 일 년 만에 다시 시작된 악몽이었다.

사건은 한 통의 전화로부터 시작됐다. 수화기를 통해 건너오는 무미건조한 그 목소리는 마치 옹알이를 막 시작한 어린아이의 말투 같았다. 한 치의 감정도 느껴지지 않는 여자의 목적은 간결했다.

살인사건을 목격했어요. 사람이 토막난 것 같아요.

최설진은 먼저 출동한 후배의 연락을 받고 현장으로 급히 향한 참이었다. 하나씩 모이는 시체의 조각들을 보며 최설진은 현장 수습 중이던 후배를 불러 목격자가 어디에 있냐고 물었다.

"충격이 심해 정신병원으로 이송했다고 합니다."

최설진은 그대로 현장을 벗어나 정신병원으로 향했다.

정신병원에 도착한 최설진은 안내를 받아 목격자의 병실로 향했다. 병실은 자그마한 일인실이고 가운데에 덩그러니 놓인 침대와 침대 머리맡에 있는 작은 창문이 가장 먼저 눈에 들어왔다. 창문에는 쇠창살이 촘촘하게 설치되어 있었다. 목격자는 침대에 누워 눈을 감고 있었기 때문에 자고 있다고 생각했다. 목격자를 깨울 생각으로 일부러 헛기침을 크흠 하고 냈다. 자는 건 아니었는지 여자는 금방 눈을 떴다. 눈을 뜬 여자와 눈이 마주쳤다.

"동지여. 드디어 만나는군."

여자가 말했다. 최설진이 병실 문을 닫고 들어와 여자의 앞에 앉았다.

"일 년 동안 수고가 많았네. 자네는 선발대 역할을 아주 잘해 주었어."

"보고를 받았는가?"

"그렇다. 덕분에 인간의 몸에 대해 잘 이해하게 됐지. 특히 면역 반응이라는 부분이 흥미롭더군."

"잘 맞지 않는 인간의 몸은 금방 썩더군."

"그 몸은 자네에게 잘 맞는가?"

"그렇다. 벌써 일 년을 이 모습으로 지내고 있는데 별문제가 없다."

두 사람의 목소리가 다르지 않았더라면 말투나 억양이 너무나 흡사해 마치 한 사람이 말한다고 생각했을 것이다. 여자는 제 몸에 꽂힌 링거 바늘을 후두둑 뽑아내고 침대에서 몸을 일으켰다. 살갗에는 피 한 방울 맺히지 않았다. 그녀는 손가락으로 저 하늘 너머 어딘가를 가리켰다.

"우리 동지들이 기다리고 있네."

"지구에 인간이 70억 명이라고 들었다. 우리 동지들 모두가 내려와도 충분할 만큼이지."

"좋다. 지구는 곧 우리의 것이 되겠군."

아직 웃는 것을 학습하지 못한 여자 대신에 최설진이 낄낄 웃었다. 아니, 최설진의 껍데기를 뒤집어쓴 무언가가 낄낄 웃는 흉내를 냈다. 창밖의 비가 멈출 생각도 없이 하늘에서 쏟아져 내렸다.

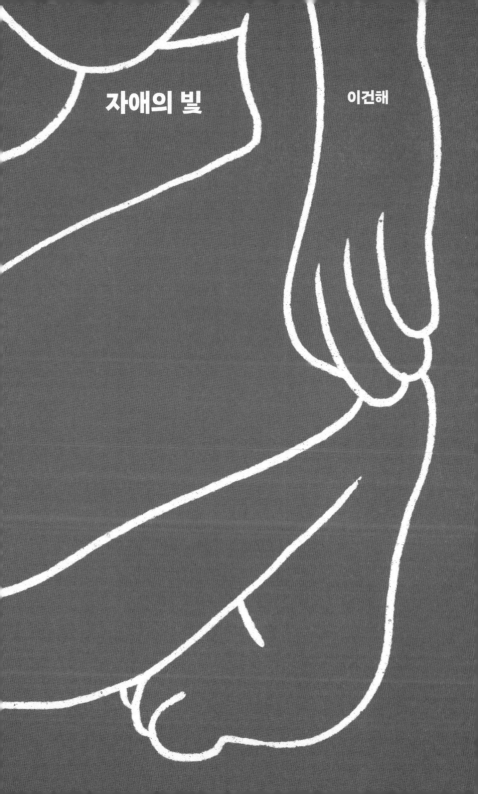

자애의 빛   이건해

1

누나를 해동했다.

10년 전에 콜드슬립에 들어간 누나를 치료하고 깨울 수 있게 되었다는 병원 측 연락을 받았을 때, 형과 나는 몇 번이나 그게 사실이냐고 물었다. 희망을 받아들일 준비가 되지 않은 탓이었다.

바이러스성 기억 퇴행으로 인해 파괴된 뇌세포를 수복하는 방법이 거의 완성 단계에 왔다는 뉴스를 보긴 했다. 그쪽 방면의 뉴스는 지속적으로 수집해서 확인하고 있었으니 놓치려야 놓칠 수 없는 소식이긴 했다.

하지만 그때는 냉소했다. 무수히 많은 연구가 그런 과정을 거치듯이, 그래 봐야 연구실에서나 가능한 일이고 기껏해야 실험용 생쥐나 건강하게 해주는 기술에 불과할 거라며 희망을 있는 힘껏 걸어차야 했다.

생명 활동을 하는 이상 기억과 인지 능력이 점점 퇴행할 수밖에 없다는 운명을 피해서 누나를 냉동한 뒤로 우리는 너무 많은 희망에 시달려 왔기 때문이다.

'이번에 어느 대학에서 새 연구가 성공했다는데 의사 선생님은 어떻게 생각하시나요?'

'죄송하지만 정말 임상에서 성공할지, 성공한대도 도입까지 얼마나 걸릴지 아무도 확언할 수 없는 일입니다. 아무쪼록 지금은 마음을 편하게 먹으시고…….'

그런 식의 대화엔 답이 없었다. 의사 말에 틀린 게 하나 없었으나 사람인 이상 어떻게 답답한 울분을 느끼지 않을 수 있었겠는가.

그러나 우리는 불행인지 다행인지 의사 멱살을 잡고 따지지 않을 만큼의 상식과 교양을 갖추고 있었고, 각자 자기 일에 몰두함으로써 마음을 다스렸다. 다스렸다기보다는 마음의 일정 부분을 포기하는 방법을 배웠을 뿐인지도 모르겠지만.

그런데 찌들어버린 무기력과 절망 사이에서 줄타기하며 살다 보니 의사에게서 그 연락이 왔다.

올해 초에 기계 학습을 기반으로 개발된 새로운 수복 방법이 4차 산업 시대의 간판을 찾아 헤매던 정부의 눈에 든 덕분에 쾌속으로 인가받아 누나가 한국에서 첫 번째로 수술을 받을 수 있게 되었다는 것이다.

냉동 상태에서 10년을 넘기면 바이러스는 완전히 사멸하나, 체세포의 안정성이 떨어져서 영영 깨울 수 없게 될지도 모른다는 경고를 똑똑히 기억하고 있었기에 형과 나는 의논할 것도 없이 수술을 결정했다.

수술 전에 들은 설명은 최고의 전문가들이 알기 쉽게 요약한다고 요약한 것일 텐데도 난해하기 짝이 없었다.

내가 이해한 골자는 이랬다. 환자가 남긴 기록물과 시냅스 구조를 분석하고 두뇌에 나노봇을 주입해서 파괴된 부분을 95퍼센트까지 정확히 수복한다는 것이다.

얼핏 듣기에 공룡의 뼈만 가지고 상상도를 그리는 것과 비슷한 것 같다는 내 말에 의사는 그건 과장이고, 지금은 파괴된 부분이 아주 적기 때문에 실수로 잉크 몇 방울을 떨어트린 그림을 복원하는 것에 가깝다고 했다.

형은 뭘 자꾸 따지려 드냐고 눈짓으로 핀잔을 주었는데, 나는 그래도 한 번 더 질문했다.

잉크 몇 방울이 떨어진 부분이 아주 독특해서 유추해내기 어렵다면 정상적으로 복원할 수 없는 게 아닌가.

그러자 의사는 수많은 환자와 보호자를 안심시켜 왔을 미소를 지으며 답했다.

사실 사람이라는 게 복잡한 듯하면서도 단순한 편이라 도저히 유추할 수 없는 부분이 나타날 확률은 지극히 낮고, 그런 부분이 있다 하더라도 수많은 정상인의 패턴도 참조하기 때문에 수복된 부분이 눈에 띄게 어색할 확률은 지극히 적다는 것이다.

사람이 전과 약간 다르다고 해서 아주 다른 사람이 되는 것도 아니며, 달라진다 해도 그것은 10년 만에 만난 사람에게서 느낄 법한 변화로 받아들여야 한다. 그리고 정말 예전처럼 되돌리고 싶은 부분이 있다면 인간관계 속에서 자연스럽게 재활하듯 되돌리는 것이 과학 기술을 넘어선 인간의 도리 아니겠냐는 설명은 그럴듯하다면 그럴듯했고, 책임 전가 같다면 책임 전가 같기도 했다.

나는 더 따져봐야 의사가 기술적 한계를 초월해줄 수 있는 것도 아니라는 생각에 마지막으로 바이러스가 사멸한 게 확실한지만 확인해달라고 요구했다. 의사는 의심 많은 아이를 안심시키듯, 콜드 슬립된 육체에서 10년을 살아남는 바이러스는 절대 존재할 수 없다고 거의 장담했다.

의사가 그렇게까지 말하는데 의심스럽다고 거절할 처지가 아니었다. 우리는 따지길 그만두고 최대한 빠르고 안전한 수술을 요구했다.

국내 최고의 의료진은 세계가 지켜보는 가운데 그 요구에 완벽히 부응했다.

그리하여 누나는 아주 말짱히 깨어났고, 심각한 병을 앓고 10년이나 냉동되었다가 해동된 사람이라고는 믿을 수 없을 정도로 건강한 모습으로 회복해서 퇴원했으며, 마침내 우리 차 뒷좌석에 앉아 있게 되었다.

"왜 이렇게 늙었니, 둘 다. 괜히 미안하게."

신체적으로 형보다 다섯 살, 나보다 세 살 어려진 누나가 10년 만에 건넨 첫인사는 그런 것이었다. 그 말에 형은 통곡했지만 나는 눈물 흘리지 않았다. 그러기에는 의젓해 보이고 싶은 마음이 컸고, 어째서인지 화가 나기도 했다.

"우리는 그래도 나름대로 관리하고 살아서 안 늙은 편이거든? 누나가 극단적으로 안 늙은 거야."

"억울하면 너도 10년짜리 얼음땡하지 그랬어."

"그러게 말이야."

10년 만의 대화는 누나가 아프기 전에 흔히 하던 패턴과 다를 게 없었다.

그 대수로울 것 없는 실랑이가 가져다주는 안도감에 나는 한순간 무너질 뻔했으나, 첨단 기술도 보장하지 못한 5퍼센트의 차이가 어느 부분에서 나타날 것인지 열심히 관찰해야 한다는 생각에 온갖 감상을 눌러 참았다.

해동된 누나는 예전보다 더 호기심이 왕성해졌다. 하룻밤만 자고 일어나면 신기술이 개발되었다거나 어느 도시가 물에 잠겼다는 소식이 쏟아지는 시대다. 그런 시대에 10년을 죽었다 깨어났으니 필사적으로 시대를 따라잡을 필요가 있었을 것이다.

그러나 형과 내가 집에 돌아오는 두 시간 동안 앞다투어 설명하고 나니 딱히 더 설명할 것도 없었다. 온갖 변화 속에서도 인간의 근본적인 생활상은 그다지 변하지 않았던 탓이다.

"난 깨어나면 집에 날아다니는 자동차 타고 돌아갈 줄 알았어."

"무슨 초등학생이야?"

"미래 도시하면 비행 자동차잖아. 하우아유 하면 아임 파인 땡큐 앤 유 하듯이."

"10년이나 잤으면 좀 더 그럴듯한 꿈 좀 꾸지 그랬어. 상상력이 그것밖에 안 돼?"

농담으로 받아친 말에 누나는 잠시 대답하지 않았다. 그러자 운전대를 잡은 채 우리 얘기를 듣던 형이 내게 핀잔을 주었다.

"말조심해라, 인마. 10년 만에 본 누나한테 그게 뭐냐?"

하지만 누나는 딱히 기분 상하지 않은 듯 밝게 말했다.

"무슨 꿈을 길게 꾼 것 같긴 한데 기억은 하나도 안 나. 그래서 그냥 모든 게 다 거짓말 같고, 딱 하룻밤 깊이 자고 일어난 것 같아."

당사자인 누나가 괜찮으니 굳이 마음 쓸 건 없을 것 같았다. 나는 꽤 오래도록 궁금했던 걸 물었다.

"진짜 기억나는 꿈이 없어? 꿈속 세계는 현실보다 세 배인가 빠르다니까 누나가 체감으로 30년쯤 살았으면 어쩌나 했는데."

"안 그래도 서러운데 아주 늙은이 만들래?"

누나는 창밖을 구경하며 후후 웃었다.

차창 밖으로 지난 10년 사이에 변해버린 거리의 모습들을 바라보는 누나의 눈빛에는 전에는 볼 수 없었던 따스한 애정 같은 것이 담겨 있었는데, 나는 그게 살아서 다시 만난 세상에 대한 애정 같은 것이리라 마음대로 생각했다.

2

집으로 돌아온 누나는 일상으로 복귀하기 위해 많은 노력을 해야 했다.

드라마나 영화에서는 흔히 실종되거나 오래 떠났던 가족의 방을 잘 보존해뒀다가 그 사람이 돌아오면 '네 방은 그대로 뒀어'라며 감동을 주기도 하던데, 우리는 그럴 형편이 되지 않았기에 일단 누나의 뇌에 이어 누나의 방부터 복원해야 했다.

물론, 누나의 방을 마구 때려 부수거나 짐을 닥치는 대로 끌어내어 처분한 것은 아니다. 처음엔 손이 닿으면 아픈 상처처럼 여기고 가만히 놔뒀다. 그런데 점점 아픔에 무감해지고 생활의 필요에 쫓기면서 이런저런 물건들이 상처 위의 딱지처럼, 혹은 고대 문명 위의 퇴적층처럼 누적되었다.

누나가 집으로 복귀하기 위해선 이것들부터 치워야 했고, 이 과정에서 보인 누나의 반응과 행동은 딱히 이상할 게 없었다.

"야, 차라리 다 처분하지 그랬어. 그랬으면 깔끔하게 다 새로 사서 인생 2막 시작하는 건데, 이건 무슨 고고학자도 아니고."

"방을 아예 봉인해두자고 했는데, 영재가 안 쓰는 물건 몇 개 두는 건 괜찮지 않냐고 해서 이렇게 됐어."

박정한 형의 고발에 나는 기가 찼다.

"주인 없는 방에 박스 몇 개 놓은 게 그렇게 이상한 일은 아니잖아? 로봇 도우미 스테이션을 여기에 두자고 한 형이 문제지."

아닌 게 아니라, 실제로 누나의 방에서 가장 문제가 되는 것은 우리 집에서 가사노동의 상당 부분을 처리하는 로봇 도우미의 거처였다.

로봇 청소기에서 발달해서 청소와 설거지, 간단한 심부름 따위를 혼자 처리하는 로봇 도우미는 라면 박스보다 커다란 스테이션에서 대기하며 먼지도 빼고 배터리도 충전하며 자가 관리되어야 하는데, 내가 벼르고 벼르다 산 이 물건의 스테이션을 놓을 자리가 마땅치 않아서 누나 방에 놓았던 것이다.

"빈집은 금방 상하고 무너진다는 말도 못 들어봤냐? 이게 다 관리 차원에서 배치한 거야."

"잘했다, 이것들아. 아무튼 밖으로 치우기나 해."

어쨌거나 누나는 더 잘못한 사람을 가려낼 생각은 없는 듯했고, 냉동 전에 두각을 드러냈던 인테리어 실력을 발휘하여 거실에 자리를 발굴해내고 로봇 도우미의 새 거처를 마련했다.

나머지 작업도 시간은 걸렸지만 그렇게 난해하진 않았다. 누나는 앓기 전과 별반 차이 나지 않는 방식과 속도로 잡동사니를 치우고 물건들의 새 자리를 정했으며, 자기가 쓰던 것 중 필요 없게 된 것들까지 파악해서 내다 버렸다.

그렇게 누나는 이틀 만에 우리 집으로 복귀해서 자기 자리를 잡았다.

그러나 누나가 사회로 복귀하는 데에는 더 오랜 시간과 노력이 필요했다.

일단 친척부터 친구까지 한 명씩 연락해서 부활, 혹은 컴백을 고지해야 했는데, 그게 해외 나갔던 사람이나 연예인처럼 간단히 되는 일이 아니었다.

정말 친한 친구들은 집까지 찾아와서 목놓아 울고 파티를 벌였고, 친척들은 잘됐다고 축하해주면서도 처음 겪는 경우에 난처해했다.

그런 한편으로 덜 친한 친구나 친구라는 호칭은 좀 버거운 지인들은 SNS로 인사를 나눠야 했는데, 10년 사이에 SNS는 메타버스를 기반으로 바뀌었기에, 정지시켜 뒀던 스마트폰 회선도 살리고, 최신 SNS의 생태와 이용 방법을 누나에게 처음부터 가르쳐줘야 했다.

그런저런 과정을 거쳐 인간관계를 수복하는 것까지는 겨우 해결되는 듯싶었는데, 정작 가장 중요하다고도 할 수 있을 일자리 문제는 어쩔 방도가 없는 것처럼 보였다.

누나는 10년 전까지 작은 인테리어 업체에 다녔다. 썩 능력 좋은 사장이 몇몇 직원을 효율 좋게 부려서 나름대로 괜찮은 궤도를 달리는 회사였다.

그러나 요 10년 사이에 작은 회사들의 아이템을 훔쳐 간 대기업들이 세를 불리는 통에 그 회사는 속절없이 공중분해 되었고, 연락이 닿는 직원들도 자리를 새로 소개해 줄 만한 여건은 되지 않았다.

변호사인 형이나 외주 편집자인 나도 뾰족한 해결 방법은 찾지 못했다. 서류상 10년을 놀고 나이만 더 먹게 된 사람을 어떻게 다루면 좋을지 잘 아는 사람이나 기관이 없기도 했다.

결국 누나는 이 일로 두어 달 스트레스를 받다가 힘들수록 남을 도와야 한다며 봉사 활동을 시작했다.

남을 돕는다는 건 물론 좋은 일이고, 일이 잘 풀리지 않는다고 집 안에서 마냥 우울해하는 것보다는 훨씬 나은 일이다.

그러나 그건 아무래도 이상한 일이기도 했다.

누나는 분명 선한 사람이지만, 10년 전까지 딱히 이타적 선행을 해온 사람은 아니었기 때문이다.

부모님이 신종 전염병으로 돌아가신 뒤 동생들을 돌보느라 남생각할 여유가 없었기 때문일 수도 있겠으나, 나는 그것을 먹고살자니 어쩔 수 없었을 거라고 합리화할 생각도 없었다. 애초에 시간을 내서 봉사 활동을 하거나 성금을 낸다는 발상 자체가 우리 삶의 궤 안에 존재하지 않았기 때문이다.

지나가는 사람이 물건을 떨어뜨렸다거나, 미아를 봤다거나 할 때는 당연히 돕지만 먼저 일을 찾아 나서지는 않는 정도. 그것이 우리 집안의 보편적인 삶의 방식이었고, 그렇기에 누나의 결정은 약간 별스럽게 느껴졌다.

"무슨 봉사 활동을 하려고? 누구랑 같이 해?"

괜히 걱정되어 물으니, 누나는 태연스레 대답했다.

"플로깅이라고, 조깅하면서 쓰레기 줍는 활동이야. 요즘 등산 AR 게임이 뜨면서 경치 좋은 곳마다 쓰레기가 장난이 아니라더라."

나는 10년간 사회에서 동떨어졌던 누나가 무슨 사기를 당했거나 수상한 종교 단체의 꾐에 넘어가지는 않았다는 사실에 안도했다.

하지만 걱정거리가 완전히 사라진 것은 아니었다.

"운동 삼아 다니는 건 좋지만, 혼자 할 만하겠어? 그러다 발목이라도 접질리면 어쩌려고?"

"내가 혼자서 어디 오지를 가는 것도 아니고, 핸드폰 멀쩡히 잘 터지는 서울인데 별걱정이다."

누나의 야외 활동에 대한 나의 걱정은 그렇게 깔끔히 정리되었다. 하기야 통신에도 아무 문제가 없고 어지간한 산에는 드론 경비대가 수시로 돌아다니니, 콜드슬립 후유증으로 근육이 어찌 되거나 길을 잃어 조난할 염려는 전혀 없다고 해도 과언이 아니었다.

그렇게 시작된 누나의 플로깅은 썩 괜찮게 진행되는 것 같았다.

젊은이들이 증강 현실 게임을 하고 돌아다니다 버리는 쓰레기라고 해봐야 음료수, 포장지 따위 가벼운 것들이라 수거가 그렇게 어려운 일도 아니었고, 서울의 유명한 산을 걸으며 환경을 깨끗이 하는 활동은 누나의 정서에 드리워지던 희미한 그늘을 걷어내는 데에도 제법 효과가 좋은 듯싶었다.

굳이 문제랄 게 있다면 그렇게 수거한 쓰레기들을 집까지 가져온다는 점 정도였다.

누나가 쓰레기를 지고 먼 길을 오는 것도, 우리 집에서 처리 비용을 지불하는 것도 그다지 마음에 들지 않았던 나는 그 동네에서 처리하고 올 수 없겠냐고 핀잔을 주었지만, 누나의 신념은 단호했다.

"따지고 보면 그 쓰레기들은 전국에서 모인 건데, 그걸 모아서 쓰레기통에 버려봤자 처리 비용은 그 동네에서 부담하게 되잖아."

"그래도 산 곳곳에 버려진 쓰레기를 일일이 수거하는 비용은 줄여준 거잖아. 굳이 우리 집에서 최종 처리 비용까지 대줄 필요가 있어?"

"어차피 운동 삼아서 즐기며 하는 활동인데 비용은 그 동네 세금으로 내겠다면 그건 너무 도둑놈 심보 아니야?"

좋은 일을 하는 것이니 도둑놈 심보라는 건 분명 과한 표현이겠으나, 누나 말을 들어 보니 기왕 하는 일인데 깍쟁이처럼 구는 것도 치사스럽고 원래 취지를 퇴색시키는 것 같기도 했다.

나는 두 손 들었고, 형은 처음부터 그랬듯이 누나를 응원했다.

"돈 걱정 말고 누나 하고 싶은 거 다 해."

3

그러나 누나의 플로깅은 그리 오래 가지 않았다. 증강 현실 게임으로 인한 환경 오염 문제가 대두되면서, 이번에는 그 대안으로 보물찾기하듯이 쓰레기를 찾아다니는 증강 현실 플로깅 게임이 등장한 탓이다.

덕분에 인근의 산에서 일상적으로 볼 수 있던 쓰레기들은 깔끔히 자취를 감추었고, 누나의 봉사 활동은 단순 등산이나 다름없게 되었다.

세 번을 손해만 보고 돌아온(자신의 이동으로 인해 일으킨 탄소 문제가 쓰레기 몇 개를 수거해서 얻은 이익보다 크다고 했다.) 누나는 곧바로 충격적인 선언을 했다.

이제 인근의 아동 보호 센터로 봉사 활동을 다니겠다는 것이다.

"좋은 일이라는 건 알겠는데, 꼭 그래야겠어?"

"꼭 그래야겠냐니, 왜 무슨 문제라도 있는 것처럼 말해?"

내가 묻자 누나는 약간 신경질적으로 반응했는데, 대답하기에 곤궁한 감이 없진 않았다.

기상 이변이 본격화되면서 코로나 19 외에도 갖가지 전염병이 창궐했고, 이로 인해 보호자를 잃고 국가의 도움을 받아야 하는 약자들이 대거 발생한 것은 사실이다.

우리 가족도 그런 식으로 부모님을 잃고 국가 지원을 받은 적이 있으니, 누나가 아동 보호 센터에서 봉사하겠다는 생각을 하게 된 것은 지극히 자연스럽고 도의적으로도 올바른 일이었다.

그러나 나는 누나가 강박을 느끼고 있다는 인상을 지울 수 없었다.

기적적으로 더 살게 된 인생을 남에게 바쳐야 한다는 부채감.

어려울 때 남에게 도움을 받았으니 자기도 어려운 남을 도와야 한다는 의무감.

당장 경제 활동을 할 수는 없지만 사회에 도움이 되어야 한다는 압박감.

그런 감정들이 누나를 자꾸만 봉사 활동이라는 숭고한 영역으로 내몰고 있는 게 아닌가 하는 생각이 들어 나는 마음이 도무지 편치 않았다.

그러나 좋은 일을 하겠다는 사람에게 그렇게 야박한 말을 할 수도 없었다.

"아니, 무슨 나쁜 문제가 생긴다는 게 아니라, 그런 시설에서도 인력을 뽑는 방식 같은 것들이 분명 있을 텐데, 불쑥 나타나서 도와주겠다고 하는 것도 어쩌면 폐가 되지 않을까 해서 하는 말이지. 그리고 남을 돕는 것도 좋지만, 누나 생활도 기본적인 부분은 유지가 되어야 하니까 기왕이면 최소한의 급여라도 받는 형태가 서로 좋을 것 같아서."

그러자 누나는 잠깐 화를 내려는 듯하더니, 순간적으로 마음을 다잡은 듯 따뜻한 미소를 지었다.

그런 표정의 변화는 일전에 본 적이 없는 것이었다. 누나는 분명 내게 화를 내고 싶으면 그대로 화를 내는 성격이었는데, 오랜 동면이 수양과 같은 역할을 한 것일까?

놀랄 일은 그게 전부가 아니었다. 나를 보는 누나의 미소는 이루 말할 수 없이 부드럽고 평화로웠으며, 누나의 두 눈에는 봄날 아침

햇살처럼 따스한 자애의 광채가 깃들어 순간적으로 동생인 나조차 낯설다는 느낌을 받을 정도였다.

누나는 그런 미소로 나를 타이르듯 말했다.

"서로 돕고 사는 건 좋은 일이잖아. 과정이 약간 매끄럽지 않을 순 있지만, 타인의 선의와 도움으로 살아온 내가 봉사를 한답시고 내 편의를 따지는 건 너무 이기적인 짓 아닐까?"

"아니, 그래도 남을 돌보려면 자기 자신부터 돌봐야……"

"내가 괜히 헛바람이 들어서 이런 소리를 하는 게 아니야. 전에 관악산 갔는데 애들이 세상 신나게 쓰레기를 줍고 다니더라니까. 단체로 온 것 같아서 물어봤더니 보호소에서 나왔대. 남들만큼 혜택받지 못해서 자기 앞길 닦아나가기도 바쁠 애들이 그렇게 행복하게 봉사 활동하는 모습이 얼마나 보기 좋았는지 넌 모를 거야. 나도 기왕 더 사는 거 그렇게 남을 위해서 행복하게 살고 싶어."

좋은 일로 행복하게 살고 싶다는 사람을 어떻게 말릴 수 있을까?

나는 누나에게 밥 잘 먹고 건강 잘 챙기면서 다니라고 하는 수밖에 없었다.

그러면서도 이번에도 어김없이 누나 하고 싶은 대로 하라는 형에게 좀 말려야 하는 것 아니냐고 따져봤는데, 형은 펄쩍 뛸 듯이 반응했다.

"누나가 부모님 돌아가시고 나서 우리 뒷바라지하느라 얼마나 고생이 많았냐? 그러다 병 걸려서 조만간 우리도 못 알아볼 판이라는 선고까지 받았잖아. 그때 나는 솔직히 미쳐버리는 줄 알았어. 세상만사가 부조리하게 느껴져서. 그런데 천만다행으로 치료하고 새

인생 살 수 있게 됐잖아. 내가 솔직히 신은 믿지 않지만, 이건 고난과 시련 끝에 받은 축복처럼 느껴진다. 나는 솔직히 누나가 산꼭대기에 올라가서 신에게 널 바치자고 해도 찬성할 거야."

바쳐질 거면 형이나 바쳐지라고 대꾸하긴 했지만, 형의 의견에 틀린 구석이 있진 않았다. 나는 반대를 포기하고, 누나에게 다른 문제가 생기지 않나 잘 지켜나 보기로 했다.

4

무대를 옮긴 누나의 봉사 생활은 문제없이 이어지는 듯했다. 누나는 세 군데쯤 되는 아동 보호소를 돌아다니며 봉사 활동을 했는데, 보호소도 어떻게든 사람을 걸러서 받을 거라는 나의 예상과 달리 도우러 왔다고 하자마자 흔쾌히 받아줬다는 모양이다. 보호 대상은 해마다 늘어나는데 예산은 제자리라 만성적인 물자, 인력 부족에 시달리는 탓이었으리라.

그런 한편으로 내가 걱정한 대로 누나는 어디에도 채용되지 않았고, 채용될 기미도 보이지 않았다. 직접 물어보진 못했으나 그 어떤 곳에서도 서류 통과 한 번을 못 한 듯싶었다.

혹시나 해서 콜드슬립 환자 커뮤니티를 들어가 보니 다른 사람들도 상황은 비슷했다.

대단한 전문직이거나 빼어난 연줄이 있는 사람이 아니면 쓰레기 분리수거처럼 일손은 부족하고 로봇은 투입하기 힘든 직종에 들어가거나, 국가가 지원하는 차세대 환경 복원 기술 쪽으로 창업해서 억지 계획서를 쓰며 고군분투하거나, 그것도 아니면 개인 방송에 도전해서 콜드슬립 당시의 임사 체험 썰 풀이로 시작해서 해괴한 음식 따위를 먹으며 고생하는 모양이었다.

그쯤 되니 기술도 경력도 적지 않지만 그렇다고 업계에서 알아 줘서 방송에 출연하거나 강연을 다니는 것도 아니고, 삶을 수월하게 만들어줄 다른 방도를 지닌 것도 아닌 누나가 삶의 위안거리로 자기희생에 몰두하게 된 것은 피할 수 없는 운명처럼 느껴지기도 했다.

다만 곁에서 줄곧 지켜보자니 아무래도 점점 너무한 게 아닌가 싶은 생각이 드는 것도 사실이었다.

끊임없이 밥하고 빨래하고 청소하고 아이들과 놀아주는 지옥의 노동을 세 군데에서 6일 동안 하고 하루 쉬는 것을 주간 활동으로 삼았던 누나는 다른 사람들 요청을 거절하지 않고 일곱 군데에서 7일 내내 일하기 시작하더니, 급기야는 열네 군데를 전전하며 미친 듯이 일할 지경이 된 것이다.

말이 일주일에 열네 곳이지, 이건 그냥 언어도단이었다. 그 어떤 노동자도 이렇게 일하지 않으며, 심지어 로봇도 비싼 모델은 일주일에 하루는 점검을 받는 것이 상식이다.

요컨대 누나의 봉사 활동은 이제 상궤를 넘어선 것이었다. 결국, 원하는 건 뭐든 시켜주겠다던 형조차 나와 합세해서 누나를 말리게 되었다.

"돈을 벌라거나 봉사 활동을 하지 말라는 건 아니야. 그냥 제발 좀 쉬면서 해. 어떻게 살아난 목숨인데 그렇게까지 함부로 할 수가 있어?"

내 진심 어린 호소에 누나는 눈을 모로 떴다.

"함부로 하다니, 무슨 소리야, 그게? 내가 지금 얼마나 진심으로 열심히 살고 있는데? 내 평생 이렇게 충만했던 적이 없어. 아이들의 맑은 눈동자가 기쁨으로 빛나는 걸 볼 때마다 삶의 아름다움을 느껴. 그런데 내게서 이걸 빼앗겠다는 거야? 내가 내 목숨보다 소중히 돌봐준 너희가?"

"그러니까 하는 소리야. 누나가 우리 뒷바라지한다고 그 고생을 했으니까, 죽다 살아났으니까 좀 편하게 살라는 말이야. 봉사 활동 좋지. 근데 그렇게 남들만 돌보다가 또 무슨 병이라도 걸리면 어쩌려고? 걱정하는 우리 생각은 안 해?"

나의 호소가 처절했던 탓인지, 누나는 잠시 입을 다물었다. 이번에는 형이 나섰다.

"누나, 내가 그 증상 알아. 회사에 그런 사람 있었어. 몇 년 사귄 여자 친구랑 안 좋게 헤어진 사람인데, 한 달 내내 일만 하더라니까. 결국, 쓰러져서 응급실 실려 갔어. 나중에 들어보니까 자기 효능감 상실로 인한 보상 체계 이상이래."

"그러니까, 내가 지금 정신에 문제가 있다는 말이지?"

"기분 나쁘게 생각하지 마. 현대인 대부분이 정신적인 문제를 안고 있다는 소리 나온 지 50년은 됐잖아."

누나는 이제 정말로 화를 내려는 듯 얼굴이 상기되었다. 나는 그 모습을 보며 10년 만에 지옥의 삭풍이 몰아닥치겠구나 생각했는데, 누나는 곧바로 고함지르는 대신 잠깐 고개를 숙였다가 들었다.

다시 들어 올린 누나의 얼굴은 믿기 어려울 정도로 평화로워 보였다. 마치 아무 근심도 없이 자비와 자애가 가득해서 어떤 고난에도 털끝 하나 상처 입지 않을 것 같은 모습이었다.

어떻게 저렇게까지 완벽하게 자신의 감정을 컨트롤할 수 있게 된 것일까.

내가 내심 경악하는 사이, 누나는 다정하게 말했다.

"얘들아, 누나는 괜찮아. 그러니까 걱정할 거 없어. 다음 주면 병원 정기 검진도 할 텐데 아무 이상 없을 거야. 그리고 정말 힘들다 싶으면 너희한테 먼저 말하고 쉴게. 하지만 지금은 일해야 해. 나한테도 필요한 일이고, 아이들한테도 필요한 일이야. 그게 모두가 행복해지는 길이야. 무슨 말인지 알겠니?"

우리는 마지못해 고개를 끄덕이는 수밖에 없었다. 누나의 말이 이치에 맞거나 절실해서라기보다는, 그러한 주장을 당연한 것으로 여길 수밖에 없게 만드는 힘이나 분위기 같은 것이 누나의 온몸에서 퍼져 나왔기 때문이다.

5

콜드슬립 및 뇌세포 치료 환자를 대상으로 한 정기 검진에서 누나가 어떤 문제를 겪고 있다는 결과가 나오기를 나는 간절히 바랐다. 아마도 그게 지금의 누나를 이해하기에 가장 쉬운 방법이었기 때문일 것이다.

하지만 나의 바람과 무관하게, 누나는 아주 건강하다고 했다. 어울리지 않는 말이지만 '지독하게' 건강했다. 근육량 같은 것을 빼면 건강하기로는 올림픽 출전 선수보다도 더 건강할 지경이었다.

건강만을 따져서 순위를 매기는 국제 경기가 있다면 금상은 이미 따놓은 것이나 다름없다고, 담당 의사는 농담 삼아 말했다.

건강한 건 좋은 일이지만 일주일 내내 일하는 사람이 이 정도로 건강한 게 말이 되냐고 내가 질문하자, 의사는 다소 난처한 듯이 대답했다.

"사람의 회복 능력은 제각기 다른 법인데, 최성주 환자분은 선천적으로 회복 능력이 빼어나신 것 같습니다. 잘 먹고 잘 자고 스트레스를 받지 않으면 회복이 빠를 수밖에 없는데, 완치 후의 삶을 감사히 여기면서 사시다 보니 더 좋아진 면이 있는 것 같다고 봅니다."

이건 건강한 정신이 건강한 육체를 만들었다고 봐야 할까.

"아무튼 육체적으로도 정신적으로도 아무 문제가 없다, 이 말씀이시죠?"

"네, 어떻게 봐도 지극히 건강하고, 심리적으로도 안정된 것으로 보입니다. 구직에 어려움을 겪고 있다고 하셨지만 봉사 활동이 충분하고도 남을 만큼 보상이 되어 주는 것 같습니다. 많이 격려해 주시고, 너무 걱정된다 싶으면 보호자분 혼자 상담소 한번 찾아주세요."

요컨대 누나는 아무 문제 없으니 걱정이 계속되면 내가 이상한 게 아닌가 검사를 받아보라는 소리였다. 나는 순간적으로 내가 이상해 보이냐고 버럭 화를 낼 뻔했으나, 그러면 더 이상한 사람처럼 보일 것 같아서 참았다.

아무튼 한국 최고의 의료진에게 완벽한 정상, 최고의 건강체라는 인증까지 받은 누나는 이제 거칠 것이 없었고, 형도 나도 말릴 명분이 없었다. 형은 다시 하고 싶은 거 다 하라며, 그렇게 열성적으로 살다 보면 또 뭐가 잘 풀리는 법이라고 물러났고, 나는 그저 아프지나 말라는 입장을 취하기로 했다.

가족들의 지지를 얻은 덕인지, 누나는 검진 이후로 일주일 동안 보호소 스물한 군데를 돌아다니는 기염을 토하기 시작했다.

인간이 이럴 수 있는가 싶긴 했지만 실제로 일어나고 있는 일인 것을 어쩌겠는가?

심지어 누나는 그렇게 남을 위해 일하면서 기쁨과 행복을 얻는다는 말이 거짓이 아닌 듯, 얼굴이 더 좋아지기까지 했다.

본인 앞에서는 입이 찢어져도 안 하는 말이지만, 원래도 예쁜 편이었던 누나는 이제 더 예뻐졌다. 화장술이 더 좋아진 것도 아닌데 피부는 희고 맑아졌고, 눈빛은 별빛처럼 총기가 가득했으며, 표정은 항상 보는 사람의 마음을 안온하게 해주는, 따뜻하고 훈훈하며 신성하기까지 한 미소가 배어 있었다.

더할 나위 없이 아름답지만, 그런 한편으로 내가 알던 우리 누나 같지 않다는 느낌이 들기도 하는 모습이었다.

누나의 이러한 변화에 내가 떠올린 것은 '여자는 사랑하면 예뻐진다'는 해묵은 말이었다. 일리가 있긴 해도 누가 옷 좀 차려입으면 데이트하러 가냐고 묻는 꼰대 문화의 근원 같은 말이라고 생각해서 스스로 어처구니가 없었지만, 지금 누나의 변화를 설명할 가설이 달리 떠오르지 않았다.

만약 플로깅을 하다가 근사한 상대와 가까워져서 봉사도 하고 사랑도 하며 님도 보고 뽕도 따자는 식의 흐름이 되었다면, 근래 의문스러웠던 부분이 대체로 해결된다.

사랑하는 사람이 좋은 일을 하자면 딱히 남 생각 안 하고 살던 사람이라도 봉사 활동에 열성적으로 나설 법도 한 일이고, 하루에 세 곳씩 돌아다니는 강행군도 사랑하는 사람이 차를 태워준다면 한층 수월해지지 않겠는가.

게다가 봉사도 하고 사랑도 하며 행복감을 느끼는 한편으로 사랑하는 사람에게 더 잘 보이고 싶어 한다면 얼굴도 아름다워질 수 있을 것이다.

나는 이 의문을 당사자인 누나에게 묻는 대신 직접 알아보기로 했다. 물으면 정직하게 대답해 줄 것 같긴 했지만, 누나의 입을 거침으로써 누나의 의도와 무관하게 정보들이 윤색될 거라는 생각이 들었기 때문이다. 걱정스러운 말이라도 잘생기고 착실한 우등생이 하면 그럭저럭 괜찮게 느껴지기도 하는 법이니까.

그래서 나는 적당한 날을 잡아서 치밀한 알리바이를 만들고 누나를 미행했다. 누나가 집을 나선 순간부터 뒤를 밟은 것이다.

그러나 내 기대와는 달리 누나는 아무도 만나지 않고 혼자서 지하철을 탔다. 남자 친구는 물론이고 여자 친구도 없었다. 누나는 조용히 혼자였다.

혹시 내가 미행한다는 사실을 눈치채고 약속을 바꾼 것은 아닐까?

하지만 나는 오늘을 대비해서 어제 낮에 친구 집에 놀러 간다는 명목으로 미리 집에서 나왔고, 예전에 친구 집에서 찍어놓은 사진의 메타 정보를 조작하여 어제 찍은 사진인 척 보내기까지 했다. 어떻게 생각해도 들킬 이유는 없었다.

누나는 지하철로 다섯 정거장을 이동한 뒤 인근의 아동 보호소에 들어갔다. 그 과정에서 몇몇 아이들, 어른들과 마주치고 밝게 인사하긴 했으나, 특별히 돋보이는 반응을 보이는 이는 없었다.

사람이란 들켰다간 목숨이나 생계가 날아가는 상황이 아닌 이상 사랑하는 사람을 만나면 특별히 반기고 더 크게 웃고 조금이라도 신체 접촉을 하게 되기 마련이다. 그런 관점에서 볼 때, 아직까지 누나에게 애인은 없어 보였다.

다만 굳이 한 가지 마음에 걸리는 것을 꼽자면, 누나를 대하는 사람들이 몹시 공손했다는 점이다. 심성이 바르고 고운 사람들만 모였을 테니 그럴 수도 있을 법했지만, 사람들이 서로를 대하는 것과 비교해 보면 누나를 대할 때 사람들은 압도적으로 공손하고 예의를 깍듯이 지켰다.

좀 과장해서, 마치 지극히 존귀한 성인을 모시는 장면 같다는 인상을 받았다.

망각과 죽음을 초월하고 돌아와 남을 위해 살기로 결심한 누나의 인물됨이 주변 사람들에게 존경심을 불러일으키는 것일까?

잠시 말도 안 되는 생각을 하고 근처의 카페로 들어갔다. 마음 같아선 시설 안까지 들어가 염탐하고 싶지만, 내겐 그럴 재주도 없을 뿐더러 그건 아마 범죄일 것이었다.

6

누나의 일정보다 약간 일찍 움직여 누나가 보호소를 드나드는 모습을 모두 포착한 결과 내가 얻은 결론은 '누나는 모든 시설에서 존경받고 있다'는 것이었다.

누나가 다니는 스물한 개의 시설을 모두 감시한 것은 아니지만, 특별한 경향성이 없는 세 곳에서 분위기가 비슷했으니 다른 곳도 마찬가지일 거라고 보는 게 좋을 듯했다.

마지막으로 누나가 보유한 색조 화장품의 무게가 전혀 줄지 않는다는 것까지 일주일에 걸쳐 확인한 나는 '누나가 특별히 만나는 사람이 없다'는 결론을 내렸다. 근거로서 구시대적인 관점의 한계가 또렷했지만 더 조사할 방법이 없으니 별수 없었다.

나는 손을 놓기로 했다.

무슨 사기를 당한 것도 아니고 그저 좋은 일 하겠다는데 이렇게까지 치밀하게 빌미를 찾아서 포기시키려는 것도 이상하지 않은가.

그러나 그런 결심도 그리 오래가지 않았다.

누나에게 신경을 쓰지 않기로 마음먹은 지 일주일 뒤, 외출했다가 늦게 돌아오니 로봇 도우미가 온데간데없이 사라진 것이다.

불러도 대답도 없었고, 스마트폰으로 확인해도 연결이 끊겨 확인할 수 없었다. 그새 수리라도 보냈나 싶어 형에게 물으니, 형은 알 듯 말 듯한 미소를 지으며 대답했다.

"그거, 누나가 기부했어."

말투가 너무 태연해서 잠시 의미를 파악하지 못했다.

"뭐? 기부? 어디? 아니, 그걸 그러라고 했어?"

"시설에서 쓰던 로봇 도우미가 부서졌는데, 위에서 봉사자도 많은데 괜히 사치 부리는 거 아니냐고 예산을 깎아버려서 고칠 수도 없고 난처한 상황이래. 그러니 뭐, 어떡하겠어?"

그쪽 처지가 안타깝다는 것은 충분히 이해하겠다. 하지만 그 로봇, 헤스티아는 내가 외주를 시작한 이후로 돈을 석 달간 모아서 마련한 것이었다.

게다가 우리 집을 청결히 유지하는 기본적인 가사노동은 헤스티아가 전담하고 있었는데, 그걸 갑자기 없애면 어쩌란 말인가?

"그걸 누가 샀는데? 그리고 이제 집에 있는 내가 그 일 다 하라 이거야?"

"아니, 뭐, 그런 건 아니고, 바꿀 때도 됐으니까 새로 사야지."

"새로 산다고 누나가 가만 놔두겠어? 또 어디 줘버리겠지!"

"아, 그건 그런가……."

내 말을 수긍하면서도 달리 뭘 어떻게 해봐야겠다는 의지는 조금도 느껴지지 않는 태도였다. 나는 화가 치밀어서 소리쳤다.

"다음엔 말려. 누나가 남을 위해 살든 말든 상관없지만 우리 집 살림 건드리는 건 용납 못 해."

그러자 형은 나를 몹시 한심하다는 표정으로 바라보았다. 아니, 한심해 한다기보다는 진심으로 안쓰럽게 여기고 도움과 가르침을 주고 싶어 하는 표정이었다.

"영재야, 우리가 사람들이 도와준 덕분에 이렇게 크게 불편은 느끼지 않을 정도로 해놓고 살지 않냐? 그런데 당장 도울 수 있는 걸 우리 좀 편해지자고 무시하고 살면 너무 배은망덕하잖아. 사람이 그러면 안 되지."

마치 누나 같은 말이었다.

나는 설명하기 힘든 감정들이 소용돌이치는 것을 느꼈다. 상실을 안고 한 집에서 10년을 버텨온 동지가 변절했다는 느낌도 들었고, 나 혼자 우리 가족과 동떨어진 정서를 가진 존재가 되어 가는게 아닌가 싶은 생각도 들었다.

불쾌하면서도 두려웠다.

나는 고통을 억누르고 침착하게 말했다.

"남을 도울 방법이 그게 전부가 아니잖아. 왜 우리 집에서 멀쩡히 쓰던 물건을 줘? 차라리 돈을 내주지 그랬어?"

"내가 그 생각을 안 했겠냐? 현금으로 주면 세금 문제도 있고, 그쪽에서 정당한 기부금을 받았는가, 어디에 어떻게 쓰는가 서류 작업이 아주 복잡해. 그런데 낡은 물건 기부받는 건 현금이 끼어들지 않으니까 훨씬 간단하다더라. 문제 있으면 반환하기도 쉽고."

예상보다 훨씬 합리적인 반박에 대꾸하지 못하자, 형은 한숨을 쉬더니 따뜻한 목소리로 말했다.

"네가 하는 편집 일이 틀리거나 어색한 부분 잡아내는 거라 직업병적으로 그럴 수도 있을 것 같은데, 자꾸 깐깐하게 트집 잡으려 하지 말고, 좀 너그럽고 여유롭게 생각하자."

나는 대화를 더 이어나갈 자신이 없어 방으로 돌아왔다.

아무리 형이 누나를 전적으로 지지하고 있었다곤 해도 돈 관리는 깐깐하게 하던 형이 저렇게까지 넘어갔다면, 형도 누나도 내가 어쩔 방도는 없을 게 분명했다.

어쩌면 내가 너무 신경질적으로 반응하는 것은 아닐까?

그런 생각도 해봤다. 누나도 형도 지극히 당연하고 선의에 가득 찬 말을 하고 있을 뿐인데, 나 혼자 지나치게 세상에 찌들었거나, 누나의 갑작스러운 변화에 적응하지 못한 나머지 바닥없는 의심과 편견 따위에 사로잡힌 것인지도 모른다.

나는 혹시나 하는 마음에 콜드슬립 환자 커뮤니티에 들어가 봤다.

인기 글 중에 눈에 띄는 게 있었다.

'깨어난 어머니께서 너무 달라지셨습니다.'

해당 게시물을 클릭해서 내용을 확인한 나는 경악했다.

내용은 이랬다. 우리 누나와 같은 증상으로 입원했던 작성자의 어머니가 자원봉사를 시작하더니 이윽고 본인 소유의 카페를 처분해서 그 돈을 노숙자 보호 단체에 기부한 것도 모자라, 얼마 전에 희귀병으로 사망한 아버지의 시신마저 연구 목적으로 대학에 기증했다는 것이다.

그 이타적 증상은 누나가 보이는 것보다 더 심각한 수준이었다.

분명 뉴스에서 '미담'으로 소개해도 손색이 없는 일련의 행위를 내가 '증상'이라고 생각할 수밖에 없는 이유도 그 글에는 적혀 있었다.

자식이 이렇게 말하기는 죄송하지만, 어머니는 좀 이기적이었고, 못 사는 건 팔자라는 말을 입버릇처럼 하고 다니던 분이었습니다.

그런데 아무리 죽다 살아났다 해도 이 정도로 변하신 것을 믿기가 어렵습니다. 게다가 아버지도 얼마 전까지 당신 돌아가시면 꼭 선산에 묻어달라고 하시던 분인데, 갑자기 시신을 기증하기로 마음을 바꾸신 게 너무 황당하네요.

댓글에는 많은 의견이 혼재했다.

나이도 많은 사람이 아프고 나면 그럴 수도 있다는 의견.

아무리 그래도 그건 너무 이상하다는 의견.

기부, 기증을 받은 단체와 모종의 커넥션이 있을 거라는 의견.

약이 안 맞아서 정서에 이상이 생긴 게 아니냐는 의견.

자기 가족도 사람이 둥글어지고 욕심이 없어졌다는 의견…….

이 의견들을 종합해볼 때, 환자 중에서 삶의 가치관, 자세가 변한 사람은 적지 않았다. 그러나 그것은 죽음을 극복하거나 10년이라는 세월을 건너뛴 사람이 자연스럽게 겪을 만한 것이었고, 누나처럼 극단적으로 변화한 것은 한 명뿐인 듯싶었다.

나는 게시물을 올린 이를 만나봐야겠다고 생각했다. 글만으로는 전해지지 않는 구체적인 상황을 듣고, 누나가 겪은 변화의 원인을 찾고 싶었다.

나는 비슷한 상황이라고 설명하며 만날 수 있겠느냐고 작성자에게 쪽지를 보냈다.

인터넷에서 알지도 못하는 사람이 민감한 가족 문제로 보자고 하는 것이니 당연히 거절당할 거라 생각했는데, 뜻밖에도 작성자는 자기만 그런 게 아니라 불행인지 다행인지 모르겠다며, 꼭 만나보자고 했다.

작성자도 다행히 서울 사람이라 우리는 서울역 인근의 카페에서 만나기로 약속을 잡았다.

7

다음날, 약속 시각인 세 시에 맞춰 서울역 앞 카페로 나갔다.

작성자, '라 돌체 비타'는 2시 58분에 나타났다. 30대 중반의 여성으로, 원래는 푸근하고 따뜻했을 듯한 인상인데 지금은 뭔가에 오래도록 시달린 것처럼 눈가가 퀭하고 비쩍 말랐으며, 관리하지 못한 머리는 대충 묶어서 곳곳이 부스스하고 헝클어져 있었다.

우리는 서로를 커뮤니티 닉네임 혹은 그 줄임말인 '지니어스'와 '돌체'라 부르기로 했다.

무슨 소개팅처럼 즐겁게 친분을 쌓아가려는 모임이 아니니까, 나는 인사가 끝나자마자 우리 집 사정을 설명했다.

돌체 님은 우리 누나도 자원봉사 활동에 매진하고 있다는 사실을 듣고 묘한 눈빛을 띠었다.

"혹시, 누님께서 어디 다니시는지 다 아세요?"

나는 리스트를 보여줬다. 그러자 돌체 님은 자기 스마트폰을 보고 비교하는 듯하더니, 곧 심각한 표정을 지었다.

"너른희망 보호소가 저희 어머니랑 요일, 시간이 겹치네요. 5월 16일에 두 분이 만나셨겠어요."

그렇게 말하는 돌체 님의 눈에는 희미한 공포가 깃들어 있었고, 그 너머에는 분노의 씨앗 같은 열기가 숨어 있는 듯이 보였다.

"혹시, 그곳에서 뭔가 이상한 일이 있었다고 생각하십니까? 적어도 제가 밖에서 봤을 때는 특별히 수상해 보이진 않았는데요."

"똑똑히 기억해요. 그날 집에 돌아온 어머니는 씻지 않으셨어요."

"네?"

"밖에서 일하고 땀도 나셨을 텐데 왜 안 씻으시냐고 물으니까 너무 귀한 분의 축복을 받아서 그런다고 하시더라고요."

"좋아하는 아이돌과 악수한 팬이 손을 안 씻겠다고 농담하는 건 종종 들어봤지만……."

"저도 그런 식의 농담이겠지 싶어 웃어넘겼는데, 그날 어머니는 정말 안 씻으셨어요. 그리고 다음 날 아침에는 갑자기 복권을 사 오라고 하셨죠."

이번에도 전혀 상상도 못 한 일이었다. 나는 얼빠진 목소리로 되물었다.

"로또 같은 복권 말입니까?"

"네, 너무나 복이 가득한 꿈을 꿔서, 꼭 당첨될 것 같으니까 자동으로 만 원어치를 사 오라고 하셨어요. 당첨되면 전부 사회에 환원하고 싶으시다면서."

시기상 주목할 만한 사건으로 느껴지기도 했으나, 사람이 좋은 일을 하고 좋은 사람을 만났다면 그날 밤에 아주 멋진 용꿈 같은 것을 꾼대도 아주 이상하진 않을 듯싶었다.

물론, 그게 기적으로 이어지지 않았다면.

나는 조심스럽게 물었다.

"그래서 당첨되셨나요?"

"2,000원 당첨되셨죠."

나는 작게 한숨을 쉬었다. 역시 그건 그냥 넘어가도 될 듯했다.

"아쉽게 됐군요. 그건 걱정할 일은 아닌 것 같습니다."

"하지만 그날 이후로 어머니는 세상이 다른 방식을 요구하는 것 같다면서 봉사 활동 시간을 무서울 정도로 늘리기 시작하셨어요. 지니어스 님의 누님처럼요."

돌체 님은 내 눈을 응시했다. 노려본다고 해도 좋을 듯했다.

"그 귀한 분이 저희 누나고, 두 사람의 만남이 원인이 되어 어머님께서 극적으로 변하신 것 같다, 이렇게 생각하시는군요?"

"확신할 수는 없지만, 지니어스 님의 누님께서 거의…… 비인간적인 수준으로 활동하시면서도 건강하신 걸 보면 어머니께서 '귀한 분'이라고 여길 만한 사람이 다른 분일 것 같지 않아요. 그렇지 않아요?"

"그건…… 그럴지도 모르겠군요."

대답하는 마음이 편치 않았다.

무섭고 두려웠다.

누나가 이상해진 원인을 찾고 싶어서 만난 것인데, 정작 얘기를 듣고 보니 '누나'가 남을 이상하게 만든 원인일 가능성이 컸다.

돌체 님은 내 대답을 듣고는 잠시 아무 말도 하지 않았다. 화를 내거나 누나의 이상한 점, 우리 가족의 이상한 점을 더 추궁하려 들어도 어쩔 수 없다고 생각했는데, 그 정도로 모질지는 않은 모양이었다. 아니면 자신과 비슷하거나 더 좋지 않은 처지인 나에게 느끼는 동정심이 의심과 분노보다 더 큰 것일 수도 있으리라.

최악의 경우에는 돌체 님도 '선한' 사람이 되어가는 도중이기 때문일지도.

끔찍한 생각을 하자니, 돌체 님이 지친 얼굴로 말했다.

"아무튼 또 이상한 일 있으면 연락 주세요. 저도……"

그때, 테이블에 내려놓은 돌체 님의 스마트폰이 진동했다. 화면에는 '엄마'라는 이름과 중년 여성의 얼굴이 표시되었다.

그 얼굴은 50에서 60세 정도의 중년 여성이라고 보기에는 너무나도 젊고 아름다웠다. 물론 편집을 통해 색조와 밝기를 바꾸고 이마에 핑크색 하트 따위를 붙여놓긴 했지만, 그 아름다움은 생김새가 아니라 만면에 가득한 행복감에서 나오고 있었다.

마치 누나 같은 얼굴이다.

돌체 님은 보여선 안 될 것을 보인 것처럼 재빨리 스마트폰을 집어 들어 귀로 가져갔다.

"네, 엄마. 네, 네, 친구 만나서 잠깐 수다 좀 떨고 있었어요. 아니, 그런 건 아니고. 네. 지금 갈게요."

돌체 님은 통화하면서 가방을 집어 들고, 내게 눈인사를 한 뒤 카페를 나섰다.

그렇게 유리문 너머로 걸어가는 돌체 님의 얼굴은 불안하고 초조해 보였다.

저건 마치 나 같은 얼굴이다.

나는 가족의 선함과 행복이 우리에게 전염되지 않은 것이 좋은 일일까 나쁜 일일까 생각하며 집으로 돌아왔다.

8

집에 돌아온 나는 미묘한 위화감을 느꼈다. 휴가로 며칠 비웠던 집에 돌아온 듯한 느낌과, 사람이 살지 않는 폐가에 들어온 듯한 느낌을 뒤섞은 위화감이었다.

적어도 오후에 짧게 나갔다 돌아온 자기 집에서 느껴선 안 되는 종류의 위화감이라는 것만은 확실했다.

나는 숨을 죽이고 주변을 유심히 살펴봤다. 이상한 부분은 금방 찾아낼 수 있었다.

고개를 숙여 창문으로 들어오는 반사광으로 비춰 보니, 바닥에 신발 자국이 찍혀 있었다. 지저분한 실내화 따위를 신고 이리저리 돌아다닌 흔적이다.

빈집털이인가 싶었으나 말이 되지 않았다. 변호사로서 몇몇 험한 사건을 다뤄본 형이 필요 이상의 보안 시스템을 갖춘 우리 집은 도둑이 들 수도 없거니와 도둑이 든대도 가져갈 것도 없었다.

가장 값나가는 물건이라면 누나가 기부해버렸고…….

거기까지 생각이 미친 나는 급히 누나 방으로 달려갔다.

역시나.

누나의 방을 확인한 나는 허탈한 심정에 주저앉을 뻔했다.

열심히 정리했던 누나의 방은 침대와 책상, 책장처럼 기본적인 가구를 제외하면 이렇다 할 물건이랄 게 거의 남아 있지 않았다. 누가 가구점 쇼룸에 엊그제부터 무단 거주하는 듯한 수준의 생활품만 점점이 놓여있을 따름이었다.

혹시나 하는 마음에 이번에는 다른 방까지 확인했다.

그리고 나는 웃어버렸다.

형의 방도 마찬가지였다. 공용 공간과 내 방만이 물질과 탐욕으로 가득한 그 상태 그대로 남아 있었다.

집이 빈 사이에 형과 누나는 사람을 불러서 자기들 짐을 정리한 것이다.

기본적인 생활용품과 가구가 남아있는 것으로 봐서 당장 어딜 가려는 것은 아닐 테고, 남을 돕기 위해 기증한 것이리라.

그렇다면 내 짐은 왜 남겨둔 것일까?

허락을 받지 않았으니까?

그들이 갖게 된 위대한 이타심에는 동생의 사유 재산을 존중한 다는 개념도 포함되어 있는 걸까?

다행히도 아직까지 남아서 자리를 지키고 있는 거실 소파에 주 저앉자니 스마트폰이 울렸다.

때마침 형이나 누나가 연락한 줄 알았는데 아니었다.

돌체 님이었다.

"네, 무슨 일이시죠?"

"죄송하지만, 오늘 말씀드렸던 건 전부 잊어주세요. 제가 마음이 심하게 불안정해져서 헛생각을 했던 거예요. 아까 약도 먹고 상담 도 받아서 지금은 괜찮고요."

자기주장을 전부 번복하는 돌체 님의 목소리는 지극히 편안하고 안정되어 있어서, 무슨 협박이라도 당한 게 아닌가 하는 의심 따위 는 도저히 품을 수 없었다.

뭘 당했다면 그것은 아마 협박이 아니라 설득이었으리라.

"돌체 님, 지금 하신 말씀이 전부 사실입니까? 정신과에 가셨나 요? 솔직하게 말해주세요. 지금 우리가 믿을 건 우리뿐입니다."

대답은 한동안 들려오지 않았다. 통화가 끊긴 게 아닌가 확인하려고 두어 번 여보세요, 하고 나자, 돌체 님의 지나치게 자애로운 목소리가 들려왔다.

"그건 잘못된 생각이에요. 두려워할 것 없어요. 우리는 우리 모두를 믿어야 해요. 터무니없는 의심과 분노, 편견…… 우리의 삶을 파괴하고 죽음으로 몰아가는 것은 바로 그런 비뚤어진 생각과 감정이에요. 저도 어떤 기분일지 알아요. 하지만 당장은 이상해 보인다 해도 믿으셔야 해요. 영재 님, 우리 모두에 대한 믿음만이 세상을 더 가치 있는……"

나는 전화를 끊고 돌체 님의 번호와 메신저를 모조리 차단했다. 그녀는 내가 알려준 적 없는 내 이름을 알고 있었다.

새어 나갈 곳이라면 하나뿐이다. 누나다. 누나가 돌체 님의 어머니와 함께 돌체 님을 만나서 그녀의 정신을 끝장내고 나를 설득하도록 지시한 것이다.

대체 누나가 원하는 것은 무엇일까?

차라리 무슨 종교에 사로잡혀 악착같이 포교하려는 것이라면 이해하겠다. 하지만 누나는 순수히 선의로 움직이면서, 자신의 선한 의지를 전파할 뿐인 것처럼 보였다. 선하게 사는 삶의 방식을 전달하는 것이라고 봐도 좋았다. 당연히 거기엔 교주도 교리도 없었다. 뜻에 동조하는 추종자만이 있을 뿐.

그러나 사람이 종교의 힘 없이 그렇게 강력히 사람을 끌어들이고 철저히 생각을 바꿔놓을 수 있을까?

도저히 믿기 어려운 일이었다.

나는 이제 누나가 콜드슬립에서 깨어난 이후로 평범한 인간을 벗어났다고, 초월적인 사상과 힘을 겸비하게 되었다고 의심할 수밖에 없었다.

어쩌면 누나는 뇌를 수복하는 과정에서 약간 다른 존재가 된 것일지도 모른다. 5퍼센트는 과거와 같지 않고 보편적인 패턴으로 변경될 수 있다지 않았는가.

아니면 누나가 걸렸던 바이러스가 완전히 사라지지 않고 10년에 걸쳐 뇌의 일부분을 미세하게 파괴하거나 뜯어고쳤고, 이것이 나노봇과 맞물려 기괴한 일을 일으킨 것인지도 모른다.

거기까지 생각한 나는 고개를 저었다. 보다 합리적이고 보편적으로 생각해보자. 현대에 사람이 이상하게 행동한다면 가장 먼저 의심할 게 있지 않은가.

나는 화장실에 가서 거울 앞에 꽂힌 빗을 들고 사이사이에 걸린 머리카락을 모두 집어내어 챙겼다. 나도 내가 이런 짓을 하게 될 줄은 상상도 못 했지만, 이건 부정하고 암담한 의심이 아니라 마지막 희망에 가까웠다.

9

이 기괴한 악몽이 끝나길 바라며, 모발로 약물 복용 여부를 검사해주는 민간 업체를 찾아내어 의뢰하고 샘플을 퀵서비스로 보냈다. 근래에 들어 개조 3D프린터로 불법 약물을 제조하는 사람들이 많아서 이런 업체도 늘었고, 처리 과정도 일사천리였다.

한숨 돌려야 할지 가슴 졸여야 할지 알 수 없는 이상한 상태로 있자니, 형이 집에 돌아와서 곧장 내 방으로 찾아왔다.

형은 그사이에 몰라보게 변모해 있었다.

처음에는 밖에서 무슨 시술이나 스타일링이라도 받고 온 줄 알았다. 그만큼 형은 전에 없이 매끈하고 젊고 잘나 보였으며, 심지어 그 얼굴은 삶의 궁극적 이유나 행복의 근원을 찾은 사람처럼 찬란히 빛나고 있었다.

"영재야, 좀 놀랐지?"

"요즘 놀랄 일이 좀 많아서 뭐 말하는지 모르겠네."

"안 쓰는 물건 좀 많이 치웠잖아."

내 방 구석에 있는 스툴을 끌어다 앉으면서, 형은 조심스럽게 말했다. 마치 잘 토라지는 동생의 애착 인형 따위를 버린 뒤에 말을 거는 모습 같았다.

나는 찌르듯이 물었다.

"내 방 물건은 왜 놔뒀어?"

"무슨 소리야, 허락도 없이 처분할 수는 없잖아."

"그냥 처분하고 사후 보고를 하지 그랬어? 1분 1초라도 더 빨리 세상 사람들을 도우려면 서둘렀어야지."

비아냥거리는 것을 알아듣긴 하는지, 형은 미간을 살짝 찌푸렸다. 하지만 그 얼굴은 누나가 그랬듯이, 한없이 따뜻한 표정으로 돌아왔다. 위대한 자애의 빛이 감도는 눈동자는 형이라도 아름답다 할 만했다.

"그렇게 바보 같은 소리 하지 마. 여유롭진 않았지만 남을 돕는 게 불합리한 일이라고 비웃어대는 성격은 아니었잖아."

"사람 성격이 많이 변하기도 하더라고. 몰랐어?"

형은 잠시 말을 고르는 듯했고, 나는 그사이에 다시 쏘아붙였다.

"못 줘."

"뭐?"

"내 물건은 못 내준다고. 어차피 내 물건도 기부하자고 설득하려고 온 거잖아."

그러자 형은 나를 안타까워하는 눈빛으로 응시했다. 뜨거운 자애와 자비의 십자포화에 미간이 뚫릴 것 같았다.

"영재야, 난 네가 꼭 옳은 길을 택할 거라고 믿는다. 항상 그랬으니까."

"어깨가 무겁네. 하지만 난 내 방식대로 살 거야. 난 나야. 나의 행복을 형 마음대로 규정하지 마."

"어디서 주워들은 소리로 멋있는 척하지 마. 스스로 생각하고 판단해. 그러다 보면 옳은 게 뭔지 알게 될 거야. 어른이잖아."

거기서 '어른이 대체 뭔데?'라는 식으로 반문하진 않았다. 제정신이라 보기 힘든 사람과 타협점이 나올 수 없는 얘기로 더 입씨름하고 싶지도 않았고, 논쟁을 이어갈수록 나 자신도 그저 떼를 쓰며 거대한 사회적 도덕률이나 공동선을 덮어 놓고 부정하는 머저리가 되는 듯한 기분이 들었던 탓이다.

대신에 나는 형에게 질문했다.

"지금 이게 형이 자신의 의지로 선택한 형의 삶과 행복이야? 이상한 바람이 든 게 아니라?"

가볍게 비웃을 의도로 던진 질문이 아니라는 걸 느낀 듯, 형은 자

못 진지하게 고개를 끄덕였다.

"그래, 이게 내가 선택한 나의 길, 나의 행복이야. 누나 덕에 그동안 외면했던 것을 직시하게 됐지. 그걸 이상한 바람이라고 생각할 수도 있겠지만, 그래도 나는 내가 할 수 있는 일을 할 생각이야."

형은 명함을 꺼내서 내밀었다. 내가 알던 것과 다른, 새 명함이었다. 거기엔 '우리 지역 생활 법률 무료 상담 지정 변호사'라고 적혀 있었다.

비용 문제로 법률 상담이나 변호사 선임이 어려운 사람들을 위해 무료로 일해주는 변호사 제도에 자원했다는 뜻이다.

형은 정말로 훌륭한 사람이 되어 있었다. 나와는 비교할 수도 없는.

가족들이 이상해졌고, 주변 사람들까지 이상해지고 있다는 생각은 그만두고 나도 이 선의의 흐름에 몸을 맡기는 게 좋지 않을까.

짙고도 아름다운 안개가 끼어 한 치 앞도 보이지 않는 갈림길 가운데 선 듯한 기분이었다.

"좋은 일이네. 잘 해봐."

"그래."

형은 내 태도가 조금 누그러져 안심한 듯, 내 방을 나서며 따뜻한 인사를 남겼다.

"잘 자고, 좋은 꿈 꿔라."

10

그날 밤, 누나는 집에 돌아오지 않았다. 시설 일이 너무 바빠서 그쪽에서 자고 온다는 것이었다.

대판 싸울까 했던 의욕을 이미 대부분 잃어버린 나는 늦게까지 원고의 틀린 부분을 찾아서 교정하고 잠을 청했다.

그리고 형의 말대로 좋은 꿈을 꿨다.

꿈이란 게 대체로 그렇듯이 모든 게 구체적으로 기억나진 않는다. 하지만 아주 밝고 따뜻한 빛이 보였던 것만은 확실하다.

나는 어둠 속에 있었다. 그 어둠은 끝이 없어 그 장소가 어디인지도 내가 그곳의 어디에 있는지도 알 수 없고 그저 한없이 춥고 허망하기만 했는데, 어둠 속에는 내가 잘 알아볼 수 없는 온갖 것들이 가득 차서 꾸물대고 우글거리는 듯싶었다.

그 속에서 빛은 어느 순간 발생했다. 기원을 알 수 없는 그 빛은 실처럼 가는 줄기에 불과했으나, 한없이 밝고 따뜻해서 보고 있으면 길 잃은 나의 존재가 한 곳에 정립되는 듯한 느낌이 들었다.

빛은 내가 바라보자 곧바로 내 이마를 비추었다. 빛을 받는 기분은 아주 신비했다. 빛은 사람의 살처럼 따뜻하고 촉촉했는데, 그 사이에서 더 뜨겁게 맥동하는 알갱이 같은 것이 내 이마를 관통하여 스며드는 것 같았다.

그 뒤로는 아무것도 기억나지 않는다. 아마 곧바로 깨어난 게 아닌가 싶다.

나도 모르게 이마에 손을 가져갔다. 어딘지 모르게 간지러운 것 같기도 했고, 아무렇지 않다면 아무렇지 않은 것 같기도 했다. 거울로 봐도 아무 이상이 없었다.

나는 거울의 프레임 안에 있는 내 얼굴을 유심히 바라보다가, 문득 그와 비슷한 모습을 봤던 게 떠올랐다.

우연히 본 돌체 님의 어머니 사진이다.

그녀는 사진의 이마 부분에 하트 스티커를 붙여 놓았었고, 너무나 좋은 꿈을 꿨다고 했다.

심박수가 빠르게 높아지며 내 방이 통째로 찌그러지는 듯한 기분이 들었다.

나는 내 방부터 시작해서 온 집안을 둘러보았다.

형은 이미 출근하고 없었고, 누나는 여전히 없었다. 하지만 그렇다고 내가 잠든 사이에 누나가 내 방에 들어왔다가 나간 적도 없다고 장담할 수 있는 것도 아니었다.

나는 누나의 일정표를 확인했다. 아침 7시부터 10시까지, 누나는 너른희망 보호소에 있을 예정이었다.

누나가 무슨 짓을 하고 있는지 확인해야 한다. 하지만 밖에서는 볼 수 없다. 그럼 어떡해야 할까.

택배 기사를 사칭해서 침입하는 것은 너무 낡은 방법인 데다, 심지어 근래 들어 상당히 심각한 범죄가 되었다.

시설에 있는 아이 보호자라고 둘러대는 것은 어떨까? 아니다. 그것도 말이 되지 않았다. 보호 시설에 있는 것은 보호자가 없는 아이뿐만이 아니다. 가정 폭력 때문에 거처를 잃은 아이도 보호하고 있으니, 무턱대고 우리 아이가 여기 있나 보고 싶다고 했다간 쫓겨나는 것은 물론이고 수상한 사람 취급당할 확률이 높았다.

탐정을 고용하면 어떨까. 전문가라면 내가 상상도 못 할 방법을 쓸지도 모른다. 하지만 그들이 불법적인 짓을 했다가 나까지 연루되면 곤란하고, 모발 검사를 급히 의뢰한 탓에 당장 쓸 돈도 없다.

게다가, 최악의 경우를 상정하면 내게 시간이 얼마나 남아 있는지도 알 수 없는 일이었다.

나는 일단 아무 대책도 없는 상태로 누나가 있을 보호소로 이동했다.

11

오래지 않아서 보호소에 도착한 나는 이동하면서 쥐어 짜낸 궁여지책을 쓰기로 했다.

입구의 경비실에서 자원봉사자 담당자를 불러내자, 그녀는 황당한 표정으로 내게 누구시냐고 물었다.

나는 아주 정직한 사람의 얼굴로 말했다.

"최성주 씨 동생인데요, 근처 지나는 길에 봉사하시는 분들 뭐라도 좀 드리고 싶어서 찾아왔습니다."

요즘 불티나게 팔린다는 천연 AI 에너지 드링크 박스를 보여주자, 담당자는 약간 누그러진 듯한 표정을 지으면서도 제법 깐깐하게 말했다.

"전달해 드릴 테니까 두고 가시겠어요? 직접 오셨는데 죄송하지만 신원이 확실한 분만 출입이 가능하셔서……"

"그래도 누님 일하는 모습 좀 볼 수 없을까요? 봉사 활동 하면서 정서적으로 많이 좋아졌길래, 어떻게 일하는지 조용히 보고 싶거든요. 여기, 신분증이랑 가족 관계 증명서도 보여드리겠습니다.”

내가 스마트폰을 내밀자, 그녀는 내 얼굴과 전자 서류를 확인하곤 따뜻한 미소를 지었다. 누나나 형이 지을 법한, 그런 자애로운 미소였다.

“성주 선생님 동생분 맞으시네요. 그럼 그건 저 주시고, 이쪽으로 따라오세요.”

누나는 보호 시설에서 위대한 성인 대접을 받고 있었고, 이곳의 봉사자나 책임자들은 대체로 ‘선한’ 사람일 확률이 높았다. 그렇기에 나는 누나 이름을 팔며 선한 의도를 어필한 것이다. 게다가 따지고 보면 거짓말도 아니었으니, 호의를 사서 시설 문턱을 넘는 것은 그리 어렵지 않았다.

어느 정치가가 공약 지킨다고 최신 모듈 공법으로 지은 시설은 예상 이상으로 크고 말끔했다. 최신식이라고 크게 소리치는 듯한 모양새였다.

하지만 꼼꼼히 보니 처음 만들어진 이후로 관리가 잘되지 않은 듯, 눈에 잘 띄지 않거나 사람 손이 닿지 않는 부분은 낡고 지저분했다. 심한 곳은 폐교를 그럭저럭 수선해서 쓰는 것처럼 보이기도 했다.

담당자를 따라서 복도를 걷자니, 눈에 익은 로봇이 책 여러 권을 들고 옆을 스쳐 지나갔다.

우리 집에 있던 로봇 도우미다.

로봇에 크게 이입하는 성격이 아닌데도, 좀 편하게 살아보자고 다른 거 안 사고 열심히 돈 모아 구입한 녀석이 엉뚱한 곳에서 일하는 모습을 보자니 저 밑에서 치받고 올라오는 감정이 있었다.

"헤스티아?"

이름을 불러봤지만, 녀석은 아무 소리도 듣지 못한 것처럼 가던 길을 그대로 가버렸다.

"왜 그러시죠?"

옆에서 담당자가 의아해했다. 저 로봇이 어디서 왔는지 모르는 모양이었다.

"아뇨, 그냥 좀, 집에서 쓰던 모델이랑 같아서 무심코 불러봤어요."

담당자는 있을 법도 한 일이라는 듯 고개를 끄덕였다.

"그나저나 훌륭한 누님을 두셔서 참 자랑스러우시겠어요."

그렇게 말하는 표정은 이루 말할 수 없을 정도로 기쁨으로 가득해서, 마치 노벨 평화상을 수상한 자기 가족 얘기라도 하는 것처럼 보일 지경이었다.

"집에 있을 때는 그냥 평범한 사람인데요, 뭘."

"그러세요? 하지만 여기선 정말 특별하고 소중한 분이세요. 성주님 없는 생활은 이제 상상도 할 수 없을 정도예요."

계속 얌전하고 착한 방문자 행세를 하려고 했는데, 그 말에는 도저히 참지 못하고 반박했다.

"누님이 그렇게 중요한 사람이라니 기쁘네요. 하지만 언제까지고 여기서 일할 순 없는 자원봉사자인데, 기본적으로 누님 없이도 잘 돌아가게끔 조정할 필요가 있지 않을까요?"

나름대로 매섭게 일침을 가했다고 생각했다. 그러나 담당자는 일절 동요하는 기색 없이 은은한 미소를 띤 채 대답했다.

"최성주 선생님과 함께 일하는 동안 보고 배운 분들, 선생님이 돌봐주신 아이들, 그들 모두가 오래지 않아 선생님처럼 될 거예요. 그러면 이곳도 지금처럼 훌륭한 분 한 두 사람에게 기댈 필요가 없게될 테고, 더 나아가서 온 세상이 따뜻한 선의와 행복으로 가득 차서우리 모두 살기 좋은 낙원이 되겠죠."

단순히 희망차고 아름다운 미래를 상상한다고 보기에는 지나치게 연설조였고, 확신에 가득 차 있었으며, 심지어 이상할 정도로 공동체 의식을 기반으로 둔 발언이었다. 조그만 선행이 희망의 씨앗이 되어 행복의 숲을 이룰 거라는 식의 공익 광고보다 더 거창했다.

나는 그럼 좋겠네요, 하고 적당한 웃음으로 넘어갔다.

이윽고, 우리는 복도 끝의 교실 앞에 도착했다. 문에 달린 작은창문으로 보이는 그곳은 미국 영화나 드라마에 나오는 곳처럼 아담했고, 정서 발달에 이로워 보이는 온갖 색채의 책상과 사물함 따위가 놓인 선진 교실이었다.

"지금은 음악 명상 시간이에요. 원래 없었는데 정서 안정을 위해최 선생님께서 직접 만드신 시간이죠."

담당자가 의기양양하게 설명했다.

아닌 게 아니라 교실의 아이들은 모두 제자리에 얌전히 앉아서눈을 감고 심호흡하며 노래를 듣는 중이었다.

누나는 교실 중앙에 놓인 풍금을 연주하고 있었다. 그런 유물이현존한다는 사실도 놀라웠지만, 더 놀라운 것은 누나가 그것을 능숙하게 연주하며 이루 말할 수 없이 아름다운 노래를 부르고 있다는 점이었다.

나는 그게 누나의 노랫소리라는 것을 한참 동안 인식할 수 없었다. 10년 전까지만 해도 누나는 그 어떤 악기도 연주할 줄 몰랐거니와, 심지어 자타가 공인하는 음치, 박치였기 때문이다.

10년간의 차가운 죽음 속에서 노래만 연습한 게 아니라면 누나는 저렇게 아름답게 노래할 수 없어야 했다.

그런데 누나의 노래를 몇 초 들어본 나는 다시 한번, 온몸의 털이 곤두설 정도로 놀랐다.

누나의 노래는 몸과 마음의 모든 벽을 무너뜨리고 얼어붙은 영혼을 녹이듯 아름다웠는데, 가사는 도저히 알아들을 수 없는 언어로 이루어져 있었다.

이성적으로 생각하면 내가 지구상의 모든 언어를 들어본 게 아니니 그렇게까지 기겁할 일은 아니어야 했다.

하지만 그 노랫말은 뜻을 짐작할 수 있고 없고를 떠나서 그렇게 아름다운 발음이 지구상에 존재하기나 하나 싶은 것들로 가득했다.

나와 담당자는 한동안 그 자리에 우두커니 서서 문 너머로 새어 나오는 누나의 노랫소리를 들었다. 그러지 않을 수가 없었다.

얼마나 시간이 흘렀을까.

누나는 노래를 끝내고 풍금 앞에서 일어나더니, 자리에서 눈을 감은 채 눈물을 흘리는 아이들에게 다가갔다.

이제 노래 말고 말로 명상 지도를 하려는 것일까?

감동으로 격앙된 마음을 추스르며 지켜보던 나는 곧바로 예상이 틀렸음을, 완벽히 어긋났음을 알게 되었다.

누나는 아이들 한 명 한 명의 머리를 살며시 붙잡고 이마에 입맞춤을 해주기 시작했던 것이다.

나는 오늘 잠에서 깨어나 거울을 보고 느꼈던 그 처참하고 끔찍한 심정을 다시 한번, 더 강하게 느꼈다.

내 영혼을 구성하는 시커먼 희망의 입자들이 산산이 무너져 흩어지고, 찬란한 절망이 물밀듯 밀려와 모든 것을 대체하는 듯했다.

누나의 입맞춤은 단순히 교육자, 봉사자의 따뜻한 마음을 전하는 입맞춤이 아니라 위대한 축복의 입맞춤이었다.

그 증거로, 누나가 입을 맞춰줄 때마다 누나의 입에선 보일 듯 말 듯 가늘면서 찬란히 빛나는 광채의 줄기가 흘러나와 아이들의 이마로 스며들었고, 누나가 지나간 뒤에 떠진 아이들의 눈에선 감출 수 없는 자애의 기운이 눈물과 함께 넘실거렸다.

나도 모르게 자신의 이마에 손을 가져갔다. 따스한 빛이 만져지는 듯한 착각이 들었다.

저것이었다. 내 꿈의 근원은 누나의 입맞춤이었다.

그 순간, 바지 주머니에서 스마트폰이 불길한 몸짓으로 떨었다. 심상치 않은 연락임을 본능적으로 알 수 있었다.

스마트폰을 꺼내어 확인한 알림에는 짧막한 메시지가 표시되어 있었다.

의뢰하신 조사 결과를 알려드립니다. 보내주신 체모에서는 어떤 약물의 섭취 흔적도 발견할 수 없었습니다. 다만 인간이 아닌 동물의 체모이므로 정확도가 95% 수준으로 하락했음을 양지해 주시길 바랍니다.

12

도망치듯 시설을 빠져나온 나는 약물 검사 업체에 전화를 걸어 내 의뢰의 담당자와 통화했다.

그는 접수 번호를 듣더니 '아, 그거!' 하고 무슨 설명이 필요하냐고 물었다.

"동물의 체모라는 결과를 받았는데, 그게 혹시 무슨 동물의 체모인지는 알 수 없을까요?"

그러자 그는 헛웃음을 지었다.

"그건 제가 더 궁금할 지경입니다. 저희가 보통 가정에서 주로 키우는 반려동물 같은 경우는 샘플을 다 갖고 있거든요. 동물 관련법이 느슨한 나라에서 오는 의뢰도 있어서 너구리, 오소리, 호랑이, 사자, 뭐 이런 것까지 데이터는 금방 구해요. 근데 고객님이 의뢰하신 샘플은 도무지 맞는 게 없더라고. 영장류인 것 같긴 한데."

영장류인 것 같긴 하다.

기쁘기 그지없는 소식에 내가 말문을 잃자, 담당자는 몸이 단 천재 과학자처럼 제안했다.

"금방 확인해주실 수 있으면 이건 저희 쪽에서 오히려 거금에 구입할 회귀 샘플이거든요. 만약 확인이 어려운 이유가 있으면 저희랑 협업하는 전문 조사 업체를 소개해 드리겠습니다."

나는 나중에 연락드리겠다는 말을 남기고 전화를 끊었다.

누나가 인간이 아니라는 말은 짧은 시간 동안 내게 견디기 힘든 충격을 주었다.

어디서 날아온 정체불명의 짐승 털이 누나 머리에 붙어 있다가

빗으로 빗을 때 거기에 걸렸거나, 혹은 단순히 검사 결과가 다른 것과 뒤바뀐 게 아닐까 하는 의심도 해보긴 했다.

하지만 그런 터무니없는 생각으로 도피해봤자 무슨 의미가 있을까.

나는 이미 누나가 불가사의한 의지와 힘으로 사람들을 계몽해 나가는 모습을 직접 눈으로 목격했고, 누나가 바로 내 꿈에 나왔던 신비의 빛을 뿜어내는 근원이라는 것도 알아냈다. 어쩌면 평범한 인간이라는 검사 결과가 나오는 게 더 놀랄 일인지도 모른다.

이제 인정하자.

누나는 어떤 이유로든 인간이 아니게 되었고, 초월적인 능력을 사용해서 선의에 가득 찬 추종자, 동료 혹은 동족을 양산하고 있다.

그리고 거기엔 아마 나도 포함될 것이다.

시간이 얼마나 남았는지는 알 수 없다. 주변 사람들을 보건대 몇 시간조차 되지 않을 것이다. 어쩌면 꿈을 꾸고 깨어난 시점에 이미 어느 정도는 변해버린 것인지도 모르고.

나는 잠시, 늦기 전에 영화 속의 주인공처럼 폭탄을 들고 시설에 찾아가 누나와 함께 폭사해야 하는 게 아닌가 하는 생각을 했다.

누나의 껍질을 뒤집어쓴 뭔가가 초월적 능력으로 지구를 정복하려는 것이라면 그건 이 사실을 아는 나만이 할 수 있는 일일 것이다.

오로지 나만이 지구와 인류를 지킬 영웅이다!

하지만 그 생각을 진지하게 검토해 보니, 여기저기 구멍이 많았다.

일단 누나가 누나인지 아닌지 불확실했다.

누나가 인간이 아니라는 것은 증명되었으나, 그렇다고 누나가 누나가 아니라고 할 수 있을까?

누나의 가치관이 극적으로 바뀌고 새로운 능력도 생기긴 했지만, 그렇다고 해서 누나의 자아 자체가 이전과 다른 별개의 것이라고 말할 수 있을까?

물론 누나를 예전과 같은 누나라고 인정한다 해도, 누나가 하려는 일이 다시 없는 악행, 예를 들어 인류의 반을 병에 감염시켜 죽여버린다든가, 부르주아를 죽이고 부를 재분배하자는 사상을 주입하는 등의 문제 행위라면 무슨 수를 써서라도 막아야 할 것이다.

하지만 누나가 보이는 행위는 상식을 벗어날 정도로 초월적이고 유난스럽긴 해도 전반적으로 세상을 더 낫게 하려는 선한 것, 이타적인 것으로 보인다. 누나와 같은 사람이 늘어난다면 분명 누구 말마따나 세상은 우리 모두가 살기 좋은 낙원이 될 것이다.

따라서 누나를 막을 이유는 누나의 행위가 아니라 누나의 정체에서 찾아야 할 것이다.

그러나 누나가 예전과 동일한 개체임을 어떻게 알아볼까?

흔히 누군가가 진짜인지 가짜인지 검증하는 방법으로는 옛 추억을 말해보라며 기억을 맞춰보는 게 있다. 그 방법을 누나에게도 쓸 수 있을까?

그건 불가능했다. 누나는 애초에 기억을 잃는 병을 앓았다. 어떤 기억이 없다고 누나를 누나로 인정하지 않는다면 그건 병을 앓기 시작한 시점부터 누나가 누나가 아니게 되었다고 간주하는 꼴이다.

한참 머리를 싸맨 나는 이 고민이 누구나 인정할 수 있을 만한 결론으로 이어질 수 없다는 사실을 깨달았다.

커다란 변화를 겪은 개체를 이전의 개체와 동일한 것으로 볼 수 있는지는 무수한 철학자들이 고대부터 고민해왔다. 내가 깔끔히 결론 내릴 수 있을 리가 없었다.

결국 어떤 기준을 따르는가에 따라 달라질 수밖에 없다.

그렇다면 나는 무엇을 기준으로 누나를 전과 같은 나의 누나로 생각할 것인가.

누나에 대해 생각하면서 이런 예를 떠올리는 것은 내키지 않지만, 나는 연인이 흔히 겪는 문제를 생각해보았다.

사람이라는 건 몇 번이고 변화하기 마련인데, 그중에서 '너 변했구나'라는 낙심과 파국으로 이어지는 변화는 어떤 것인가.

바로 상대가 나를 사랑하지 않는다는 확신이 들게끔 하는 변화다. 연인의 관계성을 파괴하는 변화다.

즉, 내가 누나의 동일성을 누나라는 개체만으로 판단할 수 없는 이상, 판단의 근거는 누나와 나의 관계성이 되어야 한다는 뜻이다.

나와 누나를 잇는 관계성은 가족애, 사랑이다.

누나의 행위와 무관하게 누나가 나를 사랑한다면 나는 누나를 따를 것이고, 누나가 나를 사랑하지 않는다면 나는 누나를 막을 것이다.

누나가 나를 사랑하는지 증명해야 한다.

13

나는 집으로 돌아가 가장 빠른 대신 처절하고 누구에게도 권장

할 수 없는 병적인 방법으로 사랑의 증명에 나섰다.

책상 위에서 커터칼로 손목을 긋고 피가 흐르는 모습을 사진으로 찍어 누나에게 보낸 것이다. 메시지는 이렇게 적었다.

주변이 모두 변해가는 걸 견디기가 힘들다. 누나는 힘들게 되찾은 인생 모쪼록 행복하게 살길 바라.

이 시간에 누나가 있을 곳은 택시로 20분 거리다. 그러니 누나가 나를 사랑한다면 만사를 제쳐두고 20분 만에 달려올 것이다.

스스로 생각하기에도 억지스러운 짓이었지만, 만약 누나가 이렇게 한다면 나는 어떤 손해를 감수하더라도, 어떤 비용이 발생하더라도 곧장 누나를 찾아갈 것이므로, 누나가 당장 나를 쫓아와서 구출하는 게 가족애의 증명이 될 것이라는 생각은 아주 이상하진 않을 듯싶었다.

그렇게 깊이 베지 않아서 피는 금방 멎었다. 나는 알코올로 상처를 소독하고 붕대를 감았다.

그러자니 곧 스마트폰이 마구 울려대기 시작했다. 누나와 형이 번갈아 전화해대는 것이었다.

나는 눈물이 나올 정도로 안도했다.

그리고 21분 후, 누나와 형이 동시에 집에 돌아왔다.

나는 그들을 현관 앞에서 맞이했다. 두 사람은 말짱히 서 있는 내 모습을 보고 굳어졌다가, 놀라워했다가, 화를 낼 것 같았다가, 침울해졌다가, 이내 자애로운 표정을 지었다.

누나가 먼저 말했다.

"크게 안 다쳐서 다행이다. 괜찮은 거 맞지?"

"괜찮아. 깊이 베진 않았거든."

"소독은 잘했어? 아니, 이러고 있을 게 아니라 일단 가서 좀 누워. 누워서 얘기하자."

"괜찮아. 크게 다친 거 아니고, 죽고 싶은 것도 아니고, 그냥 확인 해보고 싶었을 뿐이야."

내 말에, 형이 심각한 표정을 지었다.

"확인이라니, 뭘 확인해? 우리가 오나 안 오나?"

여전히 나를 사랑하는지 알고 싶었다고는 죽어도 말할 수는 없었다.

"내가…… 여전히 중요한 사람인지 알고 싶었어. 가족들이 좋은 일 하는데 받아들이지 못하고 틱틱대고 어깃장이나 놓는 쓰레기가 된 것 같아서. 마지막으로 떼를 써 본 거야."

그러자 누나는 잠시 뭐라 말할 수 없을 정도로 슬픈 표정을 지어 보이곤, 나를 덥석 끌어안고 머리를 쓰다듬었다. 옆에 있던 형도 마지못해 하는 감은 있었지만 두 팔을 벌려 우리 둘을 품에 안았다.

누나는 물기에 젖은 목소리로 조용히 말했다.

"중요한 사람이지. 내 동생 영재는 항상 중요한 사람이야. 네가 어떤 사람이라 해도, 네가 어떤 선택을 한대도 넌 항상 중요하고 소중한 사람이고, 우리는 널 사랑할 거야."

"걱정을 끼치지 않으면 더 사랑할 테고."

형이 반 농담조로 덧붙였다.

나는 가족들의 진심 어린 온기 속에서, 자신이 참으로 한심한 의심을 했구나 생각했다.

어떤 불가사의한 변화가 누나를 바꿔놓았다 해도, 누나는 나를 사랑하는 가족이고, 그 점 하나만은 10년 전과 다르지 않은 나의 누나였다.

나는 북받치는 감정을 억누르고 두 사람을 떼어냈다.

"고마워. 앞으로 이런 일 없을 거야. 그러니까 빨리 돌아가서 일 봐. 바쁜 사람들이잖아."

형이 걱정을 다 씻어내지 못한 투로 물었다.

"병원 안 가봐도 되겠냐? 필요하면 내가 잘 아는 정신과 선생님 있으니까……."

"괜찮다니까. 힘든 일 있다 싶으면 바로 얘기할게."

이번에는 누나가 내 팔을 쓸어내리며 물었다.

"정말 괜찮지? 필요하면 오늘 하루라도 같이 있어 줄게. 아니면 기증했던 헤스티아라도 다시 달라고 할까?"

"괜찮다니까. 무슨 장난감 뺏긴 애도 아니고. 그만 가 봐. 나도 일 할 거 있어."

그러자 누나와 형은 겨우 마음이 놓인다는 듯, 서로를 바라보고 고개를 끄덕였다.

"그럼 가기 전에 이것만 작성하자."

형이 가방에서 서류철 하나를 꺼내어 내밀었다.

"자해하지 않겠다는 각서라도 써?"

갑자기 뭔가 싶어 농담하며 열어보았다. 서류의 제목은 이런 것이었다.

사후 장기 기증 및 연구 목적의 시신 기증 서약서

내가 아무 말도 하지 못하고 서류를 보고 있자, 누나는 아주 상냥하게 말했다.

"꼭 필요한 일이잖아. 미리 얘기했어야 하는데……. 우리는 언제 어떤 일로 목숨을 잃을지 알 수 없어. 갑자기 닥쳐오는 죽음은 누구도 피할 수 없고. 하지만 준비되어 있다면 내 생명이 다른 생명을 몇이나 구할 수 있어. 아름다운 세상을 지켜나갈 수 있어. 이건 그 무엇보다 숭고한 일이야. 이해하지?"

나를 지켜보는 두 사람의 눈에는 숭고한 자애의 기운이 찬란하고 아름답게 꿈틀대고 있었다.

14

사후에 장기와 시신을 기증해서 더 많은 사람을 구하기로 약속하자 누나와 형은 나를 더없이 자랑스러운 사람으로 취급해줬고, 나는 기분 좋게 웃으며 두 사람을 배웅했다.

그 뒤에, 나는 곧장 병원으로 찾아가 10년짜리 긴급 콜드슬립을 신청했다. 그때까지 그 누구도 해동할 수 없는 조건으로.

뭔가 다른 것으로 변해버렸어도 여전히 나의 누나가 나를 사랑한다는 것은 확인했다. 그건 이루 말할 수 없이 기쁜 일이다.

그러나 나는 여전히 확신을 가질 수 없었다.

누나로부터 시작된 선의의 전염이 세상을 더 밝고 따뜻하고 아름다운 곳으로 만들기야 할 것이다.

하지만 자살 시늉을 했던 동생을 급히 찾아내서 장기와 시신을 기증하도록 서류를 작성시킬 정도로 지극히 합리적인 선이 가장 이상적인지는 알 수 없었다.

의심이 다시 시작되니 걷잡을 수 없었다.

어쩌면 모든 판단이 잘못된 것은 아닐까?

누나처럼 보이는 그것은 연기를 잘하는 새 종족이고, 사람들이 거부하기 힘들 정도로 위대한 '선'을 미끼 삼아 번식하는 동시에 지구를 자기 종족이 살기 좋은 공간으로 만들고 있는 것은 아닐까?

우리 모두 살기 좋은 낙원이라는 말의 '우리'는 그런 새 종족을 지칭하는 게 아닐까?

진실을 알기 위해선 미래로 도망칠 수밖에 없다.

그리고 만약 어떤 이유로 면역이 있어서 내가 아직까지 제정신을 유지하고 있는 것이라면, 이렇게 냉동해서 남긴 샘플만이 인류의 희망이 될 게 틀림없다.

포근하고 따뜻한 용액 속에서 그런 생각을 하며 천천히 침잠하는 동안, 의식 정지를 유도하는 특수 조명의 빛이 감긴 눈꺼풀의 어둠 너머로 쏟아졌다. 그것은 가느다란 희망의 빛줄기처럼 아름다웠다.

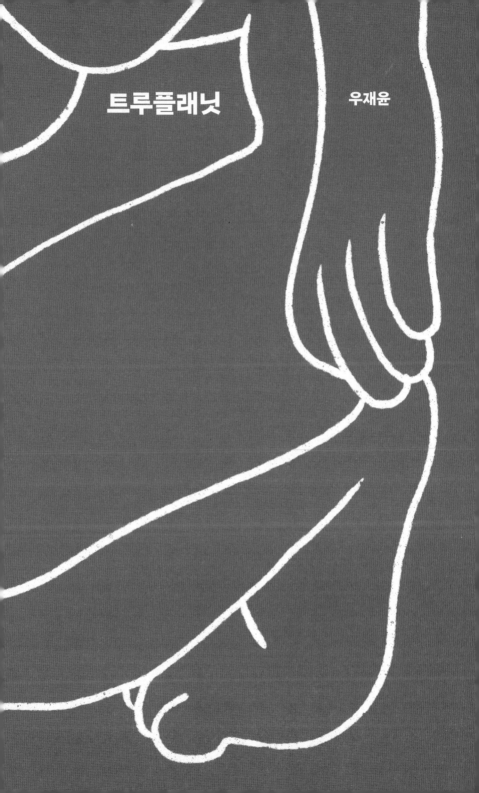

트루플래닛

우재윤

0

트리니티 우주를 어떻게 설명하면 좋을까?

트리니티계는 기존 물질계와 겹쳐 있지만, 보통의 과학적 기구로는 관측할 수 없는 새로운 우주다. 인간이 트리니티 우주와 접속할 수 있는 방법은 인간의 정신 에너지가 특수한 단말기를 거쳐 트리니티계 에너지로 변환되는 것뿐이다. 정확히 말하면 인간의 에너지는 순수한 트리니티 에너지는 아니고, 트리니티 우주와 호환 가능한 에너지에 불과하다. 그래서 트리니티 우주에서 자연적으로 존재하는 기존의 에너지를 트리니티 에너지, 단말기를 통해 인공적으로 변환시킨 인간의 정신 에너지를 준트리니티 에너지라고 부르고, 이 둘을 합해 트리니티계 에너지라 부른다.

트리니티 우주를 발견한 것은 미국계 인도인 아니타 드레드굿 박사였다. 처음에 사람들은 그의 이름을 따 새로운 에너지를 드레드굿 에너지라 부르려 했다. 그러나 드레드굿은 자연에 존재하는 것 모두에 인간의 깃발을 꽂고 싶지 않다고 말했다(그 시절 아이들은 디저트를 거절할 때 이렇게 말했다. "자연에 존재하는 모든 음식에 인간의 깃발을 꽂고 싶지는 않아요."). 그 대신, 이 에너지의 특수한 구조를 암시하는 라틴어 트리니타스에서 따와 트리니티 에너지라 부르겠다고 발표했다.

드레드굿 박사는 옛사람들이 우주에 생명체가 존재할 거라고 가정했던 것처럼, 트리니티 우주에서도 우리가 알지 못하는 지적 생명체와 조우할 가능성이 있다고 말했다. 트리니티 우주에서 살아가는 외계인의 존재를 예상한 것이다. 드레드굿 박사가 예상하지 못했던 것은, 어쩌면 이 새로운 에너지를 드레드굿 에너지라 불러도 좋을 법했다는 점이다.

세기말에 등장한 이 새로운 외계 생명체의 존재를 고려하면 말이다.

1

「트루플래닛」이 출시되기 전까지 고윤아의 인생은 아무 의미도 없었다.

인피니티플레이가 트리니티 현실(TR) 기반 게임인 「트루플래닛」을 세상에 내놓은 순간 모든 것이 바뀌었다. 「트루플래닛」은 TR 기반 게임 중에서도 67퍼센트 수준의 높은 동기화율을 자랑했고, 이는 게임 속 아바타가 손상될 경우 현실의 유저도 상처를 입는다는 사실을 의미했다. 그러나 플레이어들에게 높은 동기화율이란 생생한 감각을 느낄 수 있는 최적의 기회에 지나지 않았다. 윤아를 포함한 숱한 유저들은 트리니티 현실 속에서 현실보다 더 진짜 같은 경험을 느낄 수 있다고 말하곤 했다.

「트루플래닛」이 출시된 지 6개월이 지났고, 윤아가 하루 중 트리니티 현실에 머무르는 시간은 현실에 머무는 시간을 앞질렀다. 윤아는 여전히 「트루플래닛」을 사랑했지만, 근래 들어 머리가 자주 아프고 무기력했으며 자기 전 하루도 빠짐없이 죽고 싶다는 생각을 했다. 그렇다고 게임 시간이 줄어든 건 아니었다. 게임 출시 이전의 윤아는 단순히 현실에서 존재감이 없는 사람에 불과했지만, 게임만 하는 지금은 더욱 처절하게 아무것도 아니었기 때문이다. 윤아의 존재감은 오직 게임 속에서만 반짝이며 빛이 났다.

윤아는 눈을 감고서 단말기가 자신을 게임 행성으로 데려다주길 기다렸다.

다 윤아가 자초한 일이었다. 누굴 탓하겠는가? 하루에 14시간씩 게임을 하며 인생을 쓰레기통에 처박은 것은 다름 아닌 윤아 자신이었다. 가끔은 감상적인 생각이 들기도 했다. 누군가 내 곁에 있어 주었다면 인생이 조금은 달라지지 않았을까?

"야, 고윤아. 뭐 하냐?"

그게 김종현은 아니었지만.

워프기 아래로 아바타가 빠져나오기 무섭게 종현이 메시지를 보냈다. 윤아의 아바타는 유저들로 바글바글한 광장 한복판을 가로질렀다.

"게임하잖아."

"학교 안 다니니까 좋냐?"

"어."

"진짜?"

종현은 미심쩍은 말투였다. 윤아는 앞에서 미적거리는 자객 복장의 아바타를 밀쳤다.

"학교 빼고 다 재밌지. 당연한 걸 물어?"

머쓱하게 뒷덜미를 긁는 종현의 모습을 상상하고 있는데, 자객 아바타가 윤아를 노려보았다. 정확히 말하면 아무 표정도 없었으니 노려본 것은 아니었고, 그저 뒤돌아보았을 뿐이었다. 윤아가 말했다.

"죄송합니다."

자객은 윤아를 빤히 쳐다보았다. 왼쪽 눈을 길게 가로지르는 흉터가 있고, 검정 포니테일 머리를 한 여성 아바타였다. 얼굴에는 사소한 근육의 움직임이나 눈 깜박임조차 없었다. 표정 반영도를 0으로 설정한 모양이었다. 어떤 게임이든 시크해 보이려고 아바타의 표정을 연출하는 유저는 있기 마련이었다. 요새 그런 시크한 유저들이 유독 늘어난 것 같긴 했지만. 윤아는 대충 고개를 숙인 뒤 걸음을 재촉했다.

군중 속에서 자객의 손이 불쑥 튀어나와 윤아의 손목을 붙잡았다.

"거, 거,"

괴상한 목소리였다.

"거, 거걱. 걱."

손목을 붙잡힌 윤아의 표정이 잔뜩 일그러졌다.

"뭐야?"

"거, 거걱, 거거걱, 걱."

여자는 윤아의 눈동자를 삼킬 듯 바라보았다. 윤아는 몸서리를 쳤다. 여자가 단순히 윤아의 아바타를 보는 게 아니라, 아바타 너머에 있는 윤아의 실제 얼굴을 꿰뚫어 보는 듯한 기분이 들었던 것이다.

여자가 동굴 같은 입을 쩍 벌렸다.

"거거거거거거거거거걱."

윤아는 "방어막 생성"이라는 명령어를 외쳤다.

그 순간 여자를 포함해 윤아 주변에 있던 사람들이 방어막에 맞고 튕겨 나갔다. 하필 마지막으로 방어막을 설정했을 때의 값이 최대치였던 것이다. 방어막에 부딪힌 사람들은 윤아를 향해 투덜거림과 원망의 말을 쏟아냈다. 많은 사람들이 몰리는 광장에서 방어막을, 그것도 최대로 생성하는 건 예의가 아니었다. 좁고 붐비는 골목길에 SUV 차량을 끌고 오는 거나 다름없었다.

"무슨 일이야?"

친구 채팅으로 종현의 목소리가 들렸다.

자객이 입을 다물고 고개를 숙였다. 윤아는 얼떨떨했다. 직전의 괴상한 소동이 무엇이든, 이제는 끝난 듯했다.

자객은 건전지가 나간 로봇처럼 고개를 푹 꺾고 있었다.

"무슨 일인데?"

"아무것도 아니야."

윤아는 뒷걸음질 쳤다. 그러자 아래를 향하고 있던 여자의 시선이 비스듬히 윤아의 발을 따라왔다.

윤아는 아바타의 발치에 무엇이 있는지 알았다. 「트루플래닛」 유저라면 모를 수가 없었다. 신발 언저리에는 윤아의 닉네임과 길드명이 하얗게 빛나고 있었다.

입으로 무언가를 중얼거리던 여자가 이쪽을 바라보았다. 여자의 얼굴은 플라스틱 가면처럼 생기가 없었다. 두 개의 검은 눈동자가 표적을 겨눈 총구처럼 윤아를 응시했다. 팔에 뱀이 스치는 듯한 소름이 돋았다.

사람들 사이에 틈이 생겼다. 윤아는 재빨리 방어막을 해제한 다음 군중 속으로 섞여들었다.

"나 자살할 거야."

윤아가 자취방 바닥에 놓인 감자칩 봉지를 내려다보며 말했다. 종현은 한숨을 쉬었다. 윤아가 이런 말을 하는 건 처음이 아니었다. 그래서 종현은 윤아를 말리거나 나무라는 말이 소용없다는 걸 알고 있었다.

"어떻게 자살할 거냐고 물어봐."

윤아가 말했다. 종현은 잠시 침묵하더니 물었다.

"어떻게 자살할 건데?"

"투신은 안 할 거야. 무서우니까."

윤아가 감자칩을 와작거렸다. 종현이 중얼거렸다.

"난 불에 타 죽는 게 무섭던데."

"차라리 불에 타 죽을래. 떨어지기보다는."

"타 죽는 게 훨씬 고통스러울 텐데?"

종현이 말했다.

윤아가 그 말을 고려하는 듯 생각에 잠겼다. 종현은 윤아가 불길에 휩싸인 자신을 상상하고 있다고 생각했다.

윤아가 고개를 저었다.

"떨어지는 게 더 싫어."

2

망할. 로그아웃할까.

막 광장 가장자리로 빠져나왔을 때였다. 윤아는 자객 복장의 여자를 따돌린 줄 알고 뒤를 돌아보았다. 자객은 아무렇지 않게 군중을 비집고 나왔다. 시선은 윤아에게 고정돼 있었다.

윤아는 다급히 방어막을 켜고 골목길에 몸을 넣었다. 방어막이 있으면 PK 당할 일은 없었지만 불안은 가시지 않았다. 이토록 집요하게 자신을 따라올 이유가 무엇이란 말인가? 팔을 밀어서? 길거리에서 시비가 붙어 폭행까지 이어진 뉴스가 드물지는 않았다. 어떤 사람들은 그저 쳐다봤다는 이유로 상대에게 주먹을 날릴 수 있었다. 저 여자—아바타만 여자고 실제로 남자인지도 모른다—도 그런 타입의 사람일까?

로그아웃하면 당장 자객을 피할 수 있겠지만, 이쪽이 겁을 집어먹었다고 광고하기는 싫었다.

그때 윤아의 뇌리에 출입제한구역이 떠올랐다. 포목점 옆 골목길. 그곳은 공사 중인 건물과 맞닿아 있어 유저의 접근이 제한되어 있었다. 그러나 접근이 아주 불가능한 것은 아니었다. 제한구역은 에너지막으로 가로막혀 있는데, 게임 내에 있는 에너지막의 허점을 찾는 일은 윤아만의 장기였기 때문이다.

골목을 빠르게 달려온 윤아는 방어막을 해제한 다음, 접근제한 구역을 가로막고 있는 에너지막에 손바닥을 댔다. 마임 하듯 보호막을 짚어 내려가니 과연 다른 곳보다 헐거운 지점이 느껴졌다. 윤아는 도넛을 반죽하듯 취약점을 주물렀다. 이내 반죽은 갓난아기를 집어넣을 수 있을 만큼 늘어났고, 윤아는 느슨해진 부분에다 두 주먹을 집어넣었다.

불길한 발소리가 귀를 때렸다. 윤아는 화들짝 놀라 뒤를 돌아보았다.

모퉁이를 돌아온 여자가 윤아를 발견하고 눈을 번뜩였다.

윤아가 말했다.

"방어막 생성."

아바타 주위에서 생성된 방어막이 힘차게 에너지막을 밀어내자, 에너지막은 찢어지기 직전의 풍선껌처럼 늘어났다. 윤아는 주먹을 앞으로 내지르며 발을 힘껏 굴렀다. 늘어날 대로 늘어난 에너지막은 맥없이 찢어지며 윤아의 아바타를 앞으로 쏟아냈다.

이제 윤아는 제한구역 안쪽에 들어와 있었다.

자객이 달려와 갈라진 에너지막 틈새로 몸을 던졌다. 그러나 윤아의 방어막에서 흘러나온 준트리니티 에너지를 일부 흡수하며 다시 팽팽해진 에너지막은 자객의 몸을 강하게 퉁겨냈다. 자객은 스프링처럼 튀어 올라 바닥에 내팽개쳐졌다.

바닥을 짚고 일어난 윤아가 의기양양하게 추격자를 바라보았다.
어디 보자. 닉네임 블랙핏에, 길드명은 헤이달로스.

블랙핏이라는 이름의 아바타는 아무렇지 않게 몸을 일으켰다.
볼썽사납게 넘어진 것치고 지나치게 무덤덤했다. 얼굴이야 표정
반영도가 0이니 그렇다손 치더라도 동작이나 낌새에 당황스러움
이 전혀 배어 나오지 않았다.

블랙핏이 뱀의 아가리 같은 입을 벌렸다.

"그, 그극, 어, 걱, 거."

목구멍에 가래가 끓는 듯한 목소리였다. 팔에 오스스 소름이 돋
았다.

투명한 에너지막 너머에서 타는 듯한 눈빛으로 이쪽을 노려보는
여자를 뒤로 하고 윤아는 걸음을 옮겼다. 귓가에 가래 끓는 소리가
메아리처럼 울렸다. 모퉁이를 돌기 전 윤아는 마지막으로 뒤를 돌
아보았다. 심장이 철렁 내려앉았다.

여자가 어느새 사라지고 없었다.

길은 구부러지며 포목점 옆문으로 이어졌다. 가슴이 조여오고
발걸음이 빨라졌다. 여자가 미리 와서 자신을 기다리고 있는 건 아
닐까? 윤아는 포목점 옆문으로 통하는 골목을 흘깃 보고는 그대로
지나쳤다. 조금 더 가서 대장간을 통해 빠져나갈 생각이었다.

둔중한 추락 음이 들린 건 그때였다.

모퉁이 너머에서 무거운 포대 같은 게 떨어진 듯했다. 사람은 아
니었다. 비명이 들리지 않았으니까.

윤아의 예상은 빗나갔다.

공사 중인 가건물이 드러난 황량한 골목 끝에 엎어진 시신이 있었다. 무릎이 불가능한 각도로 꺾여 있는 남자였다. 뒤틀린 몸뚱이에는 어떠한 생명의 징후도 느껴지지 않았다.

틀림없이 죽은 거라고 생각한 순간 남자의 머리가 손가락 두 마디만큼 기울어졌다. 누군가 발로 슬쩍 밀기라도 한 것 같았다.

물론 외부에서 가해진 힘은 없었다. 그렇다고 남자가 스스로 움직인 것도 아니었다.

얼굴의 부피가 커지면서 무게중심이 이동한 것이었다.

처음에 윤아는 남자가 인상을 찌푸렸다고 생각했다. 눈썹이 앞으로 튀어나오며 상대적으로 눈 밑이 파묻혔기 때문이다. 이내 윤아는 남자의 이마가 비정상적으로 부풀어 오르고 있다는 사실을 알아차렸다. 불룩한 이마가 이스트를 잔뜩 넣은 빵처럼 쉬지 않고 팽창하고 있었다. 피부가 한계점까지 팽팽해졌을 때 윤아는 더 보지 못하고 고개를 돌렸다. 과육이 퍽 하고 터지는 소리가 들렸다.

윤아는 손가락 사이로 앞을 내다보았다.

남자가 일어서 있었다.

남자의 한쪽 무릎이 높이 올라갔다. 보이지 않는 실이 무릎 관절을 들어 올린 것 같았다.

윤아는 긴장했지만 그럴 필요는 없었다. 남자가 한 걸음을 내딛더니 앞으로 고꾸라졌기 때문이다. 넘어지는 모양새조차 기이했다. 돌연 온몸의 뼈가 증발한 것처럼 흐물흐물해져서는 힘없이 내려앉았던 것이다.

고무 팔다리가 돌바닥에 철썩 소리를 내며 붙었다. 윤아는 떨리는 심장을 부여잡고 발치에 있는 남자의 닉네임과 길드명에 주의를 돌렸다.

승민888. 헤이달로스.

블랙핏과 같은 길드였다.

'승민'은 블랙핏이 보낸 자가 분명했다. 블랙핏 자신이 제한구역에 진입하는 데 실패한 까닭에, 높은 곳에서 망을 보고 있던 다른 길드원을 보낸 것이다.

"라이프로그 녹화."

시스템 메시지가 눈앞의 영상을 녹화하기 시작했다고 알렸다. 윤아는 화면이 남자의 닉네임과 길드명을 확실하게 담을 수 있도록 남자에게 가까이 다가섰다. 그 순간 남자의 눈동자가 윤아를 향해 굴렀다.

물렁거리는 차가운 손이 발목을 붙잡았다. 윤아는 비명을 지르며 미친 듯이 발을 털었다.

헉헉거리며 뒤로 물러서니, 이쪽을 빤히 바라보고 있는 무심한 눈동자가 있었다. 남자의 얼굴은 얼굴 가죽을 한번 벗겼다가 다시 입힌 것처럼 탄력이 없었다.

남자의 입술이 들썩였다.

"왜, 움직이지?"

윤아의 입이 쩍 벌어졌다. 남자가 윤아의 생각을 읽고 있었다!

"왜, 왜……" 남자가 터진 입술을 우물거렸다. "왜, 안, 움직, 이, 지?"

윤아는 한숨을 쉬었다. 생각을 읽기는 개뿔.

남자가 죽은 몸뚱어리를 꿈틀거렸다. 불가능했다. 아바타가 저런 몰골을 하고 있는데 아바타의 소유자인 본체가 살아있다는 건. 하물며 본체와 아바타 간의 동기화율이 30퍼센트 이하인 환경이었더라도 죽었을 것인데, 「트루플래닛」의 동기화율은 무려 67퍼센트였다. 남자의 존재는 현실과 트리니티 현실 사이에 통용되는 법칙을 무시하고 있었다.

남자는 오른쪽 팔꿈치(로 추정되는 부위)와 골반을 바닥에 철썩철썩 부딪히며 반 바퀴를 돌고 나서야 멈추었다. 윤아에게는 영겁처럼 느껴지는 시간이었다. 남자의 눈동자가 내내 윤아에게 고정되어 있었기 때문이다.

"왜, 왜?"

남자가 자신의 몸을 내려다보았다. 그제야 깨달은 듯했다. "아."

윤아는 남자가 멍하니 있는 틈을 타 고화질 캡처 사진을 두어 장 찍었다. 셔터음을 무음으로 설정했는데도, 남자는 윤아가 사진을 찍고 있다는 사실을 아는 것처럼 윤아를 쳐다보았다.

"보여?"

남자가 물었다.

윤아는 자기도 모르게 뒷걸음질 쳤다. 남자는 윤아를 물끄러미 바라보았다. 왜 대답을 하지 않느냐는 듯한 표정이었다. 윤아는 입술을 달막였지만, 소용없는 일이 되었다. 남자의 의식이 꺼졌기 때문이다. 텅 빈 두 개의 눈동자가 윤아 너머의 허공을 바라보았다.

뒤늦은 구토감이 느껴졌다.

사람이 많은 큰길로 나가야겠다고 생각하는 참에 또 다른 목소리가 들려왔다. 윤아는 뒤를 돌아보았다.

남자의 입에서 여자의 음성이 흘러나왔다.

"응, 보여."

3

— 주작이네

윤아는 「트루플래닛」 온라인 커뮤니티에 달린 댓글을 보고 분노가 치밀었다. 주작 아니라고 반박하는 답글을 달려다가 그만두었다. 화면 캡처가 아니라 동영상 원본을 올리면 믿겠지. 아카이브를 불러와 오늘 자 라이프로그 영상을 재생하려는데, 손이 덜덜 떨려왔다.

차라리 주작이었으면 좋겠다.

영상을 확인하게 되면, 그것이 꿈이나 환각이 아니라 실제로 있었던 일이라는 사실을 인정해야 할 것이다.

윤아는 아카이브를 닫고 한숨을 쉬었다. 인피니티플레이 측에도 캡처를 보냈으니, 이치에 닿는 설명을 들을 수 있을 것이다. 제작사로부터 답변을 듣는 게 가장 신속하고 효과적인 방법이다.

그러나 한편으로는 이치에 닿는 답을 얻을 거라고 기대하지 않았다. 이치에 맞는 답을 원하지도 않았다. 윤아가 원하는 것은 단순 오류라고, 디버깅 하면 해결된다고 말하는 천편일률적인 답변이었다.

윤아는 중얼거리며 자신을 안심시켰다.

"당연히 버그지. 출입제한구역이잖아. 아직 완성되지 않은 게임 속 공간이라고. 아바타가 그 꼴을 하고도 살아 있을 리가 없잖아……."

그때 댓글 알림이 연속으로 울렸다.

—살아 있는 거 같은데?

—진짜면 소름

윤아는 욕설을 내뱉고 커뮤니티 창을 닫으려고 커서를 움직였다. 닫기 버튼을 누르려는 순간 자객의 얼굴이 떠올랐다.

검색 필터를 게시글 제목에서 작성자 이름으로 바꾼 윤아는 '블랙핏'을 입력하고 엔터 키를 눌렀다. 블랙핏에 대한 검색 결과가 없습니다. 단어를 다시 한번 확인해주세요.

필터를 바꾸어 검색해봐도 결과는 같았다. 발톱이 검다느니 검정 티셔츠 핏이 어떠냐느니 묻는, 관련 없는 글만 와르르 쏟아졌다.

이번에는 작성자 이름에 '승민888'을 넣어 검색했다. 엔터.

있었다. 그것도 아주 많이.

윤아는 글 목록을 대강 훑어본 뒤, 가장 최근에 올라온 글을 선택했다.

제목: 이거 뭐냐?

—처음 보는 몹이라 설렜는데 공격이 안 됨

본문에는 남자가 1인칭 시점으로 찍은 화면 캡처들이 줄줄이 첨부돼 있었다. 첫 번째 사진에서는 세발낙지를 닮은 두족류 몬스터 한 마리가 중심 피사체로 찍혀 있었고, 배경으로 두족류 예닐곱 마리가 늪 여기저기에 두더지 게임처럼 파묻혀 있었다. 신규 업데이트 때 개방된 고렙 전용 사냥터인 '마법사의 늪'이었다. 유저들은 그냥 늪이라고 불렀지만.

스크롤 바를 내리자 남자의 장갑 낀 손이 낙지 한 마리를 붙잡았다. 남자는 낙지를 쥐어짰고, 권투장갑처럼 부풀어 오른 낙지 머리는 압력을 이기지 못하고 터졌다. 배경으로 보이는 나머지 두족류들은 점점 멀어지고 있었다. 도망치고 있는 것이었다.

— 아이템도 안 주고 경험치도 안 주네

남자는 몬스터가 늘어진 걸레짝이 될 때까지 신발 밑창으로 짓밟았다. 곤죽이 된 푸른 낙지가 진창 깊숙이 파묻혔다.

— 뭐 이딴 게임이 다 있냐

글 말미에는 추천 여섯 개와 비추천 두 개가 박혀 있었다. 남자의 다른 글을 살펴보니, 사냥 중 랜덤으로 얻은 희귀 아이템을 자랑하는 목적의 게시물이 대부분이었다. 이 게시물들은 비추천으로 가득했다. 스물여섯 개의 모든 게시글을 살핀 윤아는 의자에 늘어졌다. 그 상태로 가만히 천장을 바라보았다.

헤이달로스.

윤아는 벌떡 일어나 타다닥 키보드를 쳤다. 검색 결과는 0이었다.

노트북을 닫은 윤아는 종현에게 전화를 걸었다. 마침 종현이 전화를 받았다. 종현은 '여보세요'를 건너뛰고 다짜고짜 물었다.

"웬일이냐? 네가 게임을 안 하고?"

"물어볼 거 있어."

윤아는 본론으로 들어가, 종현에게 어제 겪은 일을 이야기했다. 잠자코 듣던 종현은 미심쩍은 말투로 물었다.

"너 혹시—"

"아 주작 아니라고!"

윤아는 의자에서 발버둥을 쳤다. 종현이 다급하게 말했다.

"그게 아니라, 너 광장에서 이상한 거 못 느꼈냐?"

"어?"

"요새 이상한 새끼들 유입된 거 같아."

"뭐가 이상한데?"

종현은 잠깐만, 전화 온다, 하고 말했다. 윤아는 침대에 누워 이따금 휴대폰을 확인했지만, 종현은 다시 전화를 걸지 않았다.

단말기를 켜고 조용히 집중하자 귓가에 시스템 메시지가 흘러들었다.

최종 로그아웃 지점으로 로그인하시겠습니까?

윤아가 마지막으로 로그아웃했던 장소는 공사장 인근 접근제한 구역이었다. 윤아가 고무 인간을 목격한 장소.

"아니오."

광장으로 접속합니다.

윤아는 아바타가 광장의 워프기 아래로 나오는 타이밍에 맞춰 뒤로 몸을 기울였다. 그러자 방금 워프기로 신규 접속한 아바타들이 윤아를 가려주었다. 그 사이 윤아는 무사히 뒤쪽으로 빠져나와 광장 가장자리에 안착했다.

구석의 사과 궤짝 뒤에 숨은 윤아는 광장에 있는 아바타의 면면을 샅샅이 훑었다. 블랙핏은 보이지 않았다. 윤아가 블랙핏을 고객 센터에 신고한 다음인지라 제작사 측이 놈에게 접속 제한을 먹였을 수도 있었다. 어디까지나 윤아의 바람이었다. 그러나 인피니티 플레이의 악명 높은 고객 서비스와 문제 상황에서의 한결같은 늑장 대응을 감안하면 그럴 가능성은 낮았다. 골목에서 맞닥뜨린 '살아있는 시체' 건으로 보낸 문의에도 답변 메일은 오지 않았다.

광장은 여느 때처럼 평화로웠다. 인간들로 바글바글했고, 네임드 유저는 네임드답게 추종자를 양떼처럼 몰고 다녔다.

종현은 왜 광장에 이상한 놈들이 있다고 한 걸까?

종현 또한 헤이달로스 길드원과 마주쳤는지도 모른다. 만일 종현이 놈들의 사진이나 영상을 확보했다면 윤아의 목격담에 힘을 실어줄 수 있을 것이다. 그렇게 되면 커뮤니티의 극성 회의론자들도 조작이니 합성이니 운운하지 못하리라.

눈에 불을 켜고 '이상한 놈'을 찾았지만 유별나 보이는 아바타는 없었다. 윤아는 검지로 궤짝 옆구리를 톡톡 두드렸다. 손가락을 코에 가져다 대니 사과 향이 났다. 흠.

한 가지 마음에 걸리는 부분이 있긴 했다.

저기 보이는 분홍색 양갈래머리, 기껏해야 일곱 살쯤 되어 보이는 여자애 아바타는 '아기천사희윤'으로, 게임 출시일부터 헤비한 현질로 랭커 자리를 꾸준히 차지하고 있는 네임드 유저였다. 어린애 특유의 혀짤배기소리와 어른을 홀리는 필살 애교는 수많은 숭배자를 양성해냈고, '아기천사' 길드에 가입한 팬들은 희윤처럼 숫자 3을 가로로 눕힌 입술 모양으로 아바타를 성형했다. 그런 입 모양 때문에 희윤은 웃고 있지 않아도 웃는 상으로 보였다. 항간에는 희윤의 본체가 30대 중반의 남성이고 희윤은 딸 이름이라는 소문도 있었다.

그런 아기천사희윤이 웃고 있지 않았다.

성형 쿠폰으로 입술 형태를 바꾼 건 아니었다. 겉으로 보이는 얼굴은 똑같았다. 누운 3자 모양의 입술도. 그러나 이상하게도 웃는 낯으로 보이지 않았고, 입꼬리를 풀로 붙인 듯 경직된 느낌이었다.

윤아는 희윤과 추종자들을 관찰하고는 이유를 깨달았다. 기본적인 얼굴은 웃는 표정이었지만, 표정에 변화가 없었던 것이다. 희윤은 표정 반영도를 언제나 100퍼센트로 설정했다. 희윤의 다채롭고 풍부한 표정은 신도들을 조련하는 제1의 무기였고, 희윤 자신도 그것을 잘 알고 있었다. 그러나 지금 희윤은 표정 반영도를 나타내는 바를 맨 왼쪽으로 밀어버린 것처럼 생기가 없었다.

가면 같은 얼굴을 좌우로 돌리며 주위를 살피는 희윤을 보고 있자니, 저것은 희윤의 겉껍데기만 차지하고 있을 뿐 알맹이는 다른 존재라는 직감이 윤아를 때렸다. 누군가 계정을 해킹한 걸까?

그때 희윤의 추종자들이 윤아 쪽으로 고개를 돌렸다. 윤아는 사과 궤짝 뒤에서 몸을 움츠렸다. 방금 목격한 얼굴들의 잔상이 눈앞에 도장처럼 찍혔다. 쟁반으로 머리를 맞은 듯한 깨달음이 찾아왔다.

신도들은 물고기처럼 표정이 없었다.

헤이달로스. 그들이었다.

윤아는 다시 고개를 내밀어 아기천사희윤과 신자들의 길드명을 살폈다. 헤이달로스가 아니었다. 하지만 아기천사도 아니었다.

그들은 길드가 없었다.

광장을 빠져나온 윤아는 길드 검색창을 열어 헤이달로스를 입력했다.

길드원은 27명. 길드 연혁을 보니 보름 전 창설한 길드였다. 보통 신생 길드는 몇 주가 지나도 길드원이 두 자리를 넘지 못하는데, 2주 만에 스무 명을 돌파했다는 점이 주목할 만했다. 길드원들의 다양한 레벨로 보건대 게임을 시작한 시기는 천차만별이었다. 길드원의 닉네임은 비공개로 설정되어 있어 확인할 수 없었다.

아기천사희윤과 신도들은 헤이달로스에 가입되어 있지 않지만, 이미 그쪽으로 영입된 거나 마찬가지였다. 그들이 길드가 없는 이유는 재가입 제약 때문이었다. 기존 길드에서 탈퇴한 후 24시간을 기다려야 다른 길드에 가입할 수 있다는 제약.

재가입 기간을 기다리는 유저를 고려하면, 헤이달로스에 편입된 유저는 단순히 헤이달로스 길드에 소속된 27명이 아니라 그 이상이라고 보아야 했다. 아마도 백 단위에 다다랐을 거라고 윤아는 생각했다. 희윤이 이끄는 '아기천사' 길드원 수는 정원을 꽉 채운 50명이었고, 아기천사에서 파생된 길드도 여럿이었기 때문이다.

2주 만에 백 명 이상의 유저를 헤이달로스화할 수 있다면, 「트루 플래닛」 속 유저들을 전부 자기들에게 편입시키는 데는 얼마나 걸릴까?

윤아는 승민888이 '마법사의 늪'에서 두족류 몬스터를 죽인 것이 현 상황과 관련이 있다고 생각했다. 그것이 윤아가 지금 늪지대로 향하는 이유였다.

늪지대로 가기 전 온라인 커뮤니티에 들어가 확인해 보니, '승민'이 마법사의 늪에서 두족류를 죽였다는 게시물을 올린 날짜는 9월 18일. 2주 전이었다. 그로부터 이틀 후 헤이달로스 길드가 창설되었다. 윤아의 짐작이 맞았다. 승민이 두족류 몬스터를 죽인 날짜와 헤이달로스 길드 창설일이 시기적으로 매우 인접해 있었던 것이다.

그 후 승민은 변했다.

정확히 어떻게 된 건지는 알 수 없었지만 무언가 다른 존재로 변했고, 그 증상은 빠르게 확산되었다. 마치 전염병처럼. 승민이 맨손으로 두족류 생물체를 때려잡았으니, 체액이 손에 닿으면서 바이러스 따위에 감염된 건지도 모른다.

약속과 평화의 계곡을 지나자 발밑의 땅이 물러졌다. 마법사의 늪이었다.

시야각으로 담을 수 없는 늪지대 풍경이 지평선 끝까지 펼쳐져 있었다. 그러나 유저가 활동할 수 있는 공간은 한정되어 있었다. 늪지대 중간에 거대하고 투명한 커튼이 내려져 있었기 때문이다. 개발지와 미개발지 사이를 가로막는 경계인 에너지막이었다. 말이 에너지막이지, 에너지벽이나 마찬가지였다. 유저에게는 에너지벽 이전까지가 최대의 개척지이기에, 저 너머 미지의 땅에 무엇이 있는지는 신과 인피니티플레이만이 알 일이었다.

바로 여기서 두족류 생물체가 목격되었다.

윤아는 시선을 이리저리 뻗어 늪지대를 둘러보고는 고개를 갸웃거렸다. 유저가 없는 건 이해할 수 있었다. 마법사의 늪은 고렙 전용 사냥터이고, 출시일부터 꾸준히 게임을 플레이했더라도 상당한 현질이 뒷받침되지 않는 이상 일반적인 유저에게는 벅찬 곳이었기 때문이다. 행성 단위의 필드를 보유한 게임에서는 유저가 갈 수 있는 다른 사냥터가 얼마든지 있었다.

유저는 그렇다 쳐도, 몬스터까지 없는 건 이상했다. 아무리 베타 테스트 버전이기로서니 이 넓은 늪지대에 움직이는 물체 하나 없다니.

윤아의 눈이 가늘어졌다. 움직이는 물체가 없다는 건 절반만 진실이었다. 움직임이 있었다. 다만 땅 위로 무언가 돌아다니는 게 아니라, 땅 자체가 움직이고 있었다. 저 멀리서.

윤아는 낯선 감각에 발밑을 내려다보았다. 물러터진 땅으로 발가락이 서서히 스며들었다. 발을 삼키고 있는 진창은 보기만 해도 기분 나쁜 하수구 색깔이었지만, 두 눈이 무거운 추로 변하기라도 한 것처럼 땅에서 눈을 뗄 수 없었다. 진창이 아니라 진창 안에 있는 무언가가 자신을 끌어당기는 듯했다. 안에 무언가가 있고 무언가가 있다는 걸 분명히 아는데도 조금이라도 움직이면 안에 있는 것이 튀어나올까 봐 꼼짝도 못 하는 기분이었다.

오른발 옆으로 퐁, 하고 공기 거품이 올라왔다.

그 순간 뺨에 물벼락이 내려치는 듯한 굉음이 울렸다. 윤아는 고개를 들었다. 50미터 앞의 젖은 땅이 찢어지더니 늪 한가운데가 유령처럼 불쑥 솟아올랐다. 거대한 토사는 무너질 듯 한쪽으로 기울어졌다가 엄청난 속도로 윤아에게 돌진해왔다.

윤아가 진창에서 발을 빼내 옆으로 몸을 던진 순간, 살아있는 늪 덩어리가 방금 윤아가 있던 자리를 삼켰다. 덩어리 안에서 딱딱거리는 신경질적인 소리가 들려왔다. 윤아의 호흡이 얕고 빨라졌다. 도마뱀의 커다란 이빨이 양옆으로 진흙을 뚝뚝 흘리며 먹이를 찾았다. 윤아는 황급히 방어막을 장착하고 무기를 꺼냈다.

몇 분간 최선을 다해 사투했으나 소과금 유저인 윤아가 상대하기에는 역부족이었다. 도마뱀이 휘두르는 꼬리를 피하는 것만으로 감지덕지였다. 이러다 놈이 늪 속으로 아바타를 끌고 들어가기라도 하면, 윤아는 입안에 진흙을 가득 머금은 채 로그아웃을 외칠 기회도 없이 질식사하고 말 것이다.

늪지대 조사는 여기까지였다. 로그아웃하기로 마음먹은 순간 경계 너머에서 우르릉, 하는 소리가 울렸다. 아주 멀리 떨어진 곳에서 천둥이 치는 듯한 소리였다. 소리를 들은 도마뱀은 귀를 쫑긋하듯 목을 빳빳이 세우더니 땅에 머리를 박았다. 늪 속으로 들어간 짐승은 다시 올라오지 않았다.

늪에 고요가 찾아왔다.

진이 빠진 윤아는 스태미나를 소모시키는 방어막을 해제했다.

미개발구역에 가까워져서 그런지 평소보다 에너지를 빨리 빼앗기는 기분이었다.

발밑에서 뻐끔거리는 거품을 보지 못한 것은 체력이 소진되었기 때문이었다.

빨판이 붙은 연체동물의 다리가 늪 속에서 튀어나와 윤아의 발목을 감쌌다. 동시에 엄청난 힘이 윤아의 발목을 잡고 아래로 끌어당겼다. 윤아는 비명을 지를 새도 없이 진창 속으로 빨려 들어갔다.

질퍽거리는 액체가 가능한 모든 방향에서 육체를 내리눌렀다. 당황한 윤아는 자기도 모르게 숨을 들이켰고, 냄새 나는 고무가 기도를 꽉 틀어막은 듯한 더러운 감각이 찾아왔다. 폐가 공기를 달라고 비명을 질렀다. 그러나 단 한 톨의 숨조차 쉴 수 없었다. 끈적이는 죽음의 액체는 피부에 나 있는 모든 구멍에 들어박혔다. 가동되기 위해 필요한 산소를 획득하지 못한 뇌는 깜빡이며 꺼져 갔고, 정신은 칠흑 같은 무저갱 속으로 추락했다.

가지 마.

윤아는 자기 비명을 들으며 깨어났다. 어둠 속이었다.

자신의 몸이 걸쭉한 어둠을 뚫고 어딘가로 이동하고 있었다.

처음에 윤아는 명암만을 분간할 수 있었다. 발아래 푸른빛이 어른거렸다. 흐린 시야가 걷히자, 투명한 바다 생물이 길고 풍성한 다리를 모았다 펼치며 어둠길을 뚫고 가는 모습이 보였다. 다발에서 빠져나온 다리 하나가 형광빛 탯줄처럼 윤아의 허리를 휘감고 있었다. 어둠을 파고들던 푸른 생명체가 뒤를 돌아보았다. 비명을 들은 것이다.

윤아는 깨달았다. 자신이 늪 속에서 생각을 할 수 있고, 숨을 쉴 수 있으며, 심지어 비명을 지를 수도 있다는 사실을.

"로그아웃."

윤아가 말했다.

푸른 문어의 눈이 커졌다. 수많은 다리들이 족쇄처럼 윤아에게 뻗어왔다.

"가지 마."

울부짖고 있었다.

"여기 있어. 가지 마."

윤아는 아래를 내려다보았다. 엄마가 신발장 앞에 무릎을 꿇고 있었다. 손마디가 하얘질 정도로 윤아의 가방끈을 꼭 쥐고 있었다. 이해할 수 없었다. 가지 말라는 건 보통 아이가 엄마에게 하는 말 아닌가?

절박하게 일그러진 엄마의 얼굴은 징그러웠다.

"윤아야, 제발."

윤아는 엄마의 손에 손톱을 박아넣었다. 엄마가 아야, 하며 비명을 질렀다. 그 틈을 타 윤아는 잠금장치를 해제하고 현관문을 빠져나온 다음 계단을 내려가 유리문을 박차고 나왔다. 그 길로 뒤도 돌아보지 않고 학교로 달음박질쳤다. 끔찍하고 불쌍한 엄마. 엄마에게는 두 가지 얼굴밖에 없었다.

밀랍인형 같은 멍한 얼굴과, 뜨거운 눈물을 뚝뚝 흘리며 녹아내리는 얼굴.

엄마는 대부분의 시간 동안 스스로의 껍데기 안에 침잠해 있다가 오늘 아침처럼 느닷없이 절망을 터트리곤 했다. 윤아는 어느 쪽이 더 나은지 알 수 없었다. 절망을 사방으로 뿌리며 윤아를 붙잡고 동동거리는 엄마, 아니면 멍하니 거실에 앉아 있다가 어떤 예고도 없이 부엌으로 건너가 달군 송곳으로 팔뚝을 찌르는 엄마.

윤아는 손톱을 까득까득 씹었다. 엄마는 울면서 매달릴 대상이 필요할 때만 윤아를 바라보았다. 그 외에는 텅 빈 방구석을 바라보며 절대 윤아에게 시선을 주지 않았다. 그런 게 엄마라면 차라리—

쨍그랑.

교실에 있던 아이들의 눈이 한곳으로 쏠렸다. 교실 뒤편에서 장난을 치던 남자애가 사물함 위에 있던 미색 도자기 인형을 떨어뜨린 것이다. 날카로운 파편이 사방으로 흩어졌다. 3교시 쉬는 시간이었다.

누군가 팔을 잡는 느낌에 윤아는 소스라쳐 뒤를 돌아보았다.

담임선생님이 기묘한 얼굴로 윤아를 보고 있었다. 하마터면 윤아는 울음을 터뜨릴 뻔했다. 선생님의 표정이 이렇게 말하고 있는 것 같았기 때문이다.

안타깝지만 네가 살 수 있는 날은 오늘까지란다. 미안하지만 내가 도울 수 있는 일이 아무것도 없구나.

"선생님."

윤아가 말했다. 선생님이 윤아의 손을 감쌌다.

"윤아야."

"제가 뭘 잘못했나요?"

4

현실로 돌아온 윤아는 깊은 잠에 빠졌다. 언젠가부터 게임을 플레이하고 나면 손가락 하나 까딱할 힘도 없었다. 미개발구역 경계에 가까울수록 증상은 심해졌다. 경계 너머에 있는 무언가가 자신의 힘을 빼앗아 가고 있는 것 같았다. 제대로 먹지도 않고 온종일 누워 게임만 해서 무기력해졌다는 게 더 타당한 설명이겠지만.

일어났을 땐 14시간이 흐른 뒤였다. 윤아는 종현에게 전화를 걸었다. 받지 않았다. 게임 중인 걸까? 광장에 무표정한 사람들이 늘어나고 있었고, 의문의 길드는 빠르게 세력을 넓혀가고 있었다. 종현에게 경고를 해야 했다.

트리니티 워치를 켜려는데 문자 수신음이 울렸다. 윤아는 휴대폰을 집었다. 모르는 번호였다.

「트루플래닛」을 플레이해주시는 유저님, 인피니티플레이입니다. 잠시 후 긴급 점검이 있을 예정이니 게임 접속을 삼가 주세요.

윤아가 문자 내용을 파악하는 데는 시간이 걸렸다. 마침내 이해한 윤아의 눈이 커졌다. 인피니티플레이가 게임 내 공지도 아니고 무려 서버에 등록된 유저의 휴대폰 번호로 긴급 공지를 보낸 것이다. 이것은 다음과 같은 사실을 의미했다. 이 사안이 매우 심각하며 인피니티플레이도 헤이달로스에 대해, 적어도 그들이 일으킨 현상에 대해 알고 있다는 것.

종현에게 다시 전화를 걸었다. 여러 번 시도했지만 묵묵부답이었다. 종현이 게임을 하고 있을 리 없다고, 윤아는 자신을 설득했다. 인피니티플레이가 문자를 보낼 정도로 급박한 사태라면 게임 내에서도 긴급 공지가 떴을 것이기 때문이다. 긴급 공지가 뜨면 10분도 안 되어 게임 접속률이 0퍼센트에 수렴하는 게 보통이다. 괜히 로그아웃하지 않고 버티다가 신체에 영구적인 손상을 입고 싶은 사람은 없었다.

하지만 만에 하나, 종현이 아직도 「트루플래닛」 속에 있다면?

그러다 그들 중 하나가 된다면?

윤아는 트리니티 워치를 켰다. 종현의 접속 여부만 확인하고 곧장 돌아올 생각이었다.

게임에 접속하는 것이 이토록 두근거리기는 처음이었다.

마지막으로 로그아웃을 실행한 지점으로 접속하겠느냐는 시스템 음성이 들려왔다. 버릇처럼 아니오, 라고 말하려던 윤아는 입을 다물었다. 최종 로그아웃 지점으로 접속하지 않겠다고 하면 시스템은 아바타를 곧장 광장으로 전송한다.

그리고 광장은…….

윤아는 저번처럼 광장 워프기 뒤로 몸을 빼는 요행이 통할 거라고 기대하지 않았다. 14시간이 흘렀다. 그들이 유저를 전염시키는 속도를 고려하면, 지금쯤 광장에 있는 대부분의 유저가 감염되었을 거라 생각하는 편이 옳았다. 그것이 전염병이든 뭐든.

접속 대기를 알리는 둔중한 음이 머리를 맴돌았다.

"아바타 설정."

화면이 초록빛으로 변하더니 눈앞에 투명한 고치 세 개가 떠올랐다. 처음 두 고치에는 아바타가 담겨 있었지만 마지막 고치는 아니었다. 고치에 든 아바타들이 오르골처럼 제자리에서 맴을 돌았다.

윤아는 턱을 문질렀다. 안전한 장소에서 로그인할 수 있는 캐릭터를 골라야 했다. 그러려면 마지막으로 로그아웃했을 때 각 캐릭터가 어느 장소에 있었는지 곰곰이 따져보아야 했다.

첫 번째 고치에 들어 있는 건 윤아가 주력하는 본캐였다. 윤아는 본캐를 마법사의 늪으로 데려갔었고, 로그아웃하던 시점에 아바타는 늪 깊숙이 끌려가던 중이었다. 본캐로 접속하면 기껏 로그인한 보람도 없이 순식간에 질식해 죽고 말 것이다.

윤아의 손가락이 두 번째 고치를 클릭했다. 본캐를 키우느라 소홀했던 가여운 부캐. 문제는 너무 오랫동안 방치하는 바람에 마지막으로 로그아웃한 지점이 도무지 기억나지 않는다는 것이었다. 보류.

마지막 슬롯은 비어있었다. 새로운 아바타를 생성해야 한다는 뜻이었다. 고려할 가치도 없는 선택지였다. 아바타는 생성되자마자 광장으로 보내진다. 신규 캐릭터를 위한 튜토리얼이 광장에서 진행되기 때문이다.

윤아는 다시 두 번째 슬롯으로 돌아갔다. 마지막으로 부캐를 플레이했을 당시의 기억을 불러오려 했지만, 부질없는 일이었다. 머릿속이 깜깜했다.

'어쩌겠어. 도박을 해봐야지.'

윤아는 두 번째 아바타를 더블클릭했다. 곧바로 시스템의 경쾌한 음성이 들려왔다.

최종 로그아웃 지점으로 로그인하시겠습니까?

심호흡을 한 윤아는 "예."라고 대답하고서, 언제라도 도망칠 수 있도록 자세를 잡았다.

잠시 후 윤아의 아바타가 황량한 골짜기에서 생성되었다. 월드 맵을 본 윤아는 환호성을 질렀다. 마을 광장과 한참이나 떨어져 있는 '맹세의 골짜기'였다. 그냥 맹세의 골짜기도 아니고 '맹세의 골짜기 4'였다.

맹세의 골짜기는 초보자가 필수로 거쳐야 하는 저렙 전용 사냥터인데도 유저 하나 보이지 않았다. 골짜기 풍경에서 사람 비슷한 것을 찾으려는데, 디스플레이에 접속 해제를 유도하는 빨간색 문구가 우측에서 좌측으로 흘러갔다.

— 긴급 공지! 유저 분들은 당장 로그아웃해주시길 바랍니다.

다른 게임이었다면 그냥 접속을 차단해버리면 그만이었을 것이다. 그러나 유저의 본체가 아바타와 동기화되어 있는 TR 게임 특성상, 외부에서 강제로 접속을 차단하는 것은 유저의 영혼과 육체를 연결하는 끈을 가위로 자르는 거나 다름없었다. 대량 학살이라는 얘기다.

게임사가 유저를 죽이기 싫어하는 것만큼 유저도 죽기 싫어하는지라, 점검 공지가 떨어질 경우 대부분의 유저는 얌전히 로그아웃을 하고 현실로 돌아간다. 그러나 오늘은 아니었다. 상태 바를 확인해보니「트루플래닛」접속률은 평소 수치를 훨씬 웃도는 41퍼센트였다.

그런데도 사냥터에 유저 한 명 없다니. 그 많은 유저들이 어디에 있는 걸까.

윤아는 친구 창을 켰다. 종현의 닉네임 옆으로 녹색 동그라미가 반짝였고, 현 위치는 '마을 광장'이었다. 윤아는 친구 채팅을 켰다.

"야, 김종현! 당장 거기서 나와."

잠시 기다렸으나 답은 없었다.

"김종현?"

윤아는 디스플레이를 확인했다. 오디오가 꺼져 있나 싶었지만, 음성 아이콘은 종현이 메시지를 수신했음을 나타내고 있었다. 불안한 마음으로 친구 창을 뚫어지게 들여다보던 윤아는 이내 안도의 한숨을 내쉬었다. 종현의 위치가 마을 광장에서 '마을 주변의 숲'으로 바뀌었던 것이다. 종현이 윤아의 경고를 단번에 받아들인게 분명했다. 모르긴 몰라도 광장에서는 섣불리 대답할 수 없는 상황이었던 모양이다.

"하, 다행이다."

윤아가 흙바닥에 주저앉았다.

"야, 김종현."

"어."

"거기…… 광장 말이야. 지금 어때?"

골짜기에서 불어오는 바람이 윤아의 귀를 스쳤다. 차갑고 스산한 바람이었다. 유저가 없는 사냥터는 유난히 고요했다.

윤아가 재촉했다.

"응? 광장에 사람 많아?"

"어."

윤아의 시선이 친구 창에 떠 있는 글자에 박혔다. 종현의 위치가 '마을 주변의 숲'에서 '멀리 떨어진 숲'으로 변해 있었다. 굉장히 빠른 속도였다.

"너 지금 뛰어오냐?"

"어어……."

"누가 쫓아와?"

"……."

윤아는 벌떡 일어났다.

"너 그놈들이랑 같이 있냐?"

종현은 답이 없었다. 대신 종현이 내뱉는 규칙적인 숨소리가 친구 채팅을 통해 들려왔다.

역겨운 기분과 함께 왠지 모를 억울함이 밀려왔다.

"야, 들리면 대답 좀 해봐."

"어어."

"지금 그 새끼들이랑 같이 있어?"

"……."

종현은 묵묵부답이었다. 윤아가 소리를 질렀다.

"야! 너 혼자 오는 거 맞냐고!"

그러자 종현이 기다렸다는 듯 냉큼 말했다.

"어어어어어어어어어어어."

목덜미를 타고 소름이 끼쳤다. 지금까지 윤아가 들었던 건 대답이 아니었다. 인간이 아닌 존재가 내뱉는 단음절의 웅얼거림이었을 뿐이다.

그 사이 종현의 위치는 '맹세의 골짜기 1'로 바뀌었다. 퍼뜩 정신이 들었다. 게임 친구끼리는 서로의 위치를 알 수 있다. 종현은 윤아가 '맹세의 골짜기 4'에 있다는 것을 알고 있다. 윤아는 친구 창에서 편집 버튼을 눌렀다. 종현의 닉네임 옆으로 삭제 버튼이 떴다. 윤아가 삭제를 누른 순간, 종현의 위치가 '맹세의 골짜기 2'로 변했다.

친구 채팅이 해제되자 귓가에 들려오던 종현의 숨소리도 사라졌다.

주위를 둘러보았다. 지나치게 탁 트인 장소였다. 도망가는 모습이 훤히 보일 것이다. 게다가 종현의 속도는 무지막지하게 빨랐다. 도망쳐봤자 금방 붙잡힐 신세였다.

윤아는 바위 뒤로 몸을 숨긴 다음, 조금이라도 눈에 띄는 착장 아이템을 모조리 해제하고 무채색 장비로 갈아입었다. 그러나 발 언저리에서 하얗게 빛나는 닉네임은 탈착이 불가능했다. 윤아는 닉네임 설정으로 들어가 글자 색을 진회색으로 바꾸었다. 닉네임 색이 바위 그림자와 그럭저럭 잘 섞여들었다. 방어막은 최대로 설정되어 있었다.

준비를 마친 윤아는 바위 뒤에서 숨을 죽이고 기다렸다.

잠시 후 종현이 숨을 헐떡이며 골짜기를 올라왔다. 종현은 윤아가 거기 있다는 걸 알고 있다는 듯 윤아가 숨은 바위로 곧장 다가왔다. 윤아는 입을 틀어막았다. 관자놀이에서 자신의 심장 소리가 둥둥 울렸다. 눈을 감고, 종현이 자신을 발견하지 못하기를 빌고 또 빌었다.

발소리는 그대로 바위를 지나쳐 골짜기 위쪽으로 올라갔다.

윤아가 참았던 숨을 내쉬었다. 그 순간 종현이 윤아의 귓가에 대고 속삭였다.

"여, 기, 있지?"

온몸이 굳었다. 윤아는 얼굴을 오른쪽으로 천천히 돌렸다. 종현은 없었다.

윤아는 두려움에 덜덜 떨며 왼쪽을 쳐다보았다. 종현이 보였다. 종현은 바위로부터 스무 걸음 떨어진 곳에서 주위를 두리번거리고 있었다.

"여, 기, 있, 었는, 데? 어딨어?"

종현의 목소리는 여전히 귓가에서 울렸다. 윤아는 친구 창을 확인했다. 종현의 닉네임은 없었다. 그런데 어떻게 채팅 메시지를 보낼 수 있는 거지? 그러다 깨달음이 찾아왔다. 종현이 채팅 상대 이름에 직접 윤아의 닉네임을 적어넣은 다음 일대일 메시지를 보내고 있는 것이었다.

종현의 말솜씨는 점점 좋아졌다. 초 단위로 다른 사람이 되는 것 같았다.

"나와, 봐. 할 말, 있어. 중요한 일이야."

종현의 닉네임을 차단 유저 목록으로 이동시키자 목소리가 뚝 끊겼다.

윤아는 고개를 내밀어 종현이 멀어진 것을 확인한 다음, 바위 옆으로 빠져나가려고 다리를 내밀었다. 그 순간 종현 쪽에서 밀려온 거센 충격파에 몸이 앞으로 고꾸라졌다. 무릎과 손과 귀가 차례로 바닥에 부딪히며 데굴데굴 굴렀다. 굉음과 모래바람이 엎어진 등

위를 휩쓸었다. 삐이이이이익, 하는 이명이 귀를 때렸다.

꼼짝도 할 수 없었다. 종현을 고려한다면 즉각 움직여야 했지만, 어떻게든 몸을 일으켜야 한다는 생각만 날파리처럼 의미 없이 왱왱거렸다.

땅을 밀어 가까스로 몸을 뒤집은 윤아의 얼굴에 모래바람이 쏟아졌다. 한참을 켁켁거린 다음에야 실눈을 뜰 수 있었다. 20미터가량 떨어진 곳에 황토색 물체가 뒹굴고 있는 것이 보였다. 김종현 같았다. 기침하는 것처럼 물체가 위아래로 들썩이고 있었다.

이명이 잦아들자 귓가에 경고음이 들렸다. 디스플레이에 빨간색 경고 표시가 깜박였다. 윤아는 거기 쓰인 글자를 단번에 이해하지 못했다. 방어막 시스템 가동 불가?

윤아는 디스플레이를 오래 쳐다보지 못했다. 멀리 황토색 덩어리가 움직이고 있었던 것이다. 덩어리에서 뻗어 나온 팔이 바닥을 더듬더니 허리가 위로 쑤욱 올라왔다.

이쪽도 일어서야 한다고 생각했다. 일어설 수 있다고 생각했다. 윤아는 눈을 끔벅였다. 팔다리에 힘이 들어가지 않았다. 가까스로 머리를 들어 올리자 얼굴 표면에 따개비처럼 붙어 있던 돌조각들이 후두둑 떨어졌다.

싸늘한 기운이 발끝을 타고 올라와 뒷덜미를 스쳤다. 덩어리에서 얼굴로 추정되는 부분이 이쪽을 향해 있었다. 그것이 자기 몸을 툭툭 치자 모래가 쏟아지더니 빛깔이 회색으로 변했다. 회색 막대는 쪼개다 만 젓가락처럼 사이가 벌어졌다. 한쪽이 땅에서 떨어졌고, 그것이 땅에 붙기 무섭게 다른 하나가 땅에서 떨어졌다. 그러면서 점점 선명해지고 커다래졌다.

윤아는 메마른 입술을 벌렸다.

"오그, 오그아우……."

입안이 끔찍하게 말라 있었다. 윤아는 침을 돌게 한 다음 다시 입을 벌렸다.

그 순간 바람이 모래 한 더미를 들어 윤아의 얼굴을 향해 옮겨놓았다.

갑작스레 몰아닥친 돌풍에 종현은 머리를 감쌌다. 모래알이 목덜미를 두드리고, 귀 사이로 바람이 위잉위잉 지나갔다.

팔을 내렸을 때는 바람이 자고 난 뒤였다. 시야가 점차 개선되면서 먼지가 내려앉은 고요한 골짜기 풍경이 드러났다. 사람의 흔적은 보이지 않았다. 종현은 갸웃거렸다. 간이 무덤처럼 어설프게 쌓여 있는 모래 더미를 발견하고 고윤아라 생각해 다가온 것인데, 자신이 착각한 모양이었다.

종현은 미련 없이 돌아섰다. 시선은 충격파가 튕겨 나온 북서쪽에 가 있었다. 북서쪽에 마법사의 늪이 있었고 그 너머 미개발구역에 연구소가 있었다. 파장의 근원은 연구소이리라. 종현에게는 안 좋은 타이밍이었지만, 계획은 순조롭게 진행된 셈이었다.

종현은 무표정한 얼굴로 가볍게 신음을 냈다. 흐음.

얼마간 골짜기에 머무르던 종현의 그림자가 마을을 향해 움직였다.

윤아는 익사 직전에 수면으로 올라온 사람처럼 한껏 숨을 들이

켰다. 폐 깊숙한 곳에서 기침이 터져 나왔다. 두 손으로 뺨을 감쌌다. 얻어맞은 듯한 열감이 남아 있었다. 바닥을 구르는 용도로 얼굴을 사용한 결과였다. 가장 먼저 충격을 흡수한 무릎에서는 피 한 줄기가 흐르고 있었다.

화장실 수도꼭지를 틀고 무릎을 들이밀었다. 따끔따끔했다. 마른 수건을 무릎에 두드리고 있는데 전화벨이 울렸다. 모르는 번호였다.

"여보세요?"

"고윤아 씨 핸드폰 맞죠?"

목소리는 다급했다.

"그런데요."

"지금 자택이십니까?"

윤아는 대답하지 않았다. 남자가 다그쳤다.

"예? 지금 자택이시냐고요?"

윤아는 전화를 끊고 침대 밑에서 캔버스백을 꺼내 옷가지와 세면도구를 담았다. 두 번째로 전화벨이 울렸다. 고양이 울음처럼 신경을 긁는 소리였다. 윤아는 벨 소리를 무음으로 바꾸었다.

종현은 윤아의 집 주소를 알고 있다. 그렇다는 건, 그들도 알고 있다는 얘기다.

교통카드를 가방 앞주머니에 밀어 넣다가 창밖을 내다본 윤아는 눈을 의심했다. 집 앞 골목길로 종현이 걸어오고 있었다.

불가능했다. 윤아의 집 근방에는 TR 게임을 플레이할 수 있는 게임 스팟이 전무했기 때문이다. 게다가 종현의 집은 윤아네와 20분 거리였다. 그렇다면 집도 아니고 게임 스팟도 아닌 곳에서 「트루플래닛」에 접속하고 있었다는 얘긴데, 그건 명백히 불법이었다. 트리니티 현실에 있는 동안에는 현실의 몸을 움직일 수 없어 사고 위험이 크다는 이유로 게임 스팟 외의 장소에서 TR게임을 플레이하는 것이 금지되었기 때문이다.

하지만 종현이 등장한 시점을 고려하면 윤아네 집 앞 길거리에서 게임을 플레이하고 있었다고 생각해야 마땅했다. 다시 말하지만, 불가능한 일이었다. 멀쩡한 20대 청년이 대낮 거리에 꼼짝도 않고 게임에 접속해 있었다면 누군가 발견하고 신고했을 것이다.

그럼 대체 어떻게 된 일이지?

윤아는 캔버스백을 챙겨 들고 계단을 내려갔다. 1층에 다다라서는 공동 출입문으로 사용되는 파란색 철문을 이용하지 않고 이웃집으로 연결되는 담을 넘었다. 이웃집 주차장과 이어지는 골목을 통해 상점가로 빠져나갈 생각이었다. 윤아는 소방 훈련을 하듯 상체를 수그리고 차들이 주차된 녹색 공간을 지났다.

주차장을 나와 왼편으로 뚫린 골목에 진입하려는데 한 남자가 걸어오는 모습이 보였다. 후줄근한 회색 티와 잠옷 바지를 입은 무표정한 남자였다. 평소라면 주민이라고 생각했겠지만, 남자의 눈동자가 정면이 아니라 뭔가에 홀린 듯이 살짝 위쪽을 향해 있다는 점이 신경 쓰였고, 무엇보다 윤아와 눈이 마주치자마자 걸음이 빨라지며 입을 뻐끔거렸다는 사실이 의심을 확신으로 바꾸었다.

오른쪽으로는 갈 수가 없었다. 윤아 키를 훌쩍 넘는 철창으로 가로막혀 있기 때문이다. 어쩌면 타고 넘을 수도 있겠다고 생각했고 영화에서는 줄곧 그러기도 하지만, 남자와의 거리가 너무 가까워서 철창을 넘어가기도 전에 다리가 붙잡힐 것 같았다. 설상가상으로 뒤쪽에서 끼이이, 하고 파란 철문이 열리는 소리가 들렸다. 종현이 공동 출입문으로 들어온 것이다.

윤아는 다시 주차장 안으로 들어갔다. 남자가 잰걸음으로 윤아를 따라왔다. 남자가 주차장 입구로 들어온 순간, 벽 뒤에 몸을 딱 붙이고 있던 윤아가 남자의 정강이를 걸어찼다. 남자에게서 억눌린 신음이 흘러나왔다. 추격자가 나동그라진 틈을 타 윤아는 골목으로 달려갔다. 이 골목만 빠져나가면 유동 인구가 늘어나는 상점가였다. 사람들이 있는 곳에서는 저들도 함부로 어쩌지 못할 것이다.

골목을 벗어나는 순간 검정색 포르쉐가 윤아를 향해 돌진했다. 윤아는 뒤로 풀쩍 물러섰다. 자동차는 골목 입구를 거의 틀어막다시피 하며 멈춰 섰다. 윤아는 자동차 보닛 위로 뛰어올라 차체에 선명한 발자국을 남기며 차를 넘었다. 어디서 이런 기동력이 나왔는지 자신도 모를 일이었다. 달칵 뒷문이 열리는 소리와 날카로운 외침이 들렸다. 윤아는 뒤도 돌아보지 않고 달렸다.

행인들을 피하며 전력 질주하던 윤아는 얼굴을 찌푸렸다. 세 블록 앞에서 한 무리가 좁은 인도를 가득 메우고 있었던 것이다. 한 무리라고는 하기엔 특이한 구성이었다. 흘긋 봤을 땐 사원증을 매단 회사원들이 점심을 먹으러 나왔다고 생각했는데, 장바구니를 든 주부와 중학생뿐만 아니라 승무원까지 무리에 섞여 있었다. 가족이라고 하기에는 얼굴이 닮지 않았고, 사원증이며 교복도 어색했다.

오늘은 일요일이었기 때문이다.

그들이 인도를 모조리 차지하고 있어서 지나가려면 차도에 내려서야 했다. 윤아는 고개를 돌려 뒤에 포르쉐가 따라오고 있는지 살피고는 차도로 발을 뻗었다.

그때 강한 힘이 윤아의 팔을 차도로 끌어당겼고, 윤아는 도로 위로 곤두박질쳤다. 가까운 곳에서 경적이 빠앙 울렸다.

윤아는 살아남기 위해 끌려가던 방향으로 몸을 힘껏 밀었다. 그 결과 낯선 남자와 한데 뭉쳐 건너편 인도에 세게 부딪히게 되었다. 황급히 도망치려 했지만 남자가 발목을 잡았다.

발을 들어 남자의 얼굴을 가격하자 남자에게서 비명이 터져 나왔다.

"나, 난 같은 편이에요!"

남자가 얼굴을 감싸 쥐고 소리쳤다. 양복은 구겨지고, 얼굴은 고통으로 한껏 일그러진 상태였다.

윤아는 남자를 내려다보았다. 이 인간 방금 말을 더듬었다. 헤이 달로스라는 얘기다.

"개수작 부리지 마."

윤아는 발을 힘껏 굴렀다. 남자의 얼굴에서 코피가 터졌다.

반대편 인도의 무리는 모두 이쪽을 바라보고 있었다. 놀라거나 걱정하거나 충격을 받은 기색은 없었다. 그들은 억지로 단체 사진에 찍힌 사람들처럼 귀찮음에 가까운 무심한 표정을 짓고 있었다. 아무 표정 없는 사람들. 윤아와 무리 사이로 차들이 쌩쌩 지나갔다.

믿을 수 없었다. 그들은 아바타가 아니라 현실의 사람들이었다.

바짓가랑이를 잡고 늘어진 남자의 손이 윤아의 상념을 깨웠다.

"지, 진짜예요……."

남자가 불쌍한 표정으로 윤아를 올려다보았다. 윤아는 건너편 사람들과 남자의 얼굴을 번갈아 보았다. 남자의 얼굴에는 표정이 풍부했다. 코피와 억울함으로 범벅이 된 얼굴은 연민을 자아냈다. 바로 윤아가 만든 얼굴이었다.

도로 위를 지나는 차가 뜸해졌다. 그러자 무표정한 사람들이 하나둘 차도로 내려왔다.

윤아는 그들에게서 눈을 떼지 않고 남자를 일으켰다.

"제대로 설명해요."

남자는 인피니티플레이의 배경 담당자인 최민영이었다.

"정확히 말하면 플레이 환경에 적당한 트리니티 행성을 물색하고 관리하는 업무를 맡고 있습니다."

윤아는 쓰레기봉투 옆에 쭈그려 앉아 민영이 준 명함을 들여다보았다. 민영은 윤아가 캔버스백에서 꺼낸 수건을 코에 대고 있었다.

윤아는 명함을 주머니에 넣고 쓰레기통의 주황색 뚜껑 너머로 고개를 내밀었다. 골목의 좁은 틈으로 검은색 양복을 입은 남자가 휙 지나갔다.

윤아가 물었다.

"저들은 누구죠?"

"T—636을 장악한 외계 생물체예요. 정신지배 능력을 갖고 있죠."

T—636은 「트루플래닛」이 진행되는 게임 행성을 의미했다. 윤

아가 민영을 돌아보았다.

"정신지배?"

민영이 검지로 머리를 톡톡 두드렸다.

윤아가 천천히 고개를 끄덕였다. 짐작한 대로였다. 유저들이, 그리고 종현이 이상하게 변한 것은 그들의 정신이 외계인에게 먹혔기 때문이었다.

민영이 말했다.

"아무래도 지구를 정복할 셈인 것 같습니다."

"쉿. 목소리 낮춰요."

발소리가 가까워졌다. 둔탁한 소리는 잠시 멈추더니 이내 멀어졌다.

소리가 완전히 사라지자 윤아가 물었다.

"근데 왜 나예요?"

"예?"

"왜 날 찾아왔냐고요. 난 그냥 일개 유저일 뿐인데. 내가 아니라 경찰을 찾아가야 하는 거 아니에요?"

민영이 처음으로 단호해졌다.

"경찰에 알려져서는 안 됩니다. 우리끼리 해결해야 할 일이에요."

윤아는 인상을 찡그렸다. 우리?

"경찰에 알리면 더 빠를 것 같은데요."

"경찰이 알면 모두가 알게 돼요. 그렇게 되면 게임은 끝장입니다."

윤아는 이해했다. TR 게임은 기본적으로 위험했지만, 그렇다고 해도 위험한 외계 생물에게 정신을 빼앗겨가면서 게임을 즐기고 싶은 유저는 없을 터였다. 위험성이 알려지는 순간 게임은 문을 닫아야 할 것이다.

윤아의 인생에서 「트루플래닛」은 전부였다. 게임이 끝나면 윤아의 세계도 끝이었다. 민영은 그 사실을 잘 알고 있는 것 같았다. 일반적인 사람이라면 민영의 핑계에 설득당하지 않았을 것이다. 그러나 윤아는 현실보다 게임을 우선시하는 중독자였다.

민영이 말했다.

"고윤아 씨가 보낸 문의를 봤어요. '승민888'을 찍은 동영상도."

"그러니까 문의를 보긴 보는군요."

민영의 눈썹이 올라갔다. 윤아는 어깨를 으쓱했다.

민영이 말했다.

"윤아 씨는 그 골목에서 최종단계를 목격한 거예요."

"최종단계?"

윤아가 인상을 찌푸렸다. 민영이 설명했다.

"저들의 정신지배에는 단계가 있어요. 처음은 '좀비' 단계입니다. 이 단계에서 아바타는 인간의 언어를 제대로 구사하거나 잽싸게 행동하지 못해요. 동작이 굼뜨고, 고장 난 라디오처럼 단음절만 반복하죠."

윤아는 그에 해당하는 예시를 떠올릴 수 있었다.

"2단계로 넘어가면, 아바타가 보다 자연스럽게 발화하고 행동할 수 있게 됩니다. 신체에 대한 지배력이 늘어나면서 복잡한 손동작을 하거나 빨리 달릴 수 있게 되죠. 그리고 3단계로 가면……."

민영이 쓰레기통 너머로 눈짓했다. 윤아가 알겠다는 듯 고개를 끄덕였다.

"현실의 인간을 움직일 수 있게 되는 거군요. 지금 우리를 쫓아오는 저들처럼."

"그렇습니다. 저희는 '본체'가 지배당했다고 표현하죠. 그리고 이게," 민영이 휴대폰으로 승민의 사진을 보여주었다. 머리가 풍선처럼 부풀고 팔다리가 고무처럼 늘어진 사진. 윤아가 찍은 캡처였다. "최종단계입니다."

"이 사람, 어디 있죠?"

"네?" 민영이 망설였다. "본체가 어떻게 된 거냐고 물으신 거라면……."

"죽었군요."

윤아는 민영의 표정에서 모든 걸 읽을 수 있었다. 민영이 고개를 끄덕였다.

"경찰은 유저가 게임에 너무 오랫동안 접속해 있었던 바람에 사망한 것으로 판단했어요. 이상할 것도 없었던 게, 게임 접속 시간이 360시간이 넘었으니까요."

"360시간이면 많은 것도 아닌데요."

윤아는 자기가 「트루플래닛」을 플레이한 시간을 합하면 적어도 2000시간은 넘을 거라고 생각했다.

"연속 360시간이요." 민영이 말했다. "15일 이상 계속 트리니티 워치를 켜두고 있었어요."

"그게 가능해요?"

윤아는 승민이라는 남자가 침대에 누워 먹지도 마시지도 않고
아래로는 똥오줌을 지리며 서서히 죽어가는 모습을 상상했다.

"경찰도 그 점을 의아하게 생각했어요. 진작에 죽었어야 하는 것
아니냐고요." 민영이 말했다. "하지만 생각해봐요. 3단계에서 저들
은 인간 본체를 움직일 수 있어요. 유저가 게임을 플레이하는 동안
숨이 붙어 있도록 인간의 각종 생명 활동을 대신 수행해줬겠죠."

윤아는 고개를 끄덕였다. 그렇다 해도 이해되지 않는 점이 있었다.

"그런데 왜 죽었죠? 외계인이 대신 먹고 싸고 움직여주잖아요."

민영이 휴대폰 화면을 손가락으로 밀었다.

그러자 승민의 사진이 넘어가고, 사람 키를 훌쩍 뛰어넘는 푸른
색 낙지의 모습이 드러났다. 윤아가 늪 속에서 목격한 생명체와 같
았다.

민영이 다시 손가락을 움직였다. 그러자 승민의 모습이 다시 나
타났다.

"뭐 깨달은 거 없어요?"

"뭐가……?"

윤아는 사진을 번갈아 보았다. 승민과 외계인 성체. 고무 인간과
커다란 낙지.

고무 인간의 이마가 애호박처럼 부풀어 있었다. 그리고 팔다리
는 젤리처럼 흐물거렸다.

"아." 윤아가 말했다. "말도 안 돼."

"알겠죠?"

"아뇨, 아뇨, 이건—"

"그게 최종단계입니다." 민영이 말했다. "정신지배가 절정에 이르면 아바타가 외계인의 몸처럼 변해요."

윤아는 믿을 수 없어 말을 더듬었다.

"몸이, 외계인의 체형에…… 맞춘다고요?"

"일종의 동기화예요."

민영의 휴대폰이 울렸다. 민영은 화면을 확인하고는 접혀 있던 무릎을 폈다.

"이제 빠져나갈 시간입니다."

민영은 외계인들이 정신지배의 다음 단계에 도달하는 속도가 점점 빨라지고 있다고 했다. 그래서 윤아와 민영은 전속력으로 골목을 질주해야 했다. 지배당한 사람들이 더 이상 걸어오지 않았기 때문이다. 그들은 성난 물소처럼 돌진했다. 반면 얼굴은 새벽처럼 평온했다.

"저쪽이에요!"

민영이 큰길로 통하는 골목을 가리키고는 순식간에 골목 밖으로 사라졌다. "가, 같이……." 윤아는 한참 뒤처졌다. 평소에 달리기와 거리가 먼 생활을 한 결과였다.

뒤늦게 골목을 빠져나온 윤아가 급히 발걸음을 멈추었다. 얼어붙은 입은 경고의 말을 내보내지 못했다.

"어, 어……!"

검은색 포르쉐가 민영을 받을 듯 도로를 내려오고 있었다. 민영은 아무것도 모르고 도로 위쪽으로 달려갔다.

마침내 윤아가 비명 같은 외침을 터뜨렸다.

"멈춰요!"

민영이 속도를 줄이지 못한 채 윤아를 돌아보았다. 윤아는 눈을 질끈 감았다.

"윤아 씨!"

민영이 소리쳤다.

윤아는 생각했다. 방금 만난 사람이 죽기 전에 마지막으로 뱉은 말이 내 이름이라니.

"고윤아 씨!"

윤아가 눈을 떴다.

민영은 자동차 뒷문을 열고 반쯤 몸을 넣은 채였다. "타요!"

추격자들의 발소리가 가까워졌다. 윤아는 포르쉐를 향해 달렸다. 윤아가 차 문을 닫고 잠금장치를 누르자 손바닥 수십 개가 빗발처럼 차창을 두드렸다. 그들은 하나같이 트리니티 워치를 차고 있었고, 손목은 게임 접속 중을 표시하는 초록색으로 밝게 빛났다.

차가 출발했다. 트렁크로 쾅 하는 타격음이 들렸다.

"고윤아!"

윤아가 뒤를 돌아보았다. 종현이 차 꽁무니에 올라타 윤아를 노려보고 있었다. 윤아는 그 얼굴에서 눈을 뗄 수 없었다.

포르쉐의 속력이 빨라지자 종현은 스르르 미끄러져 아스팔트로 추락했다.

민영은 안도의 한숨을 쉬었다. 반면 윤아의 얼굴은 무서운 광경을 목격한 사람처럼 해쓱했다.

"왜 그래요?"

민영이 물었다.

"⋯⋯."

"아는 사람이에요?"

윤아의 얼굴에는 핏기가 하나도 없었다. 민영의 목소리도 덩달아 떨렸다.

"윤아 씨?"

"이마에⋯⋯."

"예?"

"이마에 커다란 물집 같은 게 있었어요."

민영의 입이 벌어졌다.

윤아가 민영을 쳐다보았다.

"이제 4단계예요."

5

"잘못 본 거 아니에요?"

민영이 말했다. 윤아가 고개를 저었다.

"똑똑히 봤어요. 이마 한가운데에."

"크기가 어땠죠?"

윤아는 잠시 생각했다.

"500원짜리 동전만 했어요."

"4단계는 아닐 겁니다. 그냥 그 사람이 다친 거겠죠." 민영이 손을 내저었다. "외계인처럼 몸이 변하는 건 아바타일 때 얘기예요.
인간 본체엔 영향이 없어요."

"장악력이 늘어난 거야."

두 사람은 조수석을 쳐다보았다.

선글라스 낀 남자가 좌석 목 받침대에 굵은 팔뚝을 감고 상체를
돌렸다.

"반갑습니다, 고윤아 씨." 남자가 두꺼운 손을 내밀었다. "최민영
이 상사입니다."

윤아는 얼떨떨하게 손을 잡았다.

"안녕하세요." 윤아가 말했다. "상, 상사님?"

남자가 호탕하게 웃었다. 코에 걸린 선글라스가 흔들렸다.

"박상식 부장이라고 합니다."

"그러니까, 나를 칠 뻔한 분이로군요."

"그건 내가 아니라 이 친구지." 상식은 운전기사를 가리켰다. 운
전기사가 룸미러로 묵례를 했다. "고의는 아니었다고 하는군."

차는 로터리를 지나 4차선 도로로 진입했다. 민영이 말했다.

"만약 4단계에 진입한 거라면……"

"시간이 없어. 바로 들어가야 해."

상식이 말했다.

윤아는 민영과 상식을 번갈아 쳐다보았다.

"어딜 가요?"

민영은 시선을 피했다.

윤아는 상식을 보았다. 상식은 헛기침을 하더니 손날로 윤아를

가리켰다.

"고윤아 씨. 우린 당신이 필요합니다."

"전 아무 쓸모 없는데요."

"그게 사실이 아니란 걸 우린 알죠."

상식이 신호를 하자 민영이 차 안에 있던 태블릿을 내밀었다. 거기엔 윤아가 출입제한구역에서 찍은 사진이 있었다.

상식이 말했다.

"윤아 씨가 출입제한구역으로 들어가서 이 사진을 찍었죠? 에너지막을 뚫고. 내 말 맞아요?"

"예? 예에……." 윤아가 말꼬리를 흐렸다.

"걱정 마요. 혼내려는 게 아니니까. 지금 우리한테 필요한 게 에너지막을 넘나드는 윤아 씨의 능력이거든." 상식의 눈빛이 날카로워지고, 목소리가 가라앉았다. "게임 내의 방어막 시스템이 엉망이 됐어요. 놈들 짓이지."

"아." 윤아가 말했다. "그때 그 모래 폭풍?"

"충격파를 겪으셨군. 그 사건을 기점으로 유저를 보호하는 개인 방어막이 해제됐습니다." 상식의 얼굴에 그늘이 졌다. "반면 공간을 가로막는 에너지막은 해제할 수 없게 됐죠. 행성을 둘러싸고 있는 에너지막도 사정은 마찬가집니다. 행성 외 에너지막이 행성을 보호하고 있는 바람에, 전함으로 놈들의 근거지를 공격할 수 없게 됐어요."

"전 당신네들이 전함을 소유하고 있는지 몰랐는데요."

"외계인들은 알았죠. 그래서 전함이 미사일을 쏘지 못하도록 에너지막 시스템을 망가뜨린 겁니다."

"아니, 아니!" 윤아가 말했다. "왜 게임사가 전함을 소유하고 있냐고요?"

"아아." 상식이 킬킬거렸다. "말이 전함이지, 윤아 씨가 생각하는 전투 목적의 초대형 함선은 아닙니다. 오로지 외계인의 근거지를 폭격하려는 목적으로 제작한 선박이죠. 신경 쓸 것 없어요."

하지만 신경이 쓰였다.

윤아가 알기로 이 모든 사태의 시발점은 승민이 새끼 두족류를 터뜨려 죽인 사건이었다. 그 후 헤이달로스 길드가 창설되었고, 외계인의 정신지배가 시작되었다. 2주 전의 일이었다. 인피니티플레이가 즉각 외계인의 존재를 알아차렸다고 해도, 2주 만에 일개 게임사가 트리니티 우주 전함을 제작하는 게 가능할까?

인피니티플레이가 그전부터 외계 생물체의 존재를 알고 있었던 건 아닐까?

"의심하시는군요."

상식이 미소를 지었다. 표정을 들킨 윤아는 머쓱하게 눈을 굴렸다.

"말했듯이 전투용으로 제작된 게 아닙니다. 미사일이란 것도 게임 내 준트리니티 에너지를 활용해서 만들었고, 그래서 단 두 기뿐이지. 그래도 놈들을 소탕하는 데는 충분하거든."

"부장님."

민영이 시간을 보며 초조해했다.

박 부장이 민영과 눈을 마주치더니, 윤아에게 몸을 기울였다.

"거두절미하고, 미개발구역에 우리 연구소가 있어요. 최민영 이 친구가 거기서 수동으로 행성 외 에너지막을 해제할 거예요. 윤아 씨가 할 일은 민영이를 미개발구역의 경계 너머로, 그리고 연구소 내부로 데려다주는 겁니다. 에너지막을 넘나들 수 있는 능력을 이용해서. 오케이?"

윤아는 고개를 저었다.

"지금은 방어막을 쓸 수 없잖아요. 저는 방어막이 생성될 때의 폭발적인 에너지를 이용해서 넘어가는 거라, 그게 없으면 힘들어요."

"방어막 없이 통과해본 적 없습니까?"

"있지만, 어려워요." 윤아가 뒷목을 긁었다. "될 때도 있고 안 될 때도 있어요."

"한 번 했으면 두 번도 할 수 있죠."

"내가 넘어간 건 좁은 골목길이었어요. 그렇게 넓은 에너지막은 통과해본 적 없어요."

"그냥 시도해봅시다, 예?"

"늪지대 너머로는 가본 적 없다니까요."

상식이 입을 다물더니 날카로운 시선으로 윤아를 노려보았다.

"뭐가 그렇게 두려운 겁니까?"

윤아는 자기도 모르게 눈을 내리깔았다. 죽을 뻔했던 장소에 다시 방문하기가 꺼려지는 건 사실이었다. 그러나 윤아가 진정으로 두려운 것은 자신의 인생이 진창이라는 사실이었다. 자신이 인생에서 철저하게 실패했기 때문에 어떤 일을 해낼 수 있다고 믿는 게 불가능하다는 사실을 처음 보는 사람 앞에서 말할 수는 없었다. 그것도 상식처럼 자기 확신으로 넘치는 사람 앞에서는 더더욱.

차가 횡단보도 앞에서 멈추었다.

"좋아. 내려요."

상식이 차문을 열었다. 운전기사가 당황한 듯 상식을 곁눈질했다.

"예?" 윤아가 말했다.

"내려도 좋습니다. 내려서 버스를 타든, 지하철을 타든, 뛰어서 가든 알아서 해요."

윤아는 몇 초간 열린 문을 바라보다가 내릴 듯 상체를 기울였다. 사람들이 횡단보도를 오가고 있었다. 윤아는 사람들의 얼굴을 살폈다. 무표정했다. 윤아가 손잡이를 움켜잡았다. *뭘 망설여. 행인들은 원래 무표정해.*

그러나 꼼짝도 할 수 없었다.

"못 내리겠죠?"

"……."

"그거 압니까? 그놈들도 알아요. 당신이 에너지막을 넘을 수 있다는 걸, 자기들한테 위협이 된다는 걸. 한번 내려봐요. 차에서 내리면 살아서 몇 미터나 갈 수 있을지 궁금하군."

"부장님."

민영이 말렸다.

상식은 몸을 돌리고 팔짱을 꼈다.

신호가 다시 초록 불로 바뀌었다. 상식이 리모컨을 누르자 문이 다시 닫혔다. 눈치를 보던 운전기사가 차를 출발시켰다.

민영이 한숨을 쉬더니 윤아를 바라보았다.

"윤아 씨. 부담 갖지 않아도 됩니다. 우린 그냥 도움을 청하는 것뿐이에요." 민영이 말을 이었다. "이건 어때요? 윤아 씨는 우리 게임을 좋아하죠. 나와 같이 가면 게임 내에 있는 아이템을 뭐든 주겠습니다."

그러자 윤아의 턱이 살짝 올라갔고, 민영은 윤아가 관심이 있다는 걸 알아차렸다.

"윤아 씨가 원하는 건 뭐든 드릴 거예요. 원하는 걸 말해봐요."

"그럼……"

그러자 앞자리에 있던 상식이 어이없다는 듯 헛웃음을 터뜨렸다.

민영은 윤아한테만 보이도록 눈을 감고 고개를 살살 끄덕였다. 자신은 윤아를 이해한다며, 부장의 반응은 무시하라는 제스처였다.

윤아가 말했다.

"전 그냥…… 업데이트 안 된 지역을 보고 싶어요."

"좋아요. 다른 건 없나요?"

"그거면 돼요."

"좋습니다."

상식이 혀를 끌끌 찼다.

운전기사가 백미러를 흘끔 살폈다. 수상한 차 여러 대가 꼬리에 따라붙었다. 기사가 말했다.

"서둘러 주십시오."

본격적으로 게임에 접속하기 전, 윤아와 민영은 최종 로그아웃 지점을 바탕으로 한 서로의 위치 정보를 교환했다. 윤아의 아바타는 맹세의 골짜기 4에 있었고, 민영의 아바타는 잡화점 옆길에 있었다. 민영은 윤아가 출입제한구역에서 발견한 '고무 인간'을 확인하느라 그 근방에서 로그아웃하게 되었다고 했다.

"광장 워프기가 아닌 게 어디예요."

윤아가 말했다.

"들어가자마자 길드에 가입하라 이거죠?" 민영이 점검 사항을 확인했다. "표정 반영도를 0으로 바꾸고요."

"네."

"조심해요." 민영이 단단히 일렀다. "방어막이 없으니까 공격당하면 죽을 수도 있습니다."

"광장을 빠져나와야 하는 사람은 제가 아닌데요."

민영이 한숨을 쉬었다.

"기도해줘요."

두 사람은 동시에 트리니티 워치의 전원 버튼을 눌렀다.

갈라진 나무 상자 틈으로 광장이 엿보였다. 잡화점 옆 골목길에 웅크린 민영은 숨을 죽였다. 광장은 헤이딜로스 길드명을 단 유저들로 빼곡했다.

민영의 발치에는 '헤이딜로스88'이라는 길드명이 반짝였다. 진짜 '헤이딜로스88'에는 가입할 수 없어 윤아가 내놓은 궁여지책이었다. '헤이딜로스' 길드명 옆으로 길드장임을 표시하는 노란 왕관 아이콘이 떠올랐다.

친구 채팅으로 윤아의 목소리가 들려왔다.

"별거 없어요. 그냥 무심하게 걸어 나오면 돼요."

"이거…… 안 들킬까요?"

"민영 씨. 지나가는 사람들 신발을 하나하나 보고 다녀요?"

"길드명은 반짝이잖아요……."

"다들 반짝여요. 다들 헤이달로스라고요. 그냥 걸어 나와요."

"지금 남 얘기라고 쉽게—"

민영은 입을 다물었다. 벌어진 상자 틈으로 신발이 휙 지나갔기 때문이다. 민영은 가슴을 부여잡고 심호흡을 했다.

"좋아요. 갑니다." 민영이 일어섰다.

골목에서 나오는 민영을 유저들이 쳐다보았다. 그들은 민영의 무표정을, 발치의 길드명을 슬쩍 훑더니 하던 일을 계속했다.

'통했어요, 윤아 씨.'

민영은 광장 끄트머리의 마을 입구를 향해 한 걸음 두 걸음 걸어 갔다. 수많은 시선이 민영의 얼굴에 잠시 머물더니 미련 없이 떠났다. 민영은 침을 삼켰고, 목울대가 들썩였다. 민영은 목울대의 움직임을 의식했고, 그러자 이마에 땀이 배어 나오기 시작했다. 귓가에서 괜찮냐는 윤아의 목소리가 들려왔고, 턱을 따라 굵은 땀방울이 흘렀다. 마을 입구까지 100미터.

윤기가 흐르는 감색 치파오를 입은 여자가 무리와 함께 민영의 앞을 가로질렀다. 나무로 만든 신발 아래에는 길드장 소유의 노란색 왕관이 빛났고, 그 옆으로 '헤이달로스88'이라는 길드명이 선명하게 반짝였다.

여자를 따르는 무리는 죄다 중국 전통 의상을 입고 있었다. 그들은 모두 '헤이달로스88'에 소속되어 있었다. '헤이딜로스'가 아닌 진짜배기 길드였다.

민영은 순간 걸음을 멈추고 싶은 것을 참았다. 갑작스러운 행동을 하면 더 눈에 띌 뿐이었다. 그러나 중국인 무리와 가까워지면 가까워질수록 '헤이딜로스88'이라는 이름은 더욱 초라해졌다. 각 길드의 장은 오직 한 명뿐이었다. 진짜 왕관을 소유한 자가 민영을 본다면, 이쪽의 위장을 간파할 것이다. 민영은 여자를 본 순간 즉시 방향을 바꿔 걸어가지 않은 것이 후회스러웠다.

이미 늦었다. 민영은 시선을 정면에 고정한 채 휘적휘적 걸었다. 이렇게 된 이상 빨리 지나치는 게 상책이었다.

무리로부터 다섯 걸음을 남겨두었을 때, 치파오 여자가 긴 속눈썹을 들어 이쪽을 바라보았다.

6

윤아는 금방 민영의 아바타를 발견했다. 처음엔 누군지 몰라 긴장했지만, 글자를 분간할 수 있는 거리에 들어서자 민영이 알려준 닉네임이 눈에 들어왔다.

"민영 씨, 여기예요."

윤아가 계곡 위쪽에서 손을 흔들었다. 민영은 천천히 걸었다. 진이 빠진 것 같기도 했고, 어딘가 조심스러워하는 것 같기도 했다. 하지만 무엇을? 윤아는 주변을 둘러보았다. 드넓은 필드엔 윤아뿐이었다. 아마도 지친 거라고, 윤아는 생각했다. 마을에서 여기까지 한달음에 오는 게 쉬운 일은 아닐 테니까.

"알아보는 사람 없었죠?"

민영이 아직 먼 거리에 있었기에, 윤아는 친구 채팅으로 말을 걸었다.

"민영 씨?"

대답은 없고, 민영이 내쉬는 작은 숨소리만 귓가에 감돌았다. 윤아의 심장이 불안으로 둥둥 울렸다.

"네."

민영이 두 박자 늦게 대답했다. 윤아는 가슴을 쓸어내렸다. 민영은 숨을 고르더니 말을 쏟아냈다.

"십년감수했죠. 불행인지 다행인지 광장에 멋모르고 뉴비가 나타나서 살았어요. 한바탕 소동이 일어날 줄 알았는데, 일 처리가 조용하더라고요. 소름 끼치는 놈들이에요."

민영의 한국어는 유창했다. 윤아는 민영의 말에 귀 기울이면서도, 한편으론 감염된 유저가 이렇게 빨리 인간의 언어를 습득할 리 없다며 자신을 안심시켰다.

가까이서 보니 민영의 아바타에는 민영 특유의 서글서글한 표정이 없었다.

"최민영 씨." 윤아는 긴장감에 괜히 웃음을 흘렸다. "얼굴이 이상해요."

"네? 제가 직접 꾸민 아바타인데……."

"그게 아니라," 윤아는 말하기가 망설여졌다. "너무 무표정해서요."

"아아. 표정 반영도를 0으로 바꿨으니 당연하죠."

민영이 윤아를 지나쳐 성큼성큼 걸어갔다. 윤아가 말했다.

"이제 다시 원래대로 바꿔놔요."

"안 되겠는데요."

윤아가 놀라 걸음을 멈추었다. 민영이 굳은 얼굴로 뒤를 돌아보았다.

"가다가 그놈들이랑 마주칠 수도 있잖아요. 윤아 씨도 0으로 설정해놔요."

께름칙했지만 틀린 말은 아니어서 윤아는 잠자코 민영의 말을 따랐다.

무표정한 헤이딜로스 길드원 두 명은 나란히 미개발구역을 향해 걸어갔다.

늪지대 끝에 거대하고 투명한 빙벽이 서 있었다. 미개발구역의 경계인 에너지벽이었다.

윤아는 자신이 늪 속에 파묻혀 죽을 뻔했다는 사실보다, 자신의 힘으로 저 두꺼운 에너지벽을 통과해야 한다는 사실에 속이 울렁거렸다. 종현의 목숨이, 사람들의 목숨이 오로지 자신이 에너지벽을 통과하느냐 여부에 달려 있었다. 만약 통과하지 못하면 어떻게 되는 걸까? 수천, 수만 명이 머리가 터져 죽는 것이다. 윤아 한 사람 때문에.

"다행이네요." 민영은 속도 모르고 태평하게 늪지대를 둘러보았다. "몹은 안 보여요."

민영의 아바타는 시스템에서 기본으로 지급하는 초보자용 상 ·
하의를 입고 있었다. 윤아의 옷도 별다를 건 없었다. 새삼 으스스한
기분이 들었다. 두 사람은 고렙 전용 사냥터에 저렙 아바타를 끌고
온 것이다. 그것도 방어막 하나 없이.

"셋에 뛰어요." 민영이 말했다.

윤아는 대답하지 않았다. 입을 벌리면 구역질이 나올 것 같아서
였다. 민영이 하나 둘, 하고 수를 세었다.

셋이 나오는 타이밍에 맞춰 윤아는 달리기 시작했다. 걸음을 디
딜 때마다 발이 푹푹 빠지며 사지가 휘청였다. 흔들리는 배 위에서
중심을 잡으려고 애쓰며 걸어가는 느낌이었다. 어지럽고 속이 메
슥거렸다. 구토감을 누르고 민영을 따라가려 했지만 다리가 말을
듣지 않았다.

민영이 뒤처진 윤아를 확인하고 되돌아왔다.

"어지러워요."

윤아가 다 죽어가는 목소리로 말했다. 민영이 윤아의 팔을 잡아
어깨에 둘렀다. 윤아가 힘없이 고개를 저었다.

"괜찮은데."

"괜찮기는." 민영이 말했다.

윤아가 거절의 의사로 힘없이 손을 휘저었다. 민영은 무시하고
윤아를 끌고 나아갔다.

민영은 말처럼 땀을 흘렸다. 나아가는 속도는 느렸지만, 윤아는
죽을 맛이었다. 울렁거리는 위장이 민영의 움직임에 따라 이리저
리 요동쳤기 때문이다.

늪지대를 반쯤 가로질렀을 때 민영이 윤아의 손을 놓쳤다. 윤아의 몸뚱이가 질척한 늪 위에 내려앉았다. 바닥에 반죽을 치대는 소리가 났다. 윤아는 땅에 대고 헛구역질을 했으나 빈속에서는 아무것도 나오지 않았다. 민영이 숨을 고르고 다시 윤아의 팔을 둘러멨다.

그때쯤 윤아는 기묘한 단계를 지나고 있었다. 자신의 몸을 운반하는 타인의 힘이 느껴졌지만, 그것이 민영이라는 사실을 깨닫는 데 오랜 시간이 걸렸다. 외부 자극은 점차 희미해지고 내부의 공동이 진공관처럼 웅웅거리며 머릿속을 둔하게 휘저었다. 크림 같은 정신 에너지의 질감이 느껴졌다. 말랑거리는 그것은 느리게 돌고 또 돌다가 반죽처럼 굳어갔다. 윤아는 따뜻한 반죽 덩어리에 손바닥을 대고 있는 것처럼 그 모든 과정을 생생하게 느낄 수 있었다.

이제 아무것도 상관없었다. 머리가 어질하고 속이 메슥거리든, 민영이라는 이름의 남자가 거친 숨을 뱉으며 자신을 운반하든, 내외부적 감각 정보들은 물속에 잠긴 것처럼 먹먹하게 느껴졌다. 자신은 그저 흘러가는 시간의 일렁임에 몸을 맡기면 되는 것이었다.

그때 일렁임 사이로 무언가가 휙 지나갔다. 윤아는 눈을 가늘게 떴다. 시야 가장자리에 개미처럼 작고 검은 점이 아른거렸다.

"민영 씨."

민영이 이마를 타고 흐르는 땀을 훔쳤다.

"예?"

"저거 보여요?"

무기력한 윤아의 손가락이 에너지벽 위를 가리켰다. 민영의 턱이 위로 들렸다.

"저기에……" 윤아가 말했다. "뭐가 있어요."

"어디요?"

민영의 눈동자가 허공을 헤집었다. 끝없이 펼쳐진 늪지대와, 하늘을 가로막은 반투명한 에너지벽 외에 보이는 것은 없었다.

"어디요. 아무것도 안 보여요."

"저기." 윤아가 힘없이 웃었다.

"예?"

"공중에 떠 있어."

"조용히 해요."

"저기 사람이……"

"듣고 싶지 않아요!"

민영이 씩씩댔다. 무서운 모양이었다.

윤아는 입을 다물었지만, 그렇다고 눈에 보이는 검은 점이 사라진 것은 아니었다. 오히려 검정의 채도는 옷감에 물을 묻힌 것처럼 진해졌다. 자세히 보니…… 윤아는 인상을 찡그렸다. 그 사람은 서 있는 것이었다. 에너지벽 위에 두 발을 딛고.

"아, 떠 있는 게 아니라, 서 있는 거였어요." 윤아는 배시시 웃으며 말했다. 정확한 정보를 전할 수 있게 되어 기뻤다.

민영은 거칠게 헉헉댈 뿐 말이 없었다. 아예 대꾸하지 않기로 마음먹은 듯했다.

윤아에게는 아무 상관이 없었다. 덕분에 아무런 방해도 받지 않고 마음껏 벽 위의 사람을 관찰할 수 있었다. 그 사람은 남자 같았고, 정면을 보고 있었다. 그러다 한순간 하늘을 향해 한껏 목을 젖혔다. 그 상태로 미동도 않는 30초가 흘렀다. 남자의 눈동자는 집요하게 위를 응시하고 있었다. 가물 때 비를 기다리는 사람처럼.

윤아도 하늘을 올려다보았다. 하얗다 못해 창백한 하늘이었다. 반쯤 눈을 감았다. 피곤하고, 눈이 부셨다. 손을 들어 하늘빛을 가리니 얼굴에 그림자가 졌다.

때마침 하늘도 차양을 친 듯했다. 순식간에 사위가 어두워지더니 무대 장치 같은 먹구름이 층층이 몰려와 하늘을 덮었다.

남자가 아래를 내려다보았다.

"김종현?" 윤아가 말했다.

종현이 웃었다. 이마에 있는 혹이 물풍선처럼 늘어져 눈두덩을 일그러뜨리고 입술을 비틀었다.

"네가 왜—"

거기 있냐고 묻기도 전에 종현 옆으로 하나둘 사람들이 생겨났다. 그 수는 삽시간에 늘어나 발 디딜 틈 없이 벽 위를 빽빽하게 메웠다. 그들 모두가 일그러진 웃음을 짓고 있었다.

숨이 턱 막혔다. 그들은 유령이었다. 외계인에게 목숨을 저당 잡힌 유령들. 그들은 자신들의 인생을 구하는 데 아무 쓸모도 없는 윤아에게 벌을 내리기 위해 이곳에 온 것이었다.

"아—" 종현이 입을 벌렸다.

유령들이 즐겁게 합창했다.

"아아아아."

"아아아아."

"아—" 종현이 화답하며 허공으로 발을 내디뎠다.

철퍽. 윤아의 상체가 들썩였다. 종현의 몸뚱이가 진창이 아니라 자기 몸에 내리꽂힌 것 같았다.

아아아아. 합창 소리가 높게 울려 퍼졌다. 사람들이 검은 비처럼 쏟아져 내렸다. 무거운 물체가 점도 높은 액체에 떨어지는 차진 소리가 윤아의 귀에 철썩철썩 달라붙었다. 윤아는 몸을 옹송그리고 괴로운 신음을 뱉었다. 모두 자신 탓이었다. 자신 때문에 저들이 죽은 것이다.

"윤아야."

소음이 뚝 멎었다.

윤아는 고개를 들었다. 유령들의 합창 소리가 끝나 있었다. 에너지벽 위에는 아무도 없었다. 단 한 사람을 제외하면.

"너 때문에 자살한 게 아니야."

엄마가 말했다.

윤아는 숨이 멎는 듯했다. 엄마는…….

엄마는 봄날 꽃밭처럼 화사해 보였다. 늘 입던 칙칙한 회색 옷이 아닌 흰 원피스를 입고 있었다. 아직 모든 것이 정상으로 돌아가던 시기에, 그러니까 윤아네 집에 나들이라는 개념이 존재하던 시기에 엄마가 즐겨 입었던 옷이었다. 입가에는 라일락 향기처럼 은은한 미소가 걸려 있었다.

무엇보다, 엄마가 윤아를 보고 있었다. 네가 누구냐는 멍한 표정도 아니고, 네가 누구든 지금 내 곁에만 있어 달라는 절박한 표정도 아니고, 다른 엄마들 같은 표정으로.

그러니까, 사랑하는 자기 자식을 보는 시선으로.

"미안해."

윤아는 고개를 푹 떨어뜨리며 말했다. 엄마가 눈을 크게 떴다.

"뭐가?"

"내가 몰라서. 내가 곁에 있어 주지 못해서."

"무슨 소릴 하는 거니."

"그날 내가 엄마 곁에 있었으면……."

"그러지 마."

"그러면 엄마가 자살하지 않았을 텐데."

"나는 자살하지 않았어."

"뭐?"

윤아가 번쩍 고개를 들었다.

엄마는 빙그레 웃었다.

"네가 나를 죽인 거지."

윤아가 비명을 질렀다. 엄마가 발을 내밀자 공중에서 흰 원피스가 펄럭였다. 윤아는 허공을 향해 손을 뻗었다. 식탁 아래로 떨어지는 컵을 잡으려고 반응할 때와 같이. 엄마는 납으로 만든 인형처럼 묵직하게 추락했다. 그 영원 같은 찰나에 윤아는 남은 평생 자신을 그림자처럼 따라다닐 엄마의 속삭임을 들었다. *너만 없었으면, 너만 태어나지 않았다면, 네가 그렇게 끊임없이 보살핌을 요구하지 않았다면, 네가 내 인생을 모조리 잡아먹지 않았다면.*

그랬다면 나는 살아 있었을 거야.

물기 먹은 파열음이 귀를 때렸다.

윤아는 앞으로 어색하게 뻗어진 자신의 손을 내려다보았다. 하하하……. 잘린 혈관에서 흘러나오는 피처럼 웃음이 터졌다. 배를 부여잡고 짐승처럼 웃었다. 눈물 날 정도로 웃겼다.

손을 내밀어서 어쩌겠다는 거야. 이걸로 막아보기라도 하게?

웃음은 멎지 않았다.

머리가 터진 엄마의 시체가 팔꿈치를 바닥에 박으며 제자리에서 맴을 돌았다.

"고윤아 씨!"

경계에 다다른 민영은 윤아를 내려놓고, 윤아의 손을 에너지막에 갖다 댔다. 그러나 정신을 잃기 직전인 윤아의 손은 의미 없이 벽에서 미끄러졌다.

민영은 불안한 시선으로 하늘을 올려다보았다. 얼굴이 땀으로 흥건했다. 윤아를 여기까지 옮기느라 힘들어서 흘리는 땀이 아니었다.

고윤아가 봤다는 검은 점이 저것이었을까?

"고윤아 씨! 내 말 들려요? 정신 차려요!"

민영이 윤아의 어깨를 흔들었다. 윤아는 줄이 끊긴 꼭두각시처럼 목을 푹 꺾은 채 정수리를 에너지벽에 대고 있었다.

닻 모양의 검은 물체는 민영의 희망을 시험하듯 저쪽으로 멀어졌다가 거대한 호를 그리며 다시 이쪽으로 날아왔다. 여섯 바퀴째 도는 맴이었다. 그것이 조금이라도 강하려는 기미를 보일 때마다 민영은 숨통이 조이는 듯한 기분을 느꼈다. 저것이 지척에 다가

왔을 때 어느 정도의 크기일지 가늠이 되지 않았다. 다만 저 괴물이 일거에 사람의 뱃가죽을 찢어발길 힘이 있다는 것만은 확실했다.

민영은 윤아를 돌아보았다. 지금 윤아가 에너지막을 넘어갈 수 없다면, 남은 방법은 두 사람이 잠시 로그아웃했다가 괴물이 물러간 다음 다시 로그인하는 것뿐이었다. 그러나 문제는 윤아가 당장 로그아웃을 할 수 있는 상태인가 하는 것이었다.

"윤아 씨! 내 말 들리면 로그아웃해요, 예? 로그아웃하라고!"

윤아가 뭐라고 웅얼거렸지만 단어라기보다는 모음의 나열에 가까웠다. 순간 윤아를 여기 내버려 두고 자기만 로그아웃해서 이곳을 빠져나갈까 하는 생각이 스쳤다. 그러나 에너지막을 통과하는 방법을 알고 있는 윤아가 없다면 연구소 내부로 들어갈 수 없을 것이고, 연구소에 들어가 시스템을 조정하지 않으면 유저들이 죽음을 맞게 될 것이며, 그 책임은 고스란히 민영에게 돌아올 것이었다. 이 빌어먹을 행성을 TR 게임에 적당한 장소라고 윗선에 보고한 사람이 바로 민영이었기 때문이다.

민영은 소리를 지르며 주먹으로 에너지벽을 때리고 어깨로 몇 번이고 떠밀었다. 벽은 민영이 떠민 힘을 그대로 민영에게 돌려보냈다. 표면은 흠집 하나 없이 깨끗했다.

"으아아아악!"

민영은 바닥에 주저앉아 발로 벽을 마구 찼다. 미치기 직전인 민영과는 달리 윤아는 평온하게 잠들어 있었다. 온몸에 힘을 빼고 목을 구부린 모습이 한 폭의 인물화처럼 보였다. 느낌 있게도 집게손가락이 진흙 속에 파묻혀 있었다.

"그래…… 차라리 잠들어 있는 게 나을지도 몰라요."

말짱한 정신으로 내장이 찢기는 것보다는.

민영은 소리 내어 웃었고, 자신이 웃었다는 사실에 놀랐다. 멀거니 앉아 있는 윤아를 보고 있자니 아이를 유치원에 보내는 부모의 무기력감을 이해할 것 같았다. 이곳까지 윤아를 데려온 건 자신이었지만, 지켜보는 것 말고 달리 할 수 있는 일이 없었다.

그러다 민영은 윤아가 마냥 인물화처럼 앉아만 있는 것이 아니라는 사실을 깨달았다. 진흙 속에 박힌 오른손 검지가 가늘게 떨리고 있었던 것이다. 반면 땅 위에 사뿐히 올려진 왼손은 움직임이 없었다.

그건 특이했다. 단순히 손이 떨리는 거라면, 땅에 박힌 손이 움직이지 않아야 하는 것 아닌가? 땅이 지지대가 되어 줄 테니까 말이다.

깨달음이 번개처럼 민영을 때렸다.

윤아의 검지는 땅속을 가리키고 있었다.

민영은 굶주린 개처럼 에너지벽 아래를 파헤쳤다. 생각해보면 단순한 것을 지금까지 알아채지 못했다. 승민이라는 유저가 외계 생물체를 밟아 터뜨린 것은 늪지대 이편에서였다. 그런데 외계인들은 늪지대 저편으로도 넘어갈 수 있었다. 그들이 망가뜨린 방어막 시스템은 늪지대 너머 연구소에 마련되어 있기 때문이었다.

외계인들은 어떻게 늪지대를 자유롭게 넘나들 수 있었을까? 그들에게 에너지막을 통과하는 능력이 있을 리 만무했다. 윤아가 골목길의 에너지막을 뚫고 도망쳤을 때, 블랙핏이 더 이상 윤아를 쫓아오지 못했기 때문이다. 그런 작은 에너지막도 통과하지 못하는

데, 늪지대의 거대한 에너지벽은 어떻게 통과한단 말인가?

그들은 밑으로 이동한 것이다. 에너지막 아래로.

민영의 손이 다급하게 늪을 뭉텅이로 퍼냈다. 늪은 둥글게 파였다가는 다시 평평하게 모여들었다.

머리 위에서 불길한 새의 울음이 최후통첩을 알렸다.

민영은 가슴 가득 공기를 들이마시고 늪에 머리를 처박았다. 손날이 부드러운 버터 덩이를 밀어내듯 늪을 갈랐다. 머리 위로 에너지벽 밑동이 잡히자, 민영은 손바닥을 밀어 단번에 경계 너머로 얼굴을 내밀었다.

"파압!"

게걸스레 바깥 공기를 들이마신 민영은 팔뚝으로 눈가를 훔쳤다. 새는 맴돌기를 멈추고 궤도를 빠져나와 이쪽을 향해 급강하했다. 괴물과의 거리가 시시각각 좁아졌다. 민영은 윤아의 팔을 움켜쥐었다.

"숨 쉬어요!"

민영은 자신의 몸이 만든 공간으로 윤아를 힘껏 잡아당겼다. 윤아의 상체가 늪 속으로 삼켜졌다가 민영이 당기는 힘에 끌려 지면 밖으로 빠져나왔다. 진흙에 떡이 진 윤아의 얼굴이 땅 위로 올라왔다. 그러나 몸의 나머지 절반은 이 이상 끌려오지 않았다. 어딘가에 걸렸거나 자세가 잘못된 것이 틀림없었다.

이제 괴물은 흰자위를 식별할 수 있을 정도로 가까워졌다. 민영은 젖 먹던 힘까지 모두 끌어냈다. 목과 이마에 핏줄이 붉어졌다. 에너지벽 저편에 아직 윤아의 조그만 두 발이 남아 있었다. 무방비

한 둥근 무릎도.

이윽고 밤의 장막 같은 거대하고 검은 날개가 시야를 덮었다.

민영은 벽 너머에 남아 있는 윤아의 다리를 바라보았다. 아바타에게 뼈와 살갗이란 게 있다면, 저 괴물이 그것을 부수고 찢어놓을 것이다.

그러나 그것은 착각이었다. 새의 시선은 정확히 민영에게 꽂혀 있었다. 민영의 부드러운 두 눈알에.

무언가가 퍽 하고 터지는 파열음이 났다. 민영의 입이 쩍 벌어지더니 날카로운 비명이 공기를 갈랐다. 핏물이 에너지벽 표면을 빨갛게 물들였고, 이내 벽 아래로 흘러내렸다. "아, 아아, 아……." 민영은 더듬더듬 자신의 얼굴을 만져보았다. 떨리는 손이 눈두덩과 콧잔등을 오고 갔다. 눈에 난 구멍은 없었다. 쪼개진 코뼈도.

괴물은 건물 유리창에 부딪힌 새처럼 나자빠져 있었다. 에너지벽에 정통으로 머리를 박고 즉사한 것이다. 민영은 땅에 이마를 대고 안도의 한숨을 쉬었다.

에너지벽이 투명하지 않았다면, 아니, 괴물이 민영이 아니라 윤아를 노렸다면……. 민영은 몸서리를 쳤다. 결국에는 두 사람 다 무사하지 못했을 것이다.

고개를 들자 피로 물든 벽 너머가 보였다. 끔찍하게 커다란 날개가 윤아의 다리를 덮고 있었다.

일단 에너지벽에서 멀어지자 윤아는 기운을 차렸다. 혼자 걷겠다고 말할 수 있을 정도였다.

민영의 눈치를 보던 윤아가 쭈뼛거리며 다가왔다.

"미안해요, 도움이 못 돼서⋯⋯."

윤아가 중얼거렸다. 민영이 손사래를 쳤다.

"도와줬잖아요. 덕분에 벽을 넘어가는 방법을 알았는걸요. 사과해야 할 쪽은 나예요. 검은 점이 안 보인다고 성질만 내고. 그렇게 위험한 건 줄 알았다면 진작 귀 기울였어야 했는데."

"봤어요?"

"네?"

민영이 뒤를 돌아보았다. 윤아는 기묘한 표정을 짓고 있었다.

"뭘요?" 민영이 말했다.

"검은 점요."

"당연하죠."

민영은 조금 실망했다. 마지막에 윤아가 정신을 잃어서 기억하지 못하나 본데, 그 새로부터 윤아를 구한 게 바로 자신이라는 사실을 강조하고 싶었다. 그러나 그런 종류의 사실은 내보일수록 빛을 잃는 데다가 윤아가 이미 딴생각에 빠진 것 같아 입을 다물었다.

윤아는 어느 한 군데에 시선을 고정하지 않고 초점을 풀어놓고 있었다. 그림자 진 얼굴이 해쓱했다. 좀전의 충격에서 아직 회복하지 못한 듯했다. 민영은 더 말을 걸지 않았고 두 사람은 느리게 나아갔다. 답답하리만큼 굼뜬 속도였다. 처음에는 민영도 서두르려고 했으나 윤아가 거듭 뒤처지는 바람에 되돌아와 보조를 맞추었다.

대화가 일단락되었다고 여겨질 즈음 윤아가 말했다.

"난 절대 그렇게는 되지 않을 거예요."

민영이 퍼뜩 정신을 차렸다. "그렇게요?"

"그런 식으로 죽는 거요."

민영의 눈앞으로 축 늘어진 새의 사체가 어룽거렸다. 민영은 고개를 끄덕였다.

"끔찍하죠."

있는 힘껏 벽에 머리를 박고 죽는다는 건.

"내 목표예요. 그런 식으로 죽지 않는 거."

"그래요?"

민영은 고개를 갸웃했다. 그게 목표라고? 보통 그렇게까지 노력하나?

의문과는 달리 고개는 자동으로 끄덕여졌다. 어차피 자신의 삶도 아니었다.

"떨어지는 건…… 최악이잖아요." 윤아가 말했다. "그렇죠?"

"최악이죠."

민영이 건성으로 동의했다.

그 후 윤아는 말을 잃었고, 고요히 들판을 가로지르는 노정이 이어졌다. 미개발구역의 땅은 고르지 않았다. 일전의 소동으로 체력은 떨어질 대로 떨어져 있었다. 두 사람은 뭔지 모를 거대한 기계가 밟고 지나간 자국을 길잡이 삼아 걸었다. 윤아가 잠시 기다려달라고 말하며 걸음을 멈출 때마다 민영도 멈춰 서서 가만히 귀를 기울였다. 바람이 풀 사이를 헤치고 지나간 자리에서 마른 손바닥을 비비는 소리가 났다.

윤아가 잘 따라오는지 확인하려고 민영이 뒤를 돌아보았다. 안

색이 좋지 않을 거라 생각했는데 의외로 윤아의 표정은 밝았다. 표정 반영도가 조정된 얼굴이 아니었다면 분명 미소 짓고 있다고 생각했을 것이다.

"무슨 생각 해요?" 민영이 말했다.

"여기서 일어날 일이 궁금해서요."

윤아는 신이 나 보였다. 민영은 조금 화가 나려고 했다.

"우리가 어떤 위험에 처해 있는지 알고는 있는 거죠?"

"그런 얘기가 아니라—" 윤아가 고개를 흔들었다. "일이 잘 풀리면, 언젠가는 이 공간도 유저들에게 개방될 거잖아요. 그때가 기대되는 거예요."

게임 중독자들이란. 민영은 생각했다. *업데이트 날만 목 빠지게 기다리며 다른 할 일이라고는 없는 인생들. 고작 반 시간만 점검이 지연돼도 오두방정을 떨지.*

민영이 어떻게 생각하건 말건 윤아는 열정적으로 말했다.

"현실 세계에서는 가능한 행동이 정해져 있잖아요. 도시에서는 특히 그렇죠. 거리는 조용히 입 다물고 걸어가는 공간이고. 혼자 울거나 웃으면 이상하게 보잖아요."

민영은 윤아의 걸음이 느려진다고 느꼈고, 자신도 모르게 윤아의 팔꿈치를 슬쩍 밀었다. 윤아는 민영의 행동을 의식하지 못한 채 말을 이어갔다.

"하지만 여기선 이상할 게 하나도 없어요. 모든 게 경험과 발견의 대상이니까. 바닥을 굴러다녀도 되고 꽃을 입에 물어도 돼요. 광장 한복판에서 나 외롭다고 친구하자고 소리를 질러도 상관없어요. 이상하게 보는 사람이 아무도 없거든요. 자유롭게 행동하고 경험할 수 있게 되니까 매일 다른 사건이 일어나요." 윤아가 픽 하고 웃음소리를 냈다. "현실에서는 아무 일도 안 일어나는데."

게임사에서 근무하고 있는 민영이었지만 가끔 이런 유저들의 감상적인 의견과 부딪힐 때면 곤란함을 느꼈다. 트리니티 현실은 현실의 일종이었다. 그러나 엄밀히 말하면 그것은 진짜 현실은 아니었다. 민영이 생각하기에 진짜 현실이란 다른 현실의 기반이 되는 물리적인 현실이었다. 게임 속에서 돈이 많고 잘생기고 어울릴 친구가 있는 것과, 현실에서 돈이 많고 잘생기고 어울릴 친구가 있는 것 중에 하나를 고르라면 민영은 모든 사람이 후자를 택할 거라고 생각했다. 게임은 어느 때고 접속하지 않으면 그만이지만, 먹이고 재워야 하는 몸이 있는 현실은 인간이 반드시 돌아와야 하는 장소이기 때문이다. 게임 속 캐릭터가 화려할수록 현실로 돌아올 때의 낙차는 더 커지는 법이다.

그러나 민영은 윤아의 환상을 깨부수고 싶지는 않았다. 고윤아가 얼마나 시궁창인 현실을 살아가는지 고려하면 그건 잔인한 처사가 될 터였다.

현실이 거지 같을수록 게임 같은 거에나 매달리게 되는 거겠지. 민영은 생각했다.

윤아가 퍼뜩 고개를 돌렸다.

"이 행성 이름이 뭐라고 그랬죠?"

"T—636이요."

"대충 알파벳이랑 숫자 갖다 붙인 거 말고, 진짜 이름이요." 윤아가 말했다. "우리가 지구를 E—127이라고 부르진 않잖아요?"

"늦었어요. 빨리 가야 돼요." 민영이 윤아의 등을 밀었다.

"게임 서비스가 종료되면 다시는 이 행성에 못 오겠죠?"

민영은 한숨을 쉬었다.

"워프기며 다 철거할 테니까요."

"그래도 관광 명소가 될 수도 있잖아요."

"운이 좋으면요."

말도 안 되지. 민영은 생각했다. 인간 정신을 제멋대로 조종하는 위험한 생물이 살고 있는데 인간들이 잘도 관광을 오겠다.

"게임이 안 끝났으면 좋겠어요." 윤아가 말했다.

"저도 그래요."

일자리를 잃고 싶은 생각은 추호도 없으니까.

눈앞에 연구소 건물이 있었다. 윤아의 가슴이 기쁨으로 들썩였다. 연구소에 방문한 유저는 자신이 최초일 것이다.

당장이라도 내부를 탐험하고 싶었지만, 이번에도 에너지막이 연구소 주변을 둘러싸고 있었다. 민영은 혹시나 하는 마음으로 출입문 비밀번호를 입력해 보는 것 같았다. 역시나 에너지막은 해제되지 않았다. 민영이 무용한 일에 시간을 낭비하고 있을 때 윤아는 연구소 주변을 돌며 에너지막의 취약점을 찾았다.

잠시 후 윤아가 민영을 불렀다. 민영은 흠칫했다. 윤아가 에너지막에 난 구멍에 팔을 넣은 채 엉거주춤 서 있었다.

"개구멍이군요." 민영이 말했다.

아바타에게는 좁지만 뼈 없는 동물이 지나가기에는 충분했다.

민영이 힘으로 구멍을 넓히려고 끙끙대는 동안, 윤아는 구멍 주변의 에너지막을 진찰하듯 매만졌다. 그러다 약점을 발견한 듯 같은 자리를 꾹꾹 눌렀다.

"손 치워봐요." 윤아가 말했다.

민영이 물러섰다. 윤아가 손가락에 힘을 주었다. 에너지막이 퐁 뚫렸다. 윤아는 눈을 감고 자신만 아는 길을 따라 손가락을 움직였다. 손가락은 이리저리 모양을 내다가 원래 있던 개구멍으로 빠져나왔다. 에너지막이 물에 젖은 지도처럼 찢어졌다.

윤아가 커튼을 들추듯 에너지막을 걷고 연구소 마당 안으로 들어섰다. 민영이 낑낑거리며 한쪽 다리를 에너지막 안으로 집어넣고 있을 때, 윤아는 현관을 향해 천천히 걸어가고 있었다.

민영이 윤아를 불렀다.

"윤, 윤아 씨!"

윤아는 계속 나아갔다. 연구소 현관문이 골판지처럼 찌그러져 있었다. 1층 로비에는 하얀 건축재들이 부서진 크래커처럼 널려 있었다. 윤아는 고개를 숙여 찌그러진 문틈을 들여다보았다. 2층으로 가는 계단 일부가 보였다.

"윤아 씨." 뒤늦게 따라온 민영이 연구소 내부로 들어가려는 윤아의 팔을 붙잡았다. "이제 윤아 씨 임무는 끝났어요. 로그아웃해도 돼요."

윤아가 멍하니 말했다.

"안 돼."

"예?"

"도망쳐요."

민영은 황급히 고개를 돌렸다. 2층 층계참 위에 표정이 없는 아바타 셋이 서 있었다. 윤아는 가운데 서 있는 여자를 알아보았다. 검은 자객. 블랙핏이었다.

윤아와 민영은 건물 밖으로 도망쳤다. 블랙핏은 처음 한두 계단을 내려오더니 난간을 붙잡고 단번에 여섯 계단을 뛰었고, 다른 두 명의 자객들은 난간에 엉덩이를 걸치고 주르르 미끄러져 내려왔다.

민영이 윤아를 왼쪽으로 이끌었다. 건물을 끼고 돌던 민영은 연구소 옆구리에 난 조그만 문을 벌컥 열었다. 윤아가 쪽문에 몸을 넣자 민영이 문을 닫았다.

윤아는 빠르게 내부를 훑었다. 좁고 긴 복도에 플라스틱 상자와 포대들이 쌓여 있었고 왼쪽에는 계단이, 오른쪽에는 엘리베이터가 있었다. 민영이 버튼을 눌렀지만 승강기는 5층에 있었다. 내려오는 속도도 느렸다.

윤아가 턱짓으로 상자와 포대를 가리켰다.

"숨어요. 내가 유인할게요."

말을 마치기도 전에 윤아는 계단을 뛰어 올라갔다. 민영은 높게 쌓인 상자 뒤로 몸을 숨겼다.

윤아가 2층에 다다랐을 때, 쪽문으로 자객들이 들이닥쳤다. 자객들은 위층에서 들리는 발소리를 듣고 곧장 계단으로 향했다. 그러나 블랙핏은 동료들을 따르지 않고 계단을 한번, 승강기를 한번 슥 보더니 복도에 쌓인 상자로 걸어갔다. 민영이 숨어 있는 상자였다.

블랙핏이 발길질을 하자 높게 쌓인 상자가 우당탕 무너졌다. 흉터 진 검은 눈이 상자 뒤를 무심하게 훑었다.

아무도 없는 것을 확인한 블랙핏은 동료들을 쫓아 계단을 뛰어 올라갔다.

"흐억! 헉!"

민영이 참았던 숨을 뱉으며 차 안에서 깨어났다. 선글라스를 벗고 차창을 내다보고 있던 상식이 놀라 뒤를 돌아보았다.

"뭐야? 어떻게 된 거야?"

"연구소에 놈들이 있어요."

"연구소?" 상식의 이마에 핏발이 섰다. "그럼 고윤아는 돌려보냈어야지!"

민영은 옆을 보았다. 윤아가 눈을 감고 좌석에 앉아 있었다. 윤아의 트리니티 워치는 접속 중을 의미하는 초록색으로 빛나고 있었다.

"돌려보내려고 했는데, 갑자기 놈들이 나타나서……."

"빨리 다시 들어가서 돌려보내!"

민영이 트리니티 워치 전원을 누르려다 거울 속 운전기사의 표정을 발견했다. 기사는 불안한 표정으로 사이드미러를 연신 살피고 있었다.

포르쉐가 신호에 걸려 대기 중이었다. 많은 사람들이 횡단보도를 가로질렀다.

"여긴…… 괜찮은 겁니까?"

민영이 물었다. 상식은 몸을 돌려 창밖을 바라보았다.

"알아서 할 테니 자네 일이나 잘해."

분노를 간신히 누른 말투였다. 민영은 잠자코 눈을 감았다.

4층까지 한달음에 뛰어 올라간 윤아는 비상구 문을 박차고 나와 복도를 내달렸다. 등 뒤로 추격자들의 발소리가 층계를 탕탕 울렸다. 윤아는 다급히 가까운 문고리를 돌리고 문을 밀었다.

실험실로 사용되는 듯한 방이었다. 용도를 알 수 없는 기구와 관측기, 초록색 캐비닛과 각종 서류가 엉망으로 흩어져 있었다. 윤아는 종이 뭉치를 밟으며 방을 가로질렀다. 활짝 열린 캐비닛은 아바타 크기에 비하면 너무 작았다.

들어가는 게 불가능해 보였지만, 바로 그 점이 윤아를 구원할 것이었다. 윤아는 다리를 접고 턱을 무릎에 딱 붙인 다음, 팔을 뻗어 캐비닛 문손잡이를 잡았다.

캐비닛 문을 닫은 순간 자객 하나가 방 안으로 들이닥쳤다. 뒤이어 다른 자객도 안으로 들어왔다. 두 사람은 의자를 밀치고 책상 밑을 살폈다.

윤아는 이를 악물었다. 이 좁은 공간에 1초라도 더 있다간 비명이 터져 나올 것 같았다. 마침내 자객들이 복도로 나가 왼쪽 방문을 여닫는 소리가 들리자, 윤아는 안도하며 문손잡이를 슬쩍 밀었다.

블랙핏이 소리 없이 방 안으로 들어왔다. 가느다란 문틈으로 사뿐사뿐 바닥을 거니는 검은 신발이 보였다.

윤아는 서서히 벌어지고 있는 문을 다급히 붙잡았다.

로그아웃을 해야 할까? 그러나 "로그아웃"이라고 말하는 게 문제였다. 혹여 소리가 새어나가 로그아웃 지점을 들키게 되면, 다시 로그인했을 때 처음 보게 될 광경은 블랙핏의 얼굴이 될 것이다.

고통스러움에 침이 흘러나왔다. 불현듯 윤아는 깨달았다. 다시 로그인할 이유가 없었다. 자객 세 명이 모두 윤아가 있는 층으로 왔다는 건, 윤아가 자객을 유인하는 데 성공했다는 뜻이다. 나머지는 민영에게 달린 일이었다. 윤아에게 맡겨진 일은 민영을 연구소까지 데려다주는 것이었고, 윤아는 임무를 완수했다.

하지만 무언가 마음에 걸리는 것이 있었다…….

윤아를 놓친 자객들이 뒤늦게나마 민영을 따라잡을까 봐 신경 쓰이는 걸까? 그 문제가 걱정되기는 했다. 그러나 진짜 문제는 다른 데 있었다. 그것이 목에 걸린 가시처럼 거슬렸다. 그게 뭔지 알 수는 없었지만.

문득 정신을 차리니 완전한 정적이 내려앉아 있었다. 캐비닛의 좁은 문틈으로 보이던 블랙핏의 신발도 사라진 후였다. 당장이라도 뛰쳐나가고 싶었지만, 그 상태에서 1분가량을 더 기다렸다. 침묵이 방안에 가득 찼다.

멀리서 복도를 뛰어가는 발소리가 들렸다.

마침내 캐비닛 문이 열리고 구겨져 있던 몸이 쏟아져나왔다. 윤아는 신음을 흘리며 바닥으로 엎어졌다. 그러던 중 팔꿈치로 바닥에 널브러져 있던 종이 더미를 쳤고, 종이 뭉치는 트럼프 카드처럼 차르르 펼쳐졌다.

낯선 얼굴들이 일렬로 천장을 바라보았다.

윤아는 가장 가까운 종이를 눈앞으로 가져왔다. 누군가의 얼굴

사진. 그리고 게임 닉네임. 이해할 수 없는 설명들이 인적 사항과 함께 이력서처럼 딸려 있었다. 가장 눈에 띄는 건 사진 귀퉁이를 사선으로 가로지르는 큼지막한 보라색 도장이었다. '부적합.'

윤아의 눈동자가 종이들을 더듬으며 앞으로 나아갔다. 부적합, 부적합, 부적합.

트럼프 카드의 끝에는, 원래대로라면 종이 더미의 맨 위에 놓여 있었을 종이 한 장이 있었다. 처음 이 방에 들어왔을 때 윤아의 시선을 스쳤던 물건이었다. 거기에는 너무 익숙해서 낯설게 느껴지는 얼굴과 함께, 빨간색 도장으로 찍힌 적합 표시가 있었다.

"이게, 왜……."

말문이 막혔다. 무슨 말이라도 더 내뱉고 싶었지만 그러지 못했다. 엄청난 손아귀 힘이 아래턱을 틀어쥐더니 입안으로 물컹거리는 덩어리를 욱여넣었기 때문이다.

목구멍이 막힌 윤아는 괴성을 지르며 팔을 휘저었다. 허리 아래는 일절 움직일 수 없었다. 블랙핏의 다리가 윤아의 허벅지를 단단히 감고 있었다. 윤아는 턱을 틀어쥐고 있는 블랙핏의 손을 마구 할퀴고 손톱을 박아넣었다. 힘은 전혀 줄어들지 않았다.

블랙핏의 품에서 버둥거리던 윤아의 아바타가 축 늘어졌다.

블랙핏은 윤아를 내려놓고 윤아가 떨어뜨린 종이를 주웠다. 구겨진 종이를 펴고 윤아의 사진을 한동안 들여다보던 블랙핏은, 종이를 반으로 접어 주머니에 넣었다.

7

늪 속으로 추락하는 꿈을 꾸었다고 생각했다.

윤아는 등에서 느껴지는 뻐근함에 눈을 떴다. 눈앞에서 블랙핏이 수정 조각을 깎고 있었다.

처음 든 생각은 이곳이 꿈속 공간이라는 것이었다. 레이저로 표면을 깔끔하게 자른 듯한 잔잔한 호수와, 투명한 젤리 같은 동굴 내부가 보였던 것이다.

"로그아웃은 하지 않는 게 좋아." 블랙핏이 이쪽을 쳐다보지도 않고 말했다. "시간이 없으니까."

윤아는 "뭐라고?"라고 말했지만 입에서는 으어어, 하고 뭉개진 발음이 새어 나왔다. 블랙핏이 윤아의 입속에서 마우스피스 같은 것을 꺼냈다. 턱을 타고 침이 흘러내렸다.

"너, 너……."

윤아가 블랙핏의 얼굴을 가리켰다. 오른쪽 눈썹 위의 피부가 볼록렌즈가 이식된 것처럼 부풀어 있었다. 블랙핏이 손으로 그곳을 만졌다.

"말했잖아. 시간이 없다고."

목소리로 짐작건대 블랙핏은 윤아가 생각했던 것보다 훨씬 나이가 많았다. 절로 존댓말이 튀어나왔다.

"여긴 어디죠?"

블랙핏은 윤아의 질문을 무시하고 조각 깎기에 열중했다.

"행성 에너지막을 해제하는 데 성공했더군. 축하해."

"당신들이 유저의 정신을 제멋대로 갖고 놀지 않았으면 이런 일도 없었어요."

그 말에 블랙핏이 조각을 내려놓고 윤아를 바라보았다.

"먼저 우리 자식을 죽인 건 너희들이었어."

"그건 유저 한 명이 저지른 짓이에요. 한 사람 때문에 모든 유저를 죽이려 드는 건 너무하잖아요!"

"우리가 처음부터 세게 나간 것 같아?" 블랙핏의 목소리가 높아졌다. "우리 자식이 살해당했을 때 우린 게임사에 철수를 요구했어. 여긴 우리 삶의 터전이지 '게임 행성 T-636'이 아니라고 말이야."

"인피니티플레이와 협상했었다고요?" 윤아가 놀라서 물었다.

블랙핏이 고개를 끄덕였다.

"그들은 철수를 거절했어. 대신 더 이상 행성을 개척하지 않겠다고 약속했지. 우린 제안을 받아들였고."

"그런데 왜……?"

"저쪽에서 몰래 전함을 준비하고 있다는 사실을 알게 된 거야. 우리 근거지를 폭격하려고."

윤아의 입이 벌어졌다. 블랙핏이 말을 이었다.

"우리가 가진 능력이 위험하다고 판단했겠지. 우린 뭐라도 해야 했어. 몰살당할 위기에 처했으니까. 그래서 연구소에 침입해 에너지막 시스템을 망가뜨리고, 유저를 인질로 잡은 거야." 블랙핏이 말했다. "하지만 에너지막이 해제되기 시작했어. 전함이 이곳에다 폭격을 가하면, 우리 종족은 끝장이야."

"말도 안 돼요. 인피니티플레이가…… 그런 끔찍한 짓을 저지를 리 없어요."

"그들은 이미 끔찍한 짓을 저질렀어." 블랙핏이 말했다. "바로 너한테."

블랙핏은 주머니에서 반듯이 접힌 종이를 꺼내 윤아에게 건넸다. 윤아는 그것을 단번에 알아보았다. 자신에게 '적합' 판정이 내려진 보고서였다.

윤아는 그것을 훑어보았다. 에너지막, 호환성 높음, 불안정성, 활용 가능……. 이해할 수 없는 단어들이 나열되어 있었다.

블랙핏이 말했다.

"늪지대 에너지막에 가까이 갔을 때 머리가 아프지 않았어?"

"뭐라고요?"

윤아가 고개를 들었다. 어떻게 블랙핏이 그걸 알고 있는 거지?

"머리가 깨질 것같이 아프고, 정신을 잃을 것 같았지?"

"그건…… 그랬지만," 윤아가 말했다. "미개발구역 경계에 다다라서 그래요. 경계를 넘어간다는 게 부담스러워서."

"고윤아." 블랙핏이 말했다. "오로지 너만 에너지막을 통과할 수 있는 능력이 있다는 게 이상하지 않아?"

윤아는 고개를 흔들었다. 그렇게 생각해본 적은 없었다. 에너지막의 약점을 직관적으로 파악하고 다룰 줄 아는 건 자신만의 천부적인 재능이라고 생각했다. 그건 윤아가 다른 게임이 아니라 「트루플래닛」에 특별히 애정을 갖게 된 이유이기도 했다.

"그래서, 대체 그게 무슨 상관인데요?"

블랙핏이 긴 한숨을 쉬었다.

"너희 인간들은 너희가 트리니티 우주라 부르는 이 세계에 도달하기 위해 트리니티 워치라 부르는 단말기를 사용해. 단말기의 원리는 인간의 정신 에너지가 이 세계에 호환되도록 준트리니티 에너지로 변환시키는 거야. 트리니티 우주로 가려면 반드시 단말기를 거쳐야 해. 그래서 유저는 자신의 정신 에너지를 준트리니티 에너지로 변환시켜도 좋다는 막연한 약관에 동의하게 되지."

"그건 나도 알아요."

"에너지막이 뭘로 이루어져 있을 거 같은데?"

"네?"

"준트리니티 에너지야. 그리고 오로지 자체 제작만으로 준트리니티 에너지를 만들어내는 건 많은 돈이 들지. 그래서 유저의 정신 에너지를 이용하는 거야." 블랙핏이 말했다. "유저는 자기 정신 에너지가 게임 인프라인 에너지막으로 이용되더라도 할 말이 없어. 이미 자기가 동의한 사항이거든. 내 정신 에너지를 마음껏 준트리니티 에너지로 변환하십시오, 하고."

윤아는 더 듣고 싶지 않았다. 욕지기가 났다.

그러거나 말거나 블랙핏은 말을 계속했다.

"고윤아. 넌 이 행성 어디에든 있어. 조각난 상태로. 에너지막을 구성하는 에너지의 상당분이 바로 네 정신 에너지로 이루어져 있기 때문이야."

윤아는 고개를 흔들었다. 입에서 실없는 웃음이 흘러나왔다.

"아니, 그럴 리 없어. 내가 이 게임을 얼마나 좋아하는데." 윤아가 원망스러운 눈빛으로 블랙핏을 노려보았다. "남의 정신을 이용하고 지배하는 건 당신들이잖아. 멋대로 누명 씌우지 마. 너희 때문에 사람이 죽은 거야. 너희가⋯⋯." 윤아가 텅 빈 시선을 바닥으로 떨어뜨렸다. "너희들이⋯⋯."

블랙핏은 그런 윤아를 담담하게 바라보았다.

"맹세컨대, 승민이라는 유저가 죽을 줄 몰랐어. 그저 인질로 잡으려 했을 뿐." 블랙핏이 아랫입술을 깨물었다. "아바타가 불안정한 상태라는 건 알았어. 하지만 우리가 통제력을 잃어가고 있다고만 생각했지, 유저의 정신이 정신지배를 버티지 못하고 붕괴할 줄은 몰랐어."

블랙핏은 윤아를 보았다. 하지만 윤아의 눈은 블랙핏을 보고 있지 않았다.

"우리가 지배하고 있는 유저들은 붕괴 직전에 있어. 이제 그들을 놓아줘야 해." 블랙핏의 얼굴에 우려하는 기색이 서렸다. "하지만 정신지배가 풀렸다는 걸 알게 되면 함선이 이곳에 폭격을 가할 거야. 고윤아."

윤아가 고개를 들었다.

"어?"

"들었어? 머지않아 여기 폭격이 가해질 거라고."

그 말은 윤아에게 아무런 영향도 미치지 못했다. 블랙핏은 윤아가 상황을 이해할 때까지 기다려야 했다.

"내가 게임을 많이 해서 그래?"

마침내 윤아가 말했다.

"뭐?"

"내가 부서져서 에너지막으로 이용되고 있다며. 그게 내가 게임을 너무 많이 한 탓이야?"

"그런 게 아니야."

"그럼 뭔데?"

블랙핏이 한숨을 쉬었다.

"네가 너 자신을 보호해야 했기 때문이야."

이해가 되지 않았다.

"그게 무슨 소리야?"

"어린 시절에 네가 감당하기 힘든 일을 겪었다는 거야. 너는 정신 에너지를 쉴 새 없이 자기방어에 사용해야 했어. 그러느라 정신 에너지는 필요 이상으로 비대해졌고, 아마도 그것이……" 블랙핏이 말했다. "에너지막과 네 정신 에너지의 호환율이 높은 이유일 거야. 에너지막도 방어하기 위한 에너지의 일종이니까."

"그건 내 잘못이 아니잖아."

"그래. 넌 그저 너를 지키려고 한 것뿐이지."

윤아는 금방이라도 주저앉을 것처럼 서 있었다.

"말도 안 돼. 못 믿겠어."

"보고서에 적혀 있어. 인피니티플레이가 호환 가능한 자의 후보로 솎아낸 것도 너처……" 블랙핏이 단어를 삼켰다. "크게 상처받은 사람들이었어."

"**나처럼**?"

"미안."

"하지만 나만큼 망가진 사람은 없었다는 거네."

윤아가 자조적인 웃음소리를 냈다. 블랙핏이 말했다.

"넌 망가지지 않았어. 과도하게 커진 정신 에너지를 인피니티플레이가 마구 길어 쓰다 보니 금이 좀 갔을 뿐이지."

"빙빙 돌려 말하지 마. 상처받았다고 해서 바보는 아니야."

"아……."

블랙핏이 처음으로 윤아의 시선을 피했다. 윤아는 블랙핏이 눈을 피했다는 사실도, 곧 블랙핏의 입에서 나올 말도 무서웠지만 잠자코 기다렸다.

"좋아. 금이 많이 벌어졌어." 블랙핏이 말했다. 윤아의 속에서 무언가 와르르 무너져내렸다. "당장은 괜찮을지 몰라도 조만간 네 정신 에너지는 산산조각나 게임 시스템의 일부로 흡수될 거야. 사인은 장시간 게임 이용으로 인한 돌연사로 발표될 거고. 승민에게 그랬듯이."

윤아는 그저 신기하기만 했다. 자신의 인생이 더 나빠질 수 있다는 사실이.

"차라리……" 윤아가 말했다. "차라리 그게 낫지 않을까?"

블랙핏의 눈이 커졌다.

"뭐가 낫다고?"

"결국 내가 문제인 거잖아. 내가 태어나지 않았으면 엄마는 우울증에 걸리지 않았을 거고, 자살도 안 했을 거고, 그러면 내 정신이 게임 인프라에 이용당할 일도 없었겠지. 애초에 내가 없었으면 괜찮았을 거잖아. 이런……" 윤아가 아바타의 옷깃을 쥐어뜯었다. "이런 인생이 의미가 있어? 나도 내가 한심해 죽을 거 같은데. 인피니티플레이가 죽도록 밉긴 하지만, 어차피 자살할 거라면 내가 실행하는 것보다 다른 누군가가 실행해주는 게 낫겠지."

그 말에 블랙핏은 말문이 턱 막힌 듯했다. 다시 입을 연 블랙핏은 화가 나 있었다. 윤아는 자신도 화를 내지 않는데 블랙핏이 화를 내는 이유가 궁금했다.

"그렇게 생각하게 만든 게 저들 탓이라는 생각은 안 해봤어? 저들이 정신 에너지를 훔쳐간 탓에 네가 무기력에 빠진 거라고?" 잠시 심호흡을 하며 분노를 진정시킨 블랙핏은 차분하고 분명한 목소리로 말했다. "고윤아. 이 행성 어디에도 네 에너지가 있다는 건, 네 정신 에너지가 행성 단위로 이용될 수도 있다는 거야. 지금까지는 외부의 힘이 그걸 빼앗아 갔지만, 이제 네 힘으로 에너지를 운용할 수 있게 우리가 도와줄 수 있어."

"내가…… 스스로?"

"그래."

"실패하면?"

"너는 산산조각나고 우리는 몰살당하겠지." 블랙핏이 재빨리 말을 이었다. "하지만 그런 일이 없도록 우리가 너의 안전장치가 되어 줄 거야."

블랙핏은 초조함과 기대가 실린 눈으로 대답을 기다렸다. 블랙핏의 이마에 난 혹이 좀 더 부풀어 오르더니 그 부근에 땀이 송골송골 맺혔다.

"알았어."

마침내 윤아가 말했다. 블랙핏이 참았던 숨을 내쉬었다.

"대신 부탁이 있어."

"일 끝나면 뭐든 들어줄게."

"아니. 그 전에," 윤아가 말했다. "잠깐 현실에 다녀오게 해줘."

블랙핏은 미친 사람을 보듯 윤아를 쳐다보았다.

"저들이 알면 널 죽이려 들 거야. 네가 사람들에게 비밀을 폭로하려고 현실에 돌아왔다고 생각할 테니까." 블랙핏이 망설였다. "인사할 사람이 있어서 그래?"

"그런 건 아니야. 그냥―" 윤아가 고개를 흔들었다. "됐어. 나한테 정신지배만 해줘."

"뭐?"

"걱정 마. 내가 돌아온 걸 모를 거야."

다음 순간 윤아는 자동차 내부에 있었다. 차 안의 방향제 냄새와 등 뒤의 가죽시트, 상체를 가로지르는 안전벨트의 감촉이 느껴졌다. 그러나 손목에 걸린 트리니티 워치는 여전히 접속 중을 의미하는 초록색으로 빛나고 있었다.

블랙핏에게 요청할 때만 해도 윤아는 자신이 왜 현실에 돌아오길 원하는지 알 수 없었다. 하지만 민영의 목소리를 듣는 순간, 자신이 확인하고 싶었던 것을 깨달았다. 그것은 민영도 인피니티플레이가 윤아를 이용했다는 사실을 알고 있는지 여부였다.

"죄송합니다."

차 안 공기는 무거웠다. 윤아는 잠에 빠진 사람처럼 일부러 호흡을 길게 늘여 쉬면서 귀를 쫑긋 세웠지만, 앞좌석에서는 이를 쑤시는 듯한 쩝쩝거리는 소리만 들려왔다.

"면목이 없습니다."

민영이 다시 말했다.

"솔직히 썩 만족스럽지는 않아." 상식이 말했다.

"실망시켜드려서 죄송합니다."

"기대를 너무 많이 한 내 잘못이지."

"아닙니다. 기대를 많이 드린 제 잘못입니다."

그 말에 상식이 웃음을 터트리며 민영의 어깨를 팡팡 쳤다.

"됐네, 됐어! 인생이 다 그런 거지. 기대도 주고 실망도 주고."

"그래서……" 윤아의 심장이 조여들었다. 윤아 쪽을 건너다보는 민영의 시선이 느껴졌던 것이다. "어떡하실 겁니까?"

"어떡하긴?"

"연구소에 혼자 남겨졌지 않습니까." 민영이 말했다. 윤아는 자신이 외계인들에게 당할까 봐 민영이 걱정하는 거라고 생각하고 싶었다. "지금까지 로그아웃을 안 하고 있어요."

"어떡하길 바라나?"

윤아는 숨을 죽였다. 민영이 잠시 침묵했다.

"처리해야죠."

윤아는 오로지 호흡에만 집중했다. 어떻게든 숨을 고르게 쉬려고, 조금이라도 눈에 띄는 기색을 비치지 않으려고 온 힘을 다해 노력했다.

"냅둬."

"예?"

"가만 놔둬도 죽을 거야. 제 어미처럼."

머릿속이 하얗게 부서지는 것 같았다. 윤아는 블랙핏에게 여기서 벗어나게 해달라고, 다시 게임 속으로 돌아가게 해달라고 소리 없는 비명을 질렀다.

"제 엄마가 죽었을 때 이 애도 이미 죽은 거나 다름없어. 그럴 거면 사회에 공헌이라도 하는 게 낫지 않나?"

그 말은 윤아의 정신이 조각조각 깨져 게임 인프라로 흡수되는 것을 의미했다.

"어." 상식이 전화를 받았다. "다 됐다고. 그럼 시작해."

광장은 혼돈의 도가니였다. 비명과 욕설, 웅성거림이 난무했다.

정신지배에서 풀려난 유저들이 빠른 속도로 광장에서 사라졌다. 디스플레이에 뜬 경고 표시를 읽고 로그아웃해서 현실로 돌아간 것이다.

종현은 로그아웃하지 않은 유저 중 하나였다.

정신을 차리니 광장이었고, 광장은 유저들로 포화 상태였는데, 로그아웃하라는 공지사항은 발표된 지 여섯 시간이나 지나 있었다. 여섯 시간 동안 유저들이 로그아웃하지 않았는데도 안전하게 살아 있었으니 계속 로그인하고 있어도 괜찮을 거라는 판단이었다.

무엇보다 「트루플래닛」 초유의 사태였다. 경과를 지켜보고 싶은 호기심을 억누를 수 없었다.

광장을 둘러보니 분홍색 양갈래 머리의 네임드 유저 '아기천사 희윤'도 보였다. 추종자들을 끌고 다니는 건 여전했지만, 닉네임 아래로 새로운 길드명을 달고 있었다. 헤이달로스?

별안간 함성이 울렸다. 종현은 사람들의 시선이 향하는 곳을 눈으로 좇았다.

하늘에 함선이 떠 있었다.

전투함이야. 누군가 말했다. 그러자 이탈하는 유저가 대폭 늘어났다. 종현은 고개를 돌렸다. 희윤은 로그아웃하지 않았다. 일부 추종자들은 하늘을 라이프로그로 녹화하면서 추이를 지켜볼 심산인 듯했다.

한동안은 아무 일도 없었다. 그러다 전투함 꽁무니에서 반짝, 반짝, 하고 별이 두 번 빛났다. 집단적인 탄성이 터져 나왔다. 사람들은 맥주를 마시며 불꽃놀이를 감상하는 구경꾼들처럼 서로를 보며 웃었다. 그러나 함선에서 하얀 꼬리를 단 미사일이 뿜어져 나왔을 때는 종현도 간담이 서늘해졌다.

"나보고 떨어지라는 거야?"

윤아가 어이없다는 듯이 웃었다. 블랙핏은 진지한 얼굴로 말했다.

"네가 무슨 생각 하는지 알아. 그치만—"

"난 못해."

윤아가 선언했다. 블랙핏이 인상을 찌푸렸다.

"너도 알잖아. 그 남자가 한 말이 사실이 아니란 걸."

윤아는 대답하지 않았다. 블랙핏은 상식의 말이 터무니없다고 생각했다. 윤아와 엄마는 엄연히 다른 사람이므로, 윤아가 엄마처럼 될 거라는 소리는 말도 안 된다는 거였다. 윤아도 마음 한구석에서는 블랙핏의 생각이 옳다는 걸 알고 있었다. 그러나 더 어두운 곳에 있는 마음은 언젠가 자신도 엄마가 그랬던 것처럼 스스로를 해치게 될 거라고 중얼거렸다.

윤아가 물었다.

"다른 방법은 없어?"

블랙핏은 조용히 고개를 저었다.

윤아의 어깨가 축 늘어졌다. 블랙핏이 윤아의 팔을 잡았다.

"안전할 거야. 약속해."

윤아는 살살 고개를 저었다. 블랙핏의 제안이 선뜻 이해되지 않았다. 윤아의 정신이 행성을 보호하는 에너지막으로 기능하려면, 먼저 정신을 땅에 내던져야 한다는 것이었다.

"다이빙대에서 뛰어내리는 거랑 비슷해." 블랙핏이 말했다. "뛰어내릴 때는 무섭지만, 막상 뛰어내리고 나면 바닥에 물이 차 있다는 걸 알게 되는 거야."

"단단한 수영장 바닥에 냅다 머리를 박으라는 말처럼 들리는데."

"네가 '부서질' 일은 없을 거야. 그러니까…… 처음엔." 블랙핏이 망설였다. "정신을 땅에 떨어뜨릴 때 부서지지는 않을 거야. 함선의 공격을 받아낼 때는 틀림없이 부서지겠지만. 전혀 두려워할 필요 없어. 우리가 행성 주위를 그물처럼 둘러싸고 있을 테니까. 네정신이 비산하더라도 그 파편을 전부 받아낼 수 있어."

당연하지만 그 말은 추락의 공포를 덜어내는 데 전혀 도움이 되지 않았다.

"준비됐어?"

블랙핏이 물었다.

윤아는 눈을 감고 입을 앙다물었다. 블랙핏이 다가와 두 손으로 윤아의 머리를 붙잡았다.

"셋에 할게." 블랙핏이 말했다.

윤아는 덜덜 떨면서 고개를 끄덕였다. 추락이니 비산이니 하는 것이 무엇이든 간에, 빨리 끝났으면 했다.

"하나, 둘……."

다음 순간 블랙핏이 강한 힘으로 윤아의 정신을 밀어냈다. 아바타에서 정신이 떨어져 나오는 느낌은 딛고 있던 바닥이 갑자기 사라질 때와 비슷했다. 낭떠러지로 떠밀린 사람처럼 심장이 철렁 떨어졌다. 윤아는 허겁지겁 블랙핏을 붙잡았다. 존재를 담는 그릇이 없는 기분은 패닉 그 자체였다. 아래로 추락할 거라는, 존재가 온데간데없이 흩어질 거라는 공포가 삽시간에 머리를 잠식했다. 그제야 윤아는 블랙핏이 정신을 땅에 내려놓아야 한다고 말한 이유를 깨달았다. 블랙핏은 윤아가 홀로 존재하지 못하고 자신을 붙들고 늘어질 것을 알았던 것이다.

'고윤아. 내려놔.'

윤아는 블랙핏을 향해 마구 소리를 지르고 싶었다. 이 상황에서 바닥을 향해 정신을 떨어뜨리라니 미친 짓이었다. 절벽에 간신히 매달려 있는 손을 놓으라는 거나 마찬가지였다. 순간 잘 알지도 못하는 외계 생명체에게 속았다는 생각이 스쳤다.

'내려놓아야 해.'

블랙핏이 재차 말했다. 윤아는 항변했다.

'이런 거라고 말하지 않았잖아.'

'아무 일도 없을 거야. 우리가 있잖아.'

'그래도 이런 건……!'

윤아는 울먹이듯 소리쳤다.

블랙핏은 일상적으로 정신을 밀어내는 일을 수행하는 사람처럼 차분했다.

둘은 정신이라는 무형의 상태로 존재하고 있었기에 윤아는 블랙핏의 눈동자를 볼 수 없었고 그건 블랙핏도 마찬가지였을 테지만, 윤아는 블랙핏이 그 어느 때보다 자신을 꿰뚫어 본다고 느꼈다. 번민으로 가득 찬 머리를 깊은 호수에 담근 것처럼, 그 가지런한 태도 앞에서 윤아가 전달하려던 생각들은 스르르 녹아내렸다.

그리고 놀라움이 찾아왔다. 경계심으로 날이 선 마음이 가라앉자, 주위에 있는 다양한 에너지들이 감각되기 시작했던 것이다. 별안간 물속에서 호흡하는 법을 깨달은 듯한 기분이었다. 이전에 사용한 적 없던 감각이 윤아에게 새로운 세계를 활짝 열어주었다.

가장 생생하게 감각되는 에너지는 행성 그 자체였다. 거대한 구체가 내뿜는 에너지에 가만히 집중하고 있으면 폭포수 아래 서 있는 듯한 무게감이 들었다. 압도적인 에너지가 윤아를 내리누르고, 끌어당기고, 포효하고 있었다. 바로 그 사실이 기묘한 안정을 가져다주었다. 광활한 에너지가 빈틈없이 윤아를 에워싸고 있다는 사실이.

그러나 지금 그런 안정감이 깨지려 하고 있었다. 저 너머 트리니티우주에서 불길한 기운이 풍겨왔던 것이다. 백상아리처럼 시퍼런 동체의 전함 한 척이 조용히 행성을 겨누고 있었다. 언제라도 에너지포를 폭발시킬 준비를 마친 그것은, 먹잇감을 향해 달려들기 직전의 맹수처럼 몸을 웅크리고 있었다.

윤아의 의식에 외계인들의 정신 에너지가 감각된 것은 그 순간이었다.

처음에 그것은 행성이라는 거대한 경기장의 관객석에 있는 한두 개의 불빛에 불과했다. 블랙핏, 그리고 윤아가 알지 못하는 어떤 외계인의 정신 에너지가 내는 불빛. 경기장은 어두웠고, 불빛은 도시의 별들만큼이나 희미했다. 그러다 문득, 이제야 생각이 났다는 듯이 불빛 예닐곱 개가 동시에 나타났는데, 야간 항공기에서 반짝이는 빛만큼 선명했다. 이에 응답하듯 먼젓번 불빛들도 조도를 높였다. 뒤이어 나타난 불빛은 헤아리기 어려울 정도로 많았고 점점 더 많은 불빛들이 빛의 강물을 이루었다. 마침내 모든 외계 정신들이 감각 가능한 범위에 들어왔을 때 윤아는 머리가 아득해졌다. 수천 개의 불빛이 오직 윤아를 위해 빛나기로 결심한 별들처럼 윤아를 둘러싸고 있었다.

블랙핏의 말대로였다. 윤아가 수천 조각으로 쪼개지더라도 그 조각을 일일이 받아낼 수 있을 만큼의 많은 외계인들이 거기 있었다.

윤아는 외계인 모두가 정신지배를 내려놓았다는 사실을 알아차렸다. 그것은 윤아에게 충격적인 깨달음을 안겨다 주었다. 외계인들이 윤아를 믿고 종족의 사활을 걸었다는 것. 그것은 윤아에게 이들 모두를 보호할 힘이 있다는 사실을 의미했다.

블랙핏은 더는 윤아를 재촉하지 않고 윤아가 준비를 마칠 때까지 말없이 기다렸다.

윤아는 잠시 모든 감각을 차단했다. 심호흡을 하듯 마음을 가다듬었다. 자신에게 정말 그런 힘이 있다면, 그래서 이들 모두가 자신을 믿고 있는 거라면, 윤아 또한 이들을 믿어야 했다.

'셋에 떨어지는 거야.'

하나.

그때 윤아는 알았다. 자신이 절대 셋에 떨어지지 못할 거라는 것을. 두려움이 불어나면 뭐든 그만두고 도망가버리는 게 윤아의 습성이었으니까.

둘.

윤아는 허공 속으로 자신을 떨어뜨렸다. 두려움이 정점에 달하기 전에, 미처 셋을 세기도 전에.

윤아의 정신이 바닥을 향해 추락했다.

'박살 나고 말 거야.'

그 순간 대지가 포근한 품으로 윤아를 끌어안았다. 윤아는 반죽처럼 땅에 찰싹 달라붙었다. 안전하다는 블랙핏의 말은 거짓이 아니었다. 아니, 안전함 이상이었다. 꼭 물침대에 엎어진 듯 편안하고 푹신했다. 기분이 너무 좋아서, 자신이 어째서 떨어지기를 두려워한 건지 이해되지 않았다.

안심한 외계인들의 행복한 웃음이 바람 부는 들판처럼 행성을 따라 번져갔다. 멀리서 윤아를 지켜보던 블랙핏의 정신도 기쁨으로 물결쳤다.

'이제 누를 차례야.'

우주 저편에서 블랙핏의 음성이 들려왔다. 윤아는 블랙핏의 인도에 따라 반죽 같은 자신의 에너지를 거대한 밀대로 내리눌렀다.

정신 에너지가 얇게 퍼지며 파도처럼 땅을 내리덮었다. 마치 행성에 입힌 당의처럼, 윤아의 에너지가 대지를 부드럽게 덮었다.

당황스러웠다. 땅이 느끼는 모든 것들이 윤아에게도 느껴졌던 것이다. 다채로운 감각이 머리 뒤쪽에서 터져나갔다. 대지에 스치는 바람은 윤아도 스쳐 지나갔고, 땅을 두드리는 벌레는 윤아 또한 두드렸다. 바닥에 배를 붙인 생명체의 고요한 심장박동 소리가 윤아의 이마를 둥둥 울렸고, 흙 속으로 뿌리를 뻗는 식물에 뺨이 간지러웠다.

그때 윤아가 오랫동안 들어온 익숙한 목소리가 말했다.

'넌 아무짝에도 쓸모없어.'

엄마의 목소리라고 생각했다. 그러나 그건 자신의 목소리였다.

'넌 태어나지 말았어야 했어.'

윤아는 웃으며 말했다.

'상관없어.'

윤아가 사랑하는 이 행성이 윤아의 것이었다. 동시에 윤아는 이 행성에 한 치도 떨어지지 않고 온전히 속해 있었다. 그것은 드넓은 대지와 같은 사랑의 감각이었다.

다음으로 할 일은 블랙핏이 알려주지 않아도 알 수 있었다. 함선이 저기 있었다.

윤아가 느낌을 동서로 넓게 펼치자 윤아의 에너지가 연고처럼 행성을 뒤덮었다. 블랙핏의 정신이 신뢰감으로 은은하게 빛났다. 이제 윤아는 행성을 보호하는 에너지막이 되었다. 자신의 정신이 폭격에 깨져나갈지언정 행성은 안전하게 지켜질 것이다.

에너지파를 발사하기 위해 기를 모으듯이, 함선의 발사대에 에너지가 집중되고 있었다.

'두 발을 쏠 거야.' 블랙핏이 말했다. '처음 한 발이 정신의 절반 이상을 파손시키지 않는다면, 나머지 한 발도 막을 수 있을 거야.'

버틸 수 있을까?

버텨볼 거라고, 자신을 믿자고 윤아가 다짐한 그 순간, 외계인들의 대형이 흔들렸다. 블랙핏이 급하게 외계어로 무어라고 소리쳤다. 진정하라는 외침인 것 같았으나 외계 정신들의 불안은 가라앉지 않았다.

무엇 때문이냐고 물어볼 필요도 없었다. 균열은 윤아에게도 느껴졌다. 윤아가 애써 구축한 에너지막이 찢어지고 있었다. 정신을 갉아먹는 익숙한 두통과 함께.

에너지벽이야.

윤아는 늪지대로 주의를 돌렸다. 과연 원인은 거기 있었다. 늪지대 하늘을 향해 수직으로 치솟은 에너지벽이 윤아의 정신에 상처를 내고 있었다. 벽은 지금껏 윤아를 착취해왔듯이 이번에도 솜씨 좋게 윤아의 에너지를 빨아들이고 있었다.

벽에 닿아 있는 윤아의 에너지막이 팽팽하게 당겨지더니 찢어지기 직전의 고무줄처럼 위아래로 세차게 진동하기 시작했다.

'조금만, 조금만 버텨줘.'

간절하게 기도하는 순간, 쩍 하는 소리가 들려왔다.

윤아는 천천히 눈을 떴다.

에너지막이 수박 껍질처럼 깔끔하게 반으로 잘려 있었다.

짐승 같은 울부짖음이 윤아의 내부에서 쏟아져나왔다. 두통이 거대한 말뚝처럼 머리에 박혔다. 정신이 반으로 갈라지는 고통보다 더 견딜 수 없었던 것은 또다시 벽이 승리했다는, 지금껏 그래왔 듯이 이번에도 승리했다는 처절한 패배감이었다.

에너지벽은 너덜거리는 윤아의 보호막을 단번에 우그러뜨렸다. 거인의 손에 쥐어진 달걀껍데기마냥 윤아의 정신에 수만 개의 금이 갔다. 외계인 수천이 받아낼 수 있는 조각보다 더 많은 숫자였다. 이대로 폭격을 맞는다면 윤아의 정신은 행성 이곳저곳으로 아무렇게나 흩어질 것이 분명했다.

윤아가 가장 약해진 순간만을 기다렸다는 듯 함선이 불을 뿜었다. 미사일 두 기가 망가진 에너지막을 향해 날아들었다. 윤아가 사랑하는 행성에 구멍을 내고, 그곳에 거주하는 생명들을 파괴하기 위해.

그때 윤아는 자신이 해야 할 일을 깨달았다.

추락.

외계인들은 윤아가 에너지막을 거둬들였다는 사실을 깨닫고 경악했다. 다 해어진 보호막이라도 없는 것보다는 낫다고 생각했던 것이다. 윤아의 생각은 달랐다. 사소한 충격이라도 가해지면 산산이 부서지게 될 에너지막은 아무짝에도 쓸모가 없었다.

윤아는 남은 정신 에너지를 모두 그러모았다. 그것을 에너지막 형태로 펼치는 대신, 유리공처럼 단단하게 뭉쳤다. 그러고는 신중한 투수처럼 공의 무게를 가늠해 보았다. 저 아래 목표물이 있었다. 아득할 정도로 높이 솟아오른 에너지벽이.

박상식은 윤아가 엄마처럼 죽을 거라고 말했다.

그 말이 옳을지도 몰랐다. 지금 윤아는 꼭 엄마처럼, 바닥을 향해 추락하고 있었으니까.

하지만 엄마와 똑같은 방식으로 죽는다는 사실이 더 이상 두렵지 않았다. 어쩌면 엄마도 괴물로부터 소중한 것을 지키기 위해 죽음을 택했다는 생각이 들었기 때문이다. 삶의 에너지를 지속적으로 빼앗아 가는 우울증이라는 괴물에게, 단 한 번만이라도 패배하지 않기 위하여.

그것이 반드시 승리를 의미하지 않는다고 할지라도 말이다.

윤아의 정신이 에너지벽 밑동에 내리꽂혔다. 엄청난 폭발과 함께 에너지벽이 통째로 뽑혀 나갔다. 거대한 벽은 성냥개비를 쪼개듯 간단히 두 미사일을 부수고 함선을 향해 날아갔다. 백색 섬광이 번쩍이는가 싶더니, 함선이 있던 자리에 눈부신 붉은 꽃다발이 피어났다.

8

병실 문을 나서는 종현의 어깨가 축 늘어졌다. 의사 말로는 경미한 찰과상에 불과하다는데, 왜 아직 깨어나지 못하는 건지 알 수 없었다.

가라앉는 데 두어 주가 필요했던 혹을 제외하면 유저들은 모두 무사히 현실로 돌아왔다. 윤아만 제외하고.

최민영이 경찰에 진술한 바에 의하면, 그날 차 안에서 분노한 박

상식이 윤아에게 달려들었다고 했다. 폭발 과정에서 윤아의 에너지가 다량 감지되었다는 보고를 받았다는 게 이유였다는데 종현으로서는 알쏭달쏭한 설명이었다. 전화를 끊은 박상식은 안전벨트를 풀고 뒷좌석으로 넘어가려고 했고, 최민영이 말리는 과정에서 박상식의 팔꿈치가 운전기사의 머리를 가격했다. 검사 결과 운전기사가 가격당한 정확한 부위는 오른쪽 아래턱뼈였다.

도로를 벗어난 차는 돌벽을 들이받았고, 이 사고로 앞좌석과 뒷좌석 사이에 끼어 있던 박상식이 목숨을 잃었다. 척추가 두 동강 났다던데 비위가 약한 종현으로서는 상상하기조차 꺼려졌다.

집에 돌아오니 현관 앞에 택배 상자가 하나 놓여 있었다.

발신인은 이희윤이었다.

'아기천사희윤'은 그날의 사태에 관해 종현과 더불어 꾸준한 호기심을 보인 유저 중 하나였다. 세간의 관심이 저문 뒤에도 종현과 희윤은 나름대로의 추론을 펼치며 서로 연락을 주고받고 있었다. 그날 함선을 폭발시킨 섬광에 우리 둘 다 단단히 사로잡힌 모양이라고 희윤은 말했었다.

포장을 뜯는 종현의 손이 가늘게 떨렸다. 이게 바로 그…….

'말씀드린 우회로예요.'

접근이 차단된 워프기를 우회해서 접속시켜주는 단말기였다. 말할 것도 없이 불법이었지만, 불법이 아니라면 다시 그 행성에 방문할 수 있는 수단이 없었다. 종현은 다시 그곳에 가야 했다. 윤아가 깨어나지 못하는 이유가 거기 있을 것 같았기 때문이다.

종현은 에어캡 위에 놓인 희윤의 쪽지를 마저 읽었다.

'위험할 수도 있는 일을 종현 씨에게 맡겨서 미안합니다. 그렇지만 여러 번 쓰지 못하는 일회성 장치라, 저보다는 종현 씨에게 더 필요할 것 같았어요.'

에어캡 안에는 보통의 트리니티 워치와 별반 다른 점이 없는 단말기 한 대가 놓여 있었다. 단말기를 손목에 두른 종현은 잠시 심호흡을 했다.

이게 의문의 해답이 될 수 있으면 좋으련만.

소파에 머리를 누인 종현은 가만히 눈을 감았다.

아무것도 없었다. 광장에도, 계곡에도, 늪지대에도.

이따금 게임이 실행되던 시절의 흔적이나 행성 내에 거주하는 생물을 마주치기는 했지만, 윤아의 혼수상태를 설명해줄 단서는 발견할 수 없었다.

종현은 미개발구역 경계였던 자리에 서 있었다. 에너지벽이 설치돼 있었던 그곳에서는 폭발의 흔적을 찾아보기 힘들었다. 자연이 상흔 위를 덮고 슥슥 문질러버렸기 때문이다.

내가 여기서 뭐 하는 거지.

종현은 모니터에 비치는 우울한 자신의 얼굴을 바라보았다. 문득, 지금까지 답을 얻지도 못할 일에 시간을 낭비했다는 생각이 들었다. 차라리 자신과 닮은 데가 없는 아바타의 얼굴이었다면 기분이 한결 나았을까. 일회용 불법 단말기는 현실과 상이한 아바타를 제공하지 않았고, 덕분에 수염을 깎지 않아 꺼끌꺼끌한 턱과 초췌한 낯짝을 오랜만에 확인할 수 있었다. 고맙기도 해라.

조각난 에너지벽의 파편이라도 찾을 수 있지 않을까 하는 심정으로 끈적거리는 늪을 손으로 파고 있는데, 늪보다 더 점성 있는 물체가 손가락 끝에 닿았다.

"어?"

그것은 순식간에 종현의 손목을 감싼 다음 아래로 확 끌어당겼다. 종현은 속수무책으로 어깨까지 늪에 파묻혔다. 볼썽사납게 버둥거리며 파묻힌 오른팔을 빼내려고 갖은 애를 썼지만, 콘크리트에라도 박힌 듯 꿈쩍도 하지 않았다.

위험한 곳에 제 발로 찾아왔다는 후회로 눈물이 핑 돌 즈음, 심장을 철렁하게 하는 일이 일어났다. 종현의 얼굴 앞 1미터 거리에 있는 늪이 볼링공 크기만큼 부풀어 올랐던 것이다.

볼링공이 녹아내리자 이쪽을 노려보는 두 개의 눈이 드러났다.

"또 보는군." 정신지배를 한다는 외계 생물이 말했다. "고윤아를 찾으러 온 건가?"

종현은 귀를 의심했다.

"그걸 어떻게……?"

그리고 또 본다니, 우리가 만난 적이 있었던가?

외계인이 말했다.

"이미 수도 없이 설득했어. 돌아가지 않겠다더군."

"윤아가요?" 종현이 혼란스러운 듯 머리를 흔들었다. "그런……
아니, 이것부터 좀 놔줘요! 그날 대체 무슨 일이 있었던 거예요?"

외계인이 힘을 빼자, 종현은 한숨을 쉬며 팔을 땅 위로 끌어올렸다.

"윤아가 폭발을 일으켰다는 게 사실이에요?"

"그래. 그 애가 벽 아래로 낙하하는 순간, 무슨 작정인지 대번에 알 수 있었지."

그 다음 이어진 설명은 이해할 수 없었다. 폭발로 인해 윤아가 수만 조각으로 나누어졌음에도, 외계인들이 재빨리 상황을 파악해 에너지벽 밑동으로 '그물'의 범위를 좁혔다고 했다. 그래서 윤아의 조각들을 모두 받아낼 수 있었다고.

"그 조각들을 모조리 맞춘 다음, 고윤아에게 이제 그만 집으로 돌아가라고 말했지. 그랬더니……"

"뭐라던가요?" 종현이 참지 못하고 물었다.

"자신을 다시 부수어달라고 했어."

"예?"

종현은 맥락을 따라갈 수가 없었다. 조각을 맞춘다느니 부순다느니, 도무지 갈피를 잡을 수 없는 이야기뿐이었다. 그러나 자신을 부수어달라는 요청은 확실히 자살 기도로 들렸다.

"그래서요? 부쉈어요?"

"천천히 생각해보라고 했지. 다음 날 다시 가보니 그 자리에 없었어."

"어디…… 어디로 간 거예요?"

종현의 목소리가 떨렸다.

낯선 외계인은 늪지대를 휘 둘러보았다.

"아마 스스로 자신을 부순 거겠지."

"그럼……" 종현이 말했다. "그럼 윤아는……"

"슬퍼하지는 마. 사라진 건 아니니까." 외계인이 눈을 감았다.
"가끔 목소리가 들려. 아주 작지만, 듣기 불가능한 건 아니야."
"어떻게 그럴 수 있는데요? 부서졌다면서요!"
"부서진 상태로 존재하게 된 걸 거야. 이곳저곳에 말이지."
종현은 외계인의 말을 신뢰해도 될까 망설였다. 그러나 윤아의
목소리를 들을 수 있다는 외계인의 말은 유혹적이었다. 긴가민가
하면서도 영매에게 돈을 쥐여주는 심정이 이런 걸까 싶었다.
"지금은요? 지금도 들려요?"
외계인이 조용히 하라는 신호를 보냈다. 종현은 입을 꾹 닫았다.
귀를 기울였지만 아무 소리도 들리지 않았다.
"모르겠군." 외계인이 말했다.
"날 갖고 장난하는 거죠?" 종현이 씩씩거렸다. "지금까지
다……!"
"휴학계를 무기한 연장해야겠다는 게 무슨 말이지? 내가 제대로
들은 건지 모르겠어."
종현이 외계인에게 바짝 다가섰다.
"그리고요? 뭐래요?"
"다시 봐서 반갑다는데. 자기처럼 다른 사람들도 헤이달로스가
되었으면 좋겠대."
헤이달로스?
"그거…… 길드 이름이잖아요."
그날 희윤이 '아기천사' 대신 달고 있었던 길드명. 헤이달로스.
헤이달로스가 되라고? 정신지배를 당하라는 건가?

종현이 혼란스러워하자 외계인이 말했다.

"우리는 이곳을 헤이달로스라고 불러. 인간이 자기네 행성을 지구라고 부르는 것처럼 말이야."

"이곳?"

"이 행성. 헤이달로스는 이 행성의 모든 것을 가리키는 낱말이지."

"행성이 되다니…… 그게 무슨……"

"긴말하지 말고 자리나 비켜달라는군. 그게 더 이해가 빠를 거라고."

종현이 뒤를 돌아보았을 때 외계인은 가고 없었다. 발 아래 늪에 뽀글뽀글 거품이 생겨났다가 사라졌다.

혼자 남겨진 종현은 외계인이 그랬던 것처럼 주변 소리에 집중해 보았다. 그러나 자신에게는 아무것도 들리지 않았다.

실망한 종현은 땅바닥에 주저앉아 팔로 무릎을 끌어안고 저물어가는 지평선을 바라보았다. 붉은 구체가 뿜어내는 광활한 빛이 모든 것을 강렬하게 물들였다. 종현의 이마도 붉은빛으로 반짝였다. 이렇게 앉아 빛을 받고 있으니 참 따스했다. 대지와 하늘이 온통 빛에 젖어 있었고, 자신 또한 이 풍경의 일부였다. 트리니티 우주에도 태양이 존재하는지, 그걸 뭐라고 부르는지는 알 수 없었지만 외계인의 말을 믿어본다면 윤아는 지금 이곳에서 종현과 함께 노을을 보고 있을 것이다. 그리고 앞으로도 윤아는 매일 이곳에서 아름다운 해넘이를 감상할 것이다.

그렇다면 여기 가만히 앉아 잠시 바람을 느끼는 것도 나쁘지 않을 것 같았다.

이 시대, 가장 불편한 괴물의 귀환

김시인(문학평론가)

바야흐로 괴물들의 전성시대다. 이제 막 작가의 상상 속에서 발아한 신생 괴물부터 좀비처럼 족보 있는 괴물들까지 매체를 종횡무진 휩쓸고 다닌다. 장르문학을 사랑하는 입장에선 퍽 반가운 일이지만 이러한 괴물들의 대호황 이면에는 그만큼 짙은 그늘이 져 있기 마련이다. 세상이 그들 외부로 쫓아냈던 혐오스러운 타자, 괴물이 다시 등장하는 건 대개 두 가지 경우다. 사회 내부의 갈등을 봉합하기 위한 공동의 적이 필요하거나, 더 이상 그런 미봉책으로는 안정되지 않을 만큼 사회가 불안하거나. 『내 몸을 임대합니다』는 종교, 이데올로기, 과학. 우리가 믿어 의심치 않던 모든 것들이 더 이상 확실시 되지 않는 이 혼돈의 시대를 대표할 괴물로 신체강탈자를 불러올린다. '적과 아군을 구별할 수 없다'는 신체강탈자의 장르 문법에서 그가 처음 태어나던 1938년과는 다른, 이 시대만의 새로운 가능성을 실험하려는 것이다.

1. 고장 난 괴물 탐지기

앞서 말했지만 신체강탈자의 가장 큰 특징은 '적과 아군을 구별할 수 없다'는 점에 있다. 한번 생각해보라. 아군들 틈에 변장하고 숨어 있는 괴물을 찾아야 하는데 철석같이 믿고 있던 괴물 탐지기가 고장나 버렸다면? 생각만 해도 등골이 오싹하다. 「악취」의 신체강탈자는 주인공인 최설진이 고장 난 괴물 탐지기로 인해 차근차근 무너지는 과정을 지켜보며 즐거워한다. 실로 '악취미'가 아닐 수 없다. 그는 머리카락 한 올만 있어도 몸을 뺏을 수 있으면서 굳이 시체를 조각내 최설진 앞에 전시한다. 그리고 그 사건은 16년 동안 공들여 쌓아 올린 형사로서의 경험, 예리한 관찰력, CCTV와 부검 기술까지, 최설진이 믿고 신뢰하던 것들을 차례차례 고장 나게 만든다. 적과 아군, 주체와 타자를 칼 같이 판별해 내던 이성과 과학이 쓸모없게 된 것이다. 결국 최설진은 항복을 선언하고 이 혼돈에서 도피하려 하지만, 신체강탈자는 그가 괴물로 착각한 아내를 자신의 손으로 죽이도록 만듦으로써 마지막 남은 보루였던 선과 악의 구분마저 앗아간다. 에필로그에서 최설진의 빼앗긴 몸은 신체강탈자에게 면역반응을 전혀 보이지 않는데, 이것은 패륜을 저지른 최설진이 더 이상 괴물과 구분되지 않는 타자의 위치에 처하게 되었다는 사실을 보여주는 것이다. 악취미를 가진 괴물이 신체뿐만 아니라 주체로서의 정체성마저 강탈해 간 것이다. 하지만 놀랍게도 「악취」의 신체강탈자는 『내 몸을 임대 합니다』의 다른 신체강탈자들에 비하면 꽤 자비로운 편에 속한다. 「악취」의 신체강탈자는 최설진의 모든 것을 빼앗아가긴 했지만 가장 중요한 한 가지는 남겨 두지 않았던가. 그게 누구인지 판별할 순 없지만 '나'를 노리는 '적'이 확실히 존재한다는 확신 말이다.

그렇다면 「믿습니까」의 신체강탈자는 어떨까? 사실 그는 「악취」의 신체강탈자와 비교하기 미안할 정도로 점잖아 보인다. 누구처럼 주인공을 졸졸 따라다니며 그가 망해 가는 걸 즐겁게 지켜보는 괴물과 달리, 그는 지구를 멸망에서 구원하는 영웅이기 때문이다. 놀랍게도 「믿습니까」의 세상에 멸망이 도래한 것은 신체강탈자 때문이 아니라 인간의 기술력 때문이다. 첨단 과학을 힘입어 쏘아 올린 로켓이 통제에서 벗어난 탓이다. 하지만 그 상황에서 인간들이 하는 일이라곤 평소처럼 정시퇴근하기, 서울이 아니라 장모님이 사는 지방에 추락한다고 몰래 기뻐하기, 큰일은 없을 거라며 외면하기 정도다. 결국 모두가 외면한 작은 마을을 구원한 건 정부도, 나사도 아닌 낯선 괴물. 그러니까 신체강탈자다. 그가 이 일로 일약 구세주로 등극한 것은 어쩌면 당연한 결과다. 그는 인간과 과학문명이 포기하고 방관했던 세상을 지킴으로서 주체와 타자의 위치를 단숨에 전복해 버린 것이다. 「믿습니까」는 스스로 이성적이라 자신하지만 누구보다 야만적으로 구는 주인공 혁호를 통해 괴물 탐지기를 망가뜨린다. 임신한 아내를 두고 성매매를 하던 그가 신체강탈자의 숙주가 되고 나서 아내와 아이를 구원해야 한다는 사명감에 불타는 모습은 세례 받고 '거듭난' 것처럼 보이기까지 한다. 물론 독자 역시 인간이니 벌레 소리는 징그럽고 신체강탈 장면은 그로테스크하게 느껴진다. 하지만 작품을 다 읽고 난 후 우리에게 남는 것은 '적'에게 기만당했다는 배신감이 아니라, 이것이야말로 그의 예언처럼 세상의 멸망을 막을 수 있는 방법이 아닐까? 하는 의문이다. 멸망의 위기 앞에서 '또다. 인간은 언제나 같은 실수를 반복한다지만, 굳이 이렇게 규모 큰 문제를 다시 일으킬 필요가 있을까 싶다.'라던 혁호의 말을 돌이켜보자. 어쩌면 지구 입장에서 박멸해야 할 괴물은 인간이고, 신체강탈자가 인간을 없애는 건 그의 첫 등장처럼 '세상을 구하기 위한' 메시아로서의 사명인지도 모른다. 이처럼 「믿습니까」는 우리를 마치 소설 속 광신도처럼 아군과 적군을 구별하지 못하는 불확실함 속에 머물도록 만든다. 어찌 보면 「믿습니까」의 신체강탈자는 소설 속 인물들과 독자들의 괴물 탐지기를 고장 내다 못해, '적'이 존재한다는 확신까지 빼앗는다는 점에서 「악취」의 신체강탈자보다 성격이 나쁘다.

2. 지워지고 바꿔치기 당한 이름표

자, 이렇게 괴물 탐지기가 망가지고 나자 문제는 점점 더 심각해지기 시작한다. 지금까지 '나'는 '나 아닌 것'인 괴물을 보며 내가 누군지 확인해왔더랬다. 그런데 탐지기가 망가지는 바람에 괴물이 보이지 않게 되었으니, 이젠 도무지 내가 누군지 확인할 길이 없어진 것이다! 서둘러 가슴팍을 살펴봐도 남은 것은 이미 지워졌거나 누군가 바꿔치기 해놓은 텅 빈 이름표뿐이다. 「자애의 빛」에서는 『내 몸을 임대합니다』의 그 어떤 괴물보다도 약삭빠르게 선과 악의 이름표를 바꿔 단 신체강탈자가 등장한다. 「자애의 빛」의 주인공 '나'는 콜드 슬립에서 해동된 후 낯설게 변해버린 누나를 관찰하며 혼란에 빠진다. 괴물로 변하고 나면 보통 무감정해지거나 포악해지거나 하는데, 독특하게도 누나는 지독한 이타주의자로 변해버린 것이다. 분노 같은 부정적인 감정은 철저히 다스리고 내 이웃을 내 몸과 같이 사랑하는 누나의 모습은 차라리 신성하게 느껴지기까지 한다. 그래서 '나'는 누나가 '인간 아닌 것'이 되었으며 사람들을 이타적으로 전염시키고 있다는 사실을 알고 나서도 누나를 감히 괴물이라 부르지 못한다. 아무리 봐도 누나가 '나'보다 훨씬 더 도덕적으로 우월하기 때문이다. 자, 생각해보라. 내가 세상을 선의로 가득 찬 낙원으로 만들고 싶다는 누나의 계획을 막는다 치자. 그러고 나면 이제 누가 '선'이고 누가 '악'으로 보이겠는가? 혼란에 빠진 '나'는 결국 누나의 자아가 '누나'가 맞다면 안고 가기로 마음먹는다. 그런데 여기서 문제가 발생한다. 도대체 무엇으로 괴물과 확실히 구분되는 누나의 자아를 증명한단 말인가? 육체가 바뀌었다지만 기억과 마음이 누나인데 그걸 괴물이라 할 수 있는가? 육체가 바뀌기 전에도 누나는 이미 기억이 온전하지 않았는데 기억에 이상이 있다 해서 괴물이라 할 수 있는가? 결국 '나'는 가족애에서 답을 구하려 하지만 누나가 보여준 뒤틀린 사랑 방식은 그것마저도 자아를 확인해 줄 수 없다는 사실만 깨닫게 할 뿐이다. 이처럼 「자애의 빛」은 차근차근 '나'를 새로운 궁지로 몰아가며 '적과 아군을 구별할 수 없'는 신체강탈자 장르 문법의 지경을 확장해나간다. 이제 신체강탈자는 주체와 타자의 경계를 지워버리면서 '나'의 자아마저 확신할 수 없는 새로운 혼란 속으로 독자를 이끌어 가기 시작한다.

한편 「맑시스트」의 신체강탈자는 소장으로 대표되는 자본주의 시스템 그 자체로, 그는 주인공인 유소유와 독자들에게 '자아'란 곧 '몸'이라고 강력하게 주장하는 괴물이다. 「맑시스트」의 배경은 지금보다 극단으로 치달은 미래의 자본주의 사회다. 따라서 사람들이 종교와 이데올로기에서 찾지 못한 자아감을 몸에서 찾는 경향이 현실보다 더욱 심화되어 나타나며, 몸은 소유주의 개성, 계급, 자본을 결정하는 육체 자산으로 거듭난다. 본래 유소유는 드물게도 자본주의사회에서 맑시스트의 사상에 자신의 자아 정체성을 둔 사람이었다. 하지만 노동계급에게 자본주의 세계는 결코 만만치 않은 법. 가난에 패배하고 열심히 일을 하면 '내 몸 마련'을 할 수 있다는 소장의 꾐에 넘어간 유소유는 자신의 이름표에 '사상' 대신 '몸'을 적어 넣기로 마음먹는다. 하지만 신념을 배신했다고 언제나 그 대가가 두둑이 주어지는 것은 아니다. 재미있게도 유소유는 '신체강탈자'처럼 타인의 몸에 기거하면서도 절대로 신체를 '강탈'할 수 없는 '신체임대자'의 신세로 전락해버린다. 강탈한 신체는 괴물의 소유가 되지만 빌린 신체는 매일같이 더 비싸지는 몸에 월세 내기 급급할 뿐, 결코 소유할 수 없기 때문이다. 뿐인가. 링고의 몸을 임대했음에도 관객들의 환호를 받는 건 유소유가 아니라 그의 꼬리다. 소유하지 못한 몸은 '나'의 개성도, 계급도, 자본도 대표할 수 없기에 자아감을 주지 못하는 데다, 몸 주인이 나가라고 하면 언제든지 방을 빼줘야 하는 객신세가 바로 유소유의 입장인 것이다. 이처럼 「맑시스트」의 신체강탈자는 '몸'이 곧 '자아'라고 속삭이면서도 결코 그 몸을 온전히 소유할 수 없도록 함으로써 '자아'를 확신할 수 없는 상황으로 우리를 몰고 간다.

3. '우리'에 대한 두 가지 가능성.

적과 아군, 너와 나를 더 이상 구별할 수 없다면 이제 가능한 것은 '우리' 뿐이다. 「맑시스트」와 「트루플래닛」은 지금까지 신체강탈자가 보여주지 못했던 그 너머로 상상력을 뻗어나간다. 「맑시스트」와 「트루플래닛」이 보여주는 '우리'의 전망은 극단적으로 다르다. '신체임대자'로 살아가던 유소유는 결국 '월세'를 감당하지 못하고 링고의 몸에서 많은 사람들의 자아와 동숙하게 된다. 이로써 유소유는 '나'라는 자아를 잃고 '우리'가 된다. 「맑시스트」의 '우리'란 주체의 무덤이자 자본주의를 지탱하는 먹잇감인 것이다. 흥미롭게도 '우리'에 대한 전혀 다른 상상력을 보여주는 「트루플래닛」역시 상황은 크게 다르지 않다. 「트루플래닛」의 주인공 고윤아는 현실세계에선 방구석 폐인이지만 게임 세상에선 특별한 능력을 가진 인물이다. 그는 '트루플래닛' 게임사 측으로부터 신체강탈자를 물리치고 영웅이 될 기회를 얻지만, 머지않아 '트루플래닛'이 신체강탈자들과 유저를 착취하여 만들어진 일종의 식민지였다는 사실을 알게 된다. 하지만 이때부터 고윤아는 유소유와 정 반대의 행보를 보인다. 그는 유소유가 버린 '맑시스트'적 상상력을 받아들여 신체강탈자와 연대한다. 시스템을 가능하게 만든 에너지가 '우리'에게서 나온 것이라면, '우리'는 시스템의 부품이 아니라 주인이라는 것이다. 또한 그는 유소유가 그토록 가지고 싶어 했던 '몸'을 미련 없이 버리고 트리니티 우주의 일부, 즉 '우리'가 될 것을 선택한다. 「트루플래닛」에서 '우리'란 적과 아군이 없는 낙원이자 주체를 전복할 수 있는 타자연합의 가능성으로서 그려지고 있는 것이다.

이처럼 「맑시스트」와 「트루플래닛」은 신체강탈자가 도달할 수 있는 양 극단의 가능성을 적극적으로 탐사함으로서 아직 우리가 도달하지 못한 상상력의 미개척지가 남아 있음을 알린다.

인간과 퍽 달라 보이는 괴물들에게도 생로병사는 존재한다. 그들은 시대적 불안과 공포 속에서 태어나 당대의 문제를 성찰하게 하고, 더 이상 그 상상력이 유효하지 않을 때 죽음을 맞이한다. 하지만 인간과 달리 괴물은 또다시 그들을 필요로 하는 시대가 찾아오면 멋지게 부활하기 마련이다. 『내 몸을 임대합니다』는 신체강탈자가 가진 가능성을 여러 방면으로 실험하고 주제의식을 확장시키며 부활의 토대를 차근차근 닦아 나가고 있는 것으로 보인다. 괴력난신의 시대에 가장 불편하고, 가장 피하고 싶은 괴물로서 화려하게 귀환할 신체강탈자의 모습을 기대해 본다.

내 몸을 임대합니다

1판 1쇄 찍음 2022년 5월 19일
1판 1쇄 펴냄 2022년 5월 26일

지은이 | 가양, 김상원, 녹희재, 이건해, 우재윤
발행인 | 박근섭
편집인 | 김준혁
펴낸곳 | 황금가지

출판등록 | 2009. 10. 8 (제2009-000273호)
주소 | 06027 서울 강남구 도산대로 1길 62 강남출판문화센터 5층
전화 | 영업부 515-2000 편집부 3446-8774 팩시밀리 515-2007
홈페이지 | www.goldenbough.co.kr

도서 파본 등의 이유로 반송이 필요할 경우에는 구매처에서 교환하시고
출판사 교환이 필요할 경우에는 아래 주소로 반송 사유를 적어 도서와 함께 보내주세요.
06027 서울 강남구 도산대로 1길 62 강남출판문화센터 6층 민음인 마케팅부

© 황금가지, 2022. Printed in Seoul, Korea
ISBN 979-11-7052-147-1 03810

㈜민음인은 민음사 출판 그룹의 자회사입니다.
황금가지는 ㈜민음인의 픽션 전문 출간 브랜드입니다.